儒将邓子龙

张月和 著

云南出版集团
云南美术出版社

图书在版编目（CIP）数据

儒将邓子龙 / 张月和著．-- 昆明：云南美术出版社，2022.12
ISBN 978-7-5489-5047-9

Ⅰ．①儒… Ⅱ．①张… Ⅲ．①传记小说－中国－当代 Ⅳ．① I247.5

中国版本图书馆 CIP 数据核字（2022）第 204714 号

出 版 人：刘大伟

责任编辑：王飞虎
责任校对：李金萍　胡国泉
封面题字：张月和

儒将邓子龙

张月和　著

出版发行：云 南 出 版 集 团
　　　　　云南美术出版社（昆明市环城西路 609 号）
印　　刷：云南出版印刷集团有限责任公司华印分公司
开　　本：889mm × 1194mm　1/32
印　　张：8
字　　数：160 千
版　　次：2022 年 12 月第 1 版
印　　次：2022 年 12 月第 1 次印刷
书　　号：ISBN 978-7-5489-5047-9
定　　价：58.00 元

一、征战四方

恤忠祠里的邓子龙塑像

邓子龙在新昌（宜丰）官山的点将台及吴西荡寇题刻

邓子龙在宁州铜鼓石题诗《游仙羊寨》

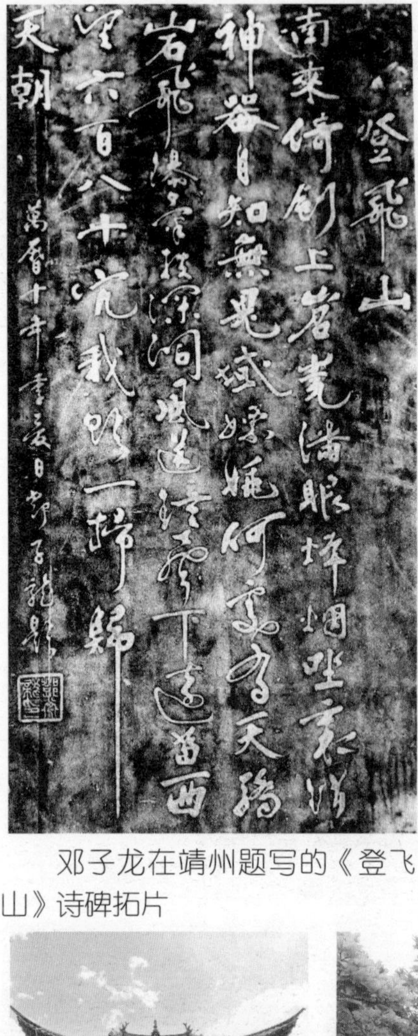

邓子龙在靖州题写的《登飞山》诗碑拓片

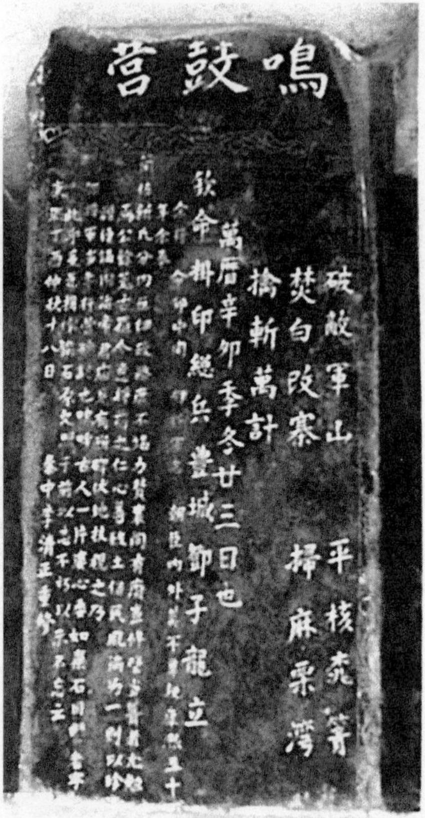

邓子龙在云南新平题写的《鸣鼓营碑》

保山易罗池湖心亭

清平洞恤忠祠

邓子龙湾甸之战旧址

邓子龙阿坡、都鲁之战旧址，在今昌宁大田坝阿正寨一带

二、姚关遗韵

邓子龙命名的姚关

邓子龙在姚关断山修建的大关

邓子龙开辟的清平洞

邓子龙开辟的朝天洞

邓子龙在姚关红坡山南麓修建的点将台

邓子龙在姚关摆马龙山口修建的小关

邓子龙在清平洞修建的磨剑亭

邓子龙在清平洞修建的看山亭

重立于清平洞外《恤忠祠记》碑

邓子龙朝天洞题诗

邓子龙《再捣耿马老巢三尖山班师》题刻

邓子龙《姚关营过元宵有感》题刻

邓子龙《夏日洞中口占》题刻

邓子龙《题梅》题刻

邓子龙《春日郊行》题刻

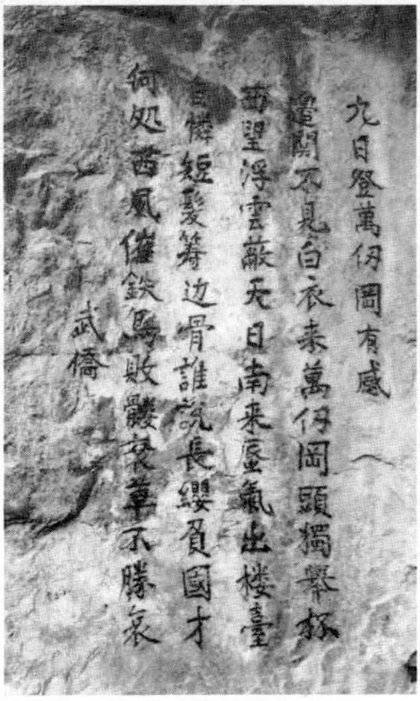

邓子龙《九日登万仞冈有感》题刻

邓子龙“烹象处”题碑

邓子龙诗《姚关班师宿保场》题刻

邓子龙《中秋无月》题刻

邓子龙《看山亭立夏雨霁》题刻

邓子龙清平洞纪事碑

邓子龙《清平洞》题刻

三、腾冲遗韵

从邓子龙《登飞山》拓片集字复制在叠水河、来凤山的题刻

邓子龙于万历十六年秋题写的邓总兵将台碑

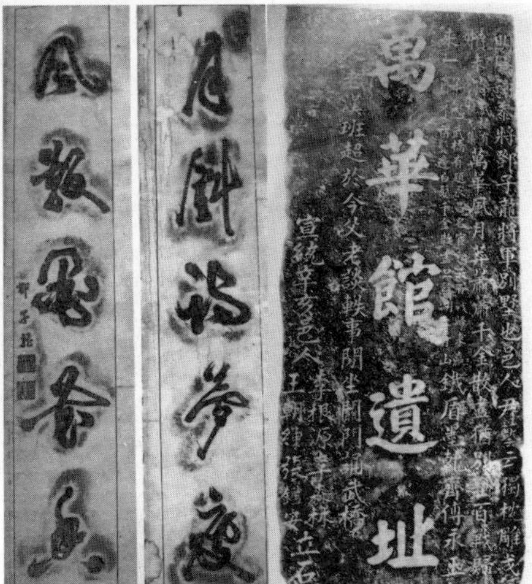

邓子龙在腾冲题写的“月斜”对联，李根源等树立的万华馆遗址碑

邓子龙为腾冲和顺寸玉题写的“白发朝仪”匾额

邓子龙在腾冲题写的“嵌雪留云”匾额

《万华馆记》残碑

自 序

传说中的邓子龙,可飞足踢象,勇退三军,亦可破风水,肢解石狮子。作者早年即对此耳熟能详,后来在腾冲来凤寺东院的假山翠竹间看到邓子龙题刻的“月斜诗梦瘦,风散墨花香”,在万华馆遗址附近读到《万华馆记》残碑,又在叠水河崖壁上欣赏到署名邓子龙的“剑扫风烟”题刻,似乎感到自己与邓子龙一下子拉近了距离,同时也更加欣赏邓子龙的诗词、书法艺术。而在深入研究之后才发现,邓子龙题刻“剑扫风烟”等,其实是后人集其字而刻,《万华馆记》流传着多个版本,邓子龙诗词流行版本与《横戈集》原稿存在许多差异,且《横戈集》原稿在诗歌顺序上也不完全按照创作时序排列,由此更加增强了研究邓子龙的兴趣。

2021 年 4 月,作者随同昌宁县作家协会前往昌宁大田坝镇采风,从大田坝文沧村阿正寨五爷庙前矗立的《公产碑记》碑刻中读到“道光二十三年众姓向周以忠杜买得阿便寨座基山场一处东至阿坡界址陈姓坟山脚”等文字,确认邓子龙平定阿坡、都鲁二寨战地就在阿便寨一带。又考证出其余相关地名,诸如董瓮、亦登、亦林、枯柯皆在今昌宁,南窝在今隆阳区老南村。

5 月初,作者又一次前往施甸清平洞、朝天洞、断山、点将台、大关、小关、万仞冈等地考察邓子龙遗迹。设身处地追想昔日战地情景，品读邓子龙诗词、题咏深刻意蕴，感受邓子龙“不计家”的爱国主义情怀。在外敌入侵之际，邓子龙抛妻别子，在滇西戍边卫国十载，留下众多诗词题咏，多次以舍生忘死、大公无私这种“不计家”的爱国主义精神自许，其《姚关营遇元宵》有“烽烟未息不计家，孤帏与夜空相望”，《春日郊行》有“指敌西来不计家，蹉跎羞自老年华”，《写屏风》有“老臣忧国对黄花，酌酒芙蓉不计家”。这种“不计家”的精神，是中华民族传承千百年的“天下为公”精神，也是支撑邓子龙征战四方、九死未悔、为国捐躯的精神力量。在姚关考察邓子龙遗迹之余，有幸拜访了杨善洲故居，拜谒了杨善洲等人重立在清平洞的《恤忠祠记》碑，以及杨善洲去世后葬在恤忠祠花台上的部分骨灰遗冢，当看到杨善洲故居的简陋设施等遗迹后，似乎找到了杨善洲对邓子龙自幼耳濡目染并将邓子龙精神奉为楷模这种内在联系，感慨赋诗“天下为公不计家”，以彰显杨善洲的清廉风范。

一年多以来，作者在驻村桥街期间，多次深入邓子龙于万历十八年（1590）秋天复出西征、一路持水鞭山、吟风弄月的高黎贡山古道、古驿、古桥、古关，考证历史遗迹，感悟、体验邓子龙《渡潞江》《宿分水岭》《中秋龙川驿》《过乱箐哨》等诗歌的创作背景、内心感受，同时大量搜集邓子龙诗词、传记、题刻，进一步增加了对邓子龙的认识，编撰了《龙关驿路》一书，考证清楚龙江桥的准确修筑时间、万里虹山的范围等学术问题。

古今中外，名将不乏其人。或勇猛善战，或足智多谋，或智勇双全，而邓子龙这位名将，不但智勇双全，而且“能诗工书，有古名将风”（《道光永昌府志·卷十五·名宦》），因此，邓子龙是当之无愧的名将、儒将。

邓子龙，字武桥、文卿，别字卿云，号大千、虎冠、虎冠道人。明朝嘉靖十年（1531）十一月初六日辰时诞生于江西省丰城邓家村。他早年曾是风水先生，嘉靖三十七年（1558）考中武举，走上投笔从戎之路，在近四十年戎马生涯中，笔携风雷，剑扫风烟，文韬武略，九死未悔，最后战死朝鲜，成为一代名将，杰出的诗人、书法家。

邓子龙战死朝鲜后，他的永昌好友、致仕太仆寺卿邵惟中在《元戎武桥公像赞》中，以“闽广浙江，黔楚滇阳”，“剿寇平苗，廓清夜郎。礫缅歼倭，绩懋旗常”，“钦命东征，血战海洋”等语，高度概括邓子龙征战四方的光辉历程，以及绩懋旗常（借指王侯）的卓越功勋，赞扬他“丹心报国”的赤胆忠心，以及“爵进金紫，庙祀鲜邦”的崇高荣誉。《元戎武桥公像赞》云：

> 赫赫煌煌，功著天璜。闽广浙江，黔楚滇阳。
> 剿寇平苗，廓清夜郎。礫缅歼倭，绩懋旗常。
> 告庙宣捷，拓土恢疆。褒先荫后，玺诰流芳。
> 万历戊戌，关白猖狂。钦命东征，血战海洋。
> 孤忠克敌，裹革露梁。爵进金紫，庙祀鲜邦。
> 恩覃世禄，簪缨南昌。八阵胸罗，二酉腹囊。
> 英雄独立，万仞之冈。丹心报国，尽瘁吾皇。
> 成仁取义，千载名香。

邓子龙一生征战闽广浙赣、黔楚滇阳、朝鲜海洋，致力于剿寇平盗、礫缅歼倭，其传奇人生大致可分十一个阶段：

第一阶段——梦掌丘分：嘉靖十年（1531）十一月初六

日辰时出生,成年后一度混迹风水先生行列,后得高人指点,苦读兵书、苦练剑法,于嘉靖三十七年(1558)考中武举。

第二阶段——鏖战闽广:考中武举后至万历三年(1575)二月,在东南沿海屡建奇功,从小旗历升总旗、试百户、百户、副千户。

第三阶段——转战赣浙:万历三年(1575)二月奉诏命升授江西抚州地练兵把总,续奉抚按荐升鄱阳湖守备,改驻余干康郎山;万历四年(1576)七月被委以剿宁州流寇重任,十一月十五日加衔改注,调任铜鼓石守备,即宁州守备;万历六年(1578)七月二十七日奉旨荣升江西都司署都指挥佥事,随即改调浙江署都指挥佥事;万历八年(1580)六月以遭弹劾而被夺职回卫。

第四阶段——横戈湘黔:万历九年(1581)八月复职,就任郧阳都司;万历九年(1581)十一月二十二日就任五靖参将,直至万历十一年(1583)闰二月。

第五阶段——三战云南:万历十一年(1583)闰二月十一日奉旨改调永昌参将,万历十二年(1584)十一月二十一日加升副总兵职衔,升指挥同知。

第六阶段——酌酒当关:万历十二年(1584)十一月二十一日升副总兵,至万历十六年(1588)四月兼统腾冲营。

第七阶段——兼统腾营:万历十六年(1588)四月兼统腾冲营,至万历十七年(1589)六月初二日革职提问。

第八阶段——革职提问:万历十七年(1589)六月初二日革职提问,至万历十八年(1590)秋奉命立功自赎。

第九阶段——立功自赎:万历十八年(1590)秋奉旨立功自赎,率部西征,随即率部东征,平定丁改十寨;万历二十年（1592）十月十二日复副总兵，仍管金山参将事。

第十阶段——罢职归籍：万历二十一年（1593）五月三日，云南副总兵官邓子龙奉诏罢职归籍，至万历二十六年（1598）四月奉旨统水师援朝。

第十一阶段——援朝抗倭：万历二十六年（1598）四月初二日奉命戴罪管水营副总兵事援朝；万历二十六年（1598）十一月十九日辰时在朝鲜南顺天府南海鹭梁津牺牲。官拜副都督指挥佥事，赠左军都督上柱国金紫光禄大夫，庙祀朝鲜。

当我们热衷于研究中国抗战及抗美援朝题材时，回过头来看看，邓子龙早在四百多年前就是一位奋战一生的抗日英雄及抗倭援朝烈士；当我们热议两岸问题时，在邓子龙的征战履历中也可寻觅到他在金门一带血战东海的足迹。2014年7月，中国国家主席习近平访问韩国，还与韩国总统朴槿惠一起共同回顾了明朝将军邓子龙和朝鲜王朝李舜臣将军在露梁海战中双双殉职，中韩两国军民并肩抗倭大获全胜的历史佳话。

邓子龙一生大部分时间在马背上度过，足迹遍布中华大地，以及缅甸、朝鲜等地，他上马杀贼，下马题咏，著作等身，题刻无数，著有《横戈集》《风水说》《阵法直指》等不朽佳作。邓子龙在《横戈集序》及家书中曾自评其诗作是“风物商时，如禅如悟，因时纪事”的“口头俗句”，又在家书中戏称其诗作是“持水鞭山，吟风弄月”之作。

这些自评，一定程度上概括了邓子龙诗歌爱国爱民、建功立业、舍己为公等思想内容，以及立足现实、崇尚自然、通俗易懂、如禅如悟、意旨高远等艺术特色。

邓子龙诗歌主要有言志诗、咏物诗、讽喻诗、哲理诗、叙事诗、边塞诗、怀古诗、山水诗、题赠诗，有的以慷慨沉雄气势，描绘出一幅幅波澜壮阔的战争场面，抒发为国征战的豪情壮志，有的在客观冷静的观察中，描摹出社会现实、民生世俗、山水风物，表达民本思想，有的以铁血将军的率真性情、侠骨柔肠，题赠战友、朋友、同僚、秀才、僧人等，有的则引经据典，借古讽今，以物喻物。

邓子龙出生剑城，喜欢咏剑，入仕之前，他即以“磨就青蛇斗气雄，神光长射曲江东。张华去后无消息，千百年来起卧龙”抒发济世救国、匡扶天下的伟大理想。从军之后，他仍以“英雄一剑破中坚，撑住乾坤镇吴楚”等语，抒发经天纬地的宏伟抱负。

邓子龙常以雄鹰、猛虎、蜡梅自喻，他的诗歌《题画鹰》，以“双眼顾定乾坤，两足罩住冈陵。任从四面风波，霎时间万里程”等诗句赞美雄鹰，以“云收潜虎豹，风静隐鼋鼍”描写铜鼓石龙虎之气。他在《题梅》一诗中，接连用“花如银，干似铁，一点丹心红如血”三个比喻句，活画出梅树铜枝铁干，梅花白如银、红如血的形象特征，又以对比手法“不与桃李争春风，撑住乾坤几霜雪”，突出梅花傲霜斗雪、迎春报春的高风亮节。追寻邓子龙三起三落的人生，雄鹰、猛虎的英勇无畏，梅花的傲霜斗雪等高贵品质，正是鼓舞他战胜任何艰难险阻的精神力量。邓子龙酷爱自然，多次深情吟咏先开第一家的春牡丹、当阳第一红的夏葵花、高秋第一枝的秋桂子、争春第一香的冬梅花。

作为常年征战在外的军旅诗人，与家人聚少离多，象征团圆别离的月亮一直是他钟情吟咏的对象，他先后创作过

《中秋无月口占短律九绝》《晚行新月》等咏月佳作。除了表现离愁别绪外,其咏月名句"元宵好月来天上,酌酒当关吞万象""七千里外边城月,惟对孤悬报国心"等,无不渗透着诗人的从军报国九死未悔的爱国情怀。

古人为文作赋,喜用通感,就是用形象生动的语言把视觉、嗅觉、味觉、触觉、听觉充分调动起来,使欣赏者不同感觉能沟通、交错、转换,意象更加活泼新奇,意境更加辽远深邃。邓子龙对联"月斜诗梦瘦,风散墨花香",正是采用通感手法,并以月斜、风散、墨花香等实写,诗梦瘦等虚写,在虚实相间、通感融汇间,营造出一幅月斜风清、诗人苦吟、诗梦消瘦、墨花飘香的儒雅画卷。

邓子龙诗歌,不但吸收了诗仙李白的豪放不羁,也吸收了诗圣杜甫的现实关注风格,融汇了范仲淹、辛弃疾笔下的边塞秋声,穿插着柳永、秦观笔下的风花雪月,既有苏轼"大江东去"的沉雄豪放,又有马致远"小桥流水人家"的清新雅致,也有"风波万里一毛轻"的人性关怀,是浪漫主义与现实主义完美融合的典范,处处闪烁着哲理深邃的思辨之光,洋溢着催人奋进的正气和力量。在现代朦胧诗盛行的时代,唐诗宋词等传统中国诗的风格传承尤其显得弥足珍贵,这也就是作者喜爱邓子龙诗歌的主要原因。本书结合邓子龙经历,根据其诗作中的时间、地点、内容,分析其创作思路、背景及主旨等。

在诗情画意之外,邓子龙题刻的书法,也铁画银钩、龙飞凤舞,通篇洋溢着奋发向上的精神力量,展示出气吞山河的气势,堪称书法艺术中的上乘之作。

《儒将邓子龙》以邓子龙诗歌及题刻赏析为经,以广阔的社会历史背景为纬，真实地再现一代儒将邓子龙跌宕起伏的传奇人生，充分地展示了他文韬武略的战斗生活画卷，揭示出他侠骨柔肠的精神世界。2022 年 12 月 12 日（农历十一月十九日）时值邓子龙牺牲 424 周年，此书在此时出版，也是对邓子龙的致敬和纪念！

是为序。

张月和

2022 年 12 月

目　录

第一章　梦掌丘分

一、剑城后生祖堪舆　瑞牛山上遇道人

明朝嘉靖初年，秋日的江西宜春瑞牛山，云雾叆叇，一缕斜阳覆盖着屈曲盘旋的山路。山路上，一位年轻的风水先生艰难跋涉着，只见他身材瘦弱，脸色苍白，神情迷茫，一缕缕汗珠，从稀疏的发际流淌至脸颊，蔓延至脖颈之间，与渐被风干的汗渍交融在一起，堆叠出道道白里透黑的印痕。

这位风水先生名叫邓子龙，嘉靖十年（1531）十一月初六日辰时即农历辛卯年庚子月丙辰日壬辰时诞生于江西省丰城落星桥邓家，即今丰城市杜市镇茂溪村委会狮子邓家村。

丰城地处江西省中部，赣江中下游地区，鄱阳湖盆地南端，东临进贤、临川，南连崇仁、乐安、新干，西接樟树、高安，北毗新建、南昌，晋朝太康六年 (285) 始称丰城县，晋朝永平年间出现“紫气冲牛斗星”奇观，丰城县令雷焕挖掘监狱地基时，又得到春秋时期干将、莫邪的雌雄宝剑，丰城由此荣膺剑邑、剑城、剑江等别名。明代诗人郭之奇，曾赋诗“剑光何德烛天河，已没平津又若何。神物终非人世玩，江

充长与万年磨”，以状丰城剑江之景。所以，成名之后的邓子龙，在题诗落款处常署“剑江武桥邓子龙”。

至于邓子龙为何走上以堪舆为业的道路，首先得从丰城的古谚“龙洲不相连，丰城出地仙。龙洲若相连，丰城出状元”说起，这一谚语，对于丰城自古以来地仙、状元层出不穷，文化底蕴深厚的独特背景进行了高度概括。其次，邓子龙的家学渊源十分深厚，早在宋朝时期，邓子龙的先祖邓元（字南秀，号漫堂），就是进士出身的中宪大夫，曾以《漫堂集》传世。邓子龙祖父邓金是地师，父亲邓华是一位寿官。再次，邓子龙幼年失怙，由婶母抚养，生活较为窘迫，多年以后，邓子龙在《驻扎宁州善后诞晨偶成》一诗及《横戈集序》中，曾以“自小不自私，爱学忘寒饥”“我思何卑微，幡然向别离”“时挽双石颐，当思千里骑”“予幼时不学”等语，追忆少年时代的艰难岁月。

此时此刻，邓子龙行色匆匆，艰难跋涉在前往瑞牛山的崎岖山路上，夕阳的余晖散去，夜幕渐渐降临，他的脚步已经渐渐不听使唤。他深一脚、浅一脚，不知不觉中迷失方向。

几经挣扎后，破烂布鞋，踩碎了一道道山间溪流，流血手指抓捏过一把把荆棘、树枝、枯草。一阵冷风呼啸之后，又一阵狂风袭来，山峡中霎那间云雾大作、风雨交加、电闪雷鸣。他伸手不见五指，跌跌撞撞，一路摸索至一块巨石之下躲风避雨，迷迷糊糊中竟沉沉睡去。

睡梦里，邓子龙吃了美味佳肴，干裂的嘴唇悄然掠起一丝笑意，直至又一滴豆大的水滴，从崖缝间滴落在他那发烧的脸庞上，才在冰冷刺骨间再次回到残酷无情的现实面前。

似醒非醒之间,他感到饥肠咕噜,嘴唇干裂,便勉强支撑着虚弱身躯爬向一条溪水边,双手合拢,捧出几口山泉解渴,又在溪边土坎上掘得几株野菜充饥。一番狼狈不堪的神操作后,困饿两日的邓子龙侥幸从死神那里捡回了一条性命,而几次试图站立起来,反反复复仍然以失败告终。

正在困窘不堪、昏昏欲睡之时,崖头上忽然传来一位老人的咳嗽声,邓子龙循声望去,只见一位庞眉皓首的黄道人屹立在陡峭山崖的云雾间。

得知邓子龙不是恶少,而是一位堪舆失路的少年,黄道人的态度急转直下,不但赏他杖头蒲饭,混合着山泉充饥,还嘘寒问暖,为他指明了人生道路。

黄道人谆谆告诫邓子龙"堪舆是一术,不能了汝事业""男儿立节,不武便文",震耳发聩地向邓子龙发出"汝弱冠,志何小哉"的质询,希望他立大志,成大业。

发现邓子龙是一位可造之才后,黄道人又毫无保留地向他传授拳经、兵法阵图、六甲经世书等秘术。

仿佛一位来无影、去无踪的神仙,在对邓子龙点石成金之后,邓子龙问其姓名,他只说自己是谌广冲黄道人,再问则风起云散,不知何往。

正是这次在瑞牛山奇遇庞眉皓首的黄道人,邓子龙才犹如醍醐灌顶,大彻大悟,秘笈加身,一下子完全颠覆了人生观,坚定了从军报国远大志向,在略知皮毛后,开始夜以继日地苦练剑法、兵法,迅速进入"中夜不寐,壮心日起,力可举鼎,制牛梦中,每得刀枪法,知诗句"的奋斗境界,最终通过武举考试而弃文从武，开启了艰辛而漫长的军旅生涯，实现了脱胎换骨的人生转变。

投笔从戎多年后，时任永昌参将的邓子龙驻节姚关清平洞，在三战三捷后，于万历十四年（1586）十一月以闲适恬淡的心情，撰写《横戈集序》，追述那段铭心刻骨而又充满神秘色彩的人生蜕变过程。邓子龙《横戈集序》云：

予幼时不学，昏昏如病，弱不胜衣。祖堪舆游宜春之集云乡，过瑞牛山，云雾大作，迷失向往，困卧二日，食蒲饮泉，忽崖头有嗽声，跃视之，乃一道人，庞眉皓首，杖挂蒲麻。

讶云："汝非恶少乎？"

予云："非，乃堪舆失路子也"。

道人开颜坐石，问踪由。曰："饥乎？"

"饥矣！"

"渴乎？"

"渴矣！"

即以杖头蒲饭，指石中流泉可食。遂云堪舆是一术，不能了汝事业，右云男儿立节，不武便文，汝弱冠，志何小哉！随授拳经、兵法阵图、六甲经世书，且勿泄。指前程三路，从中正直路即修仁乡。问其姓名，曰"谌广冲黄道人"，复问即风起云散，不知何往矣。

自后中夜不寐，壮心日起，力可举鼎，制牛梦中，每得刀枪法，知诗句，随劈破指南车，游名山大川，上宜春台，登七宝塔，从罗念庵先生梦玉笥山、明月祠、匡庐、鄱湖、洞庭、西湖、罗浮，临戎闽、广、浙、楚、滇云纪事。自惭口头俗句，本不敢录，武不以诗尚，文不以剑为，盖诗之义深矣哉。风物商时，如禅如悟，因时纪事，则可敢诗云乎？

万历丙戌孟冬，虎冠道人识。

二、念庵解梦析丘分　英雄催起万里思

如果说庞眉皓首的黄道人只是在邓子龙功成名就之后虚构出来的一个人物，那么罗念庵先生则是邓子龙弃文从武道路上的一位真正的伯乐。罗念庵先生，原名罗洪先，号念庵，吉水人，登第官赞善。以言事被谏，除名而归，过丰城，寓居东门白云寺，见邓子龙即许为名将，与之唱和甚密。邓子龙《横戈集序》中有“从罗念庵先生梦玉笥山、明月祠、匡庐、鄱湖、洞庭、西湖、罗浮”等语。

《游玉笥山和念先生韵》是邓子龙追随罗洪先游历玉笥山后，步罗洪先之韵所作的一首记梦诗。诗歌通过一个解字的神奇之梦，将邓子龙弃文从武的转变过程赋予更加神秘的色彩。诗云：

游玉笥山和念先生韵

乱叶随秋失浅溪，岑风度竹夜惊鸡。

山神预报山人梦，掌握丘分路不迷。

梦掌中“丘分”二字

一位山人做了一个神奇的梦，在“乱叶随秋失浅溪，岑风度竹夜惊鸡”的梦境里，神秘山神在山人手掌中写下“丘分”二字。仿佛李白梦笔生花一般，邓子龙这一梦，竟成为传奇人生实质性转变过程的里程碑。梦醒时分，罗洪先为之解梦说：“‘丘分’二字竖着写，即为兵刀，此系得掌提兵之刀预兆。”山人听罢，如在暗夜找到指路明灯，顿时豁然开朗，大彻大悟，前路不再迷茫。

梦掌丘分之后，邓子龙的诗作意境日益高远，气势更加恢弘。字里行间无不流露出见贤思齐的理想，表现出吞吐日月的豪迈气势。嘉靖三十五年(1556)，二十六岁的邓子龙尚未出仕，曾慷慨赋诗《磨剑口占》，抒发济世救国，匡扶天下的伟大理想，彰显“壮心日起”的精神风貌。诗云：

磨剑口占

未仕，丙辰年

磨就青蛇斗气雄，神光长射曲江东。

张华去后无消息，千百年来起卧龙。

《分宜县志》记载：“磨剑石，在邑西昌山水滨，约长二丈，阔一丈，中横断如劈，相传邓子龙过此试剑。”由此可见，邓子龙曾在新喻与宜春之间昌山水滨试剑。生于剑城，磨剑、试剑多年，邓子龙终于砥砺出泰山不敢当的勃勃锐气。他在诗中表示，誓欲磨就一把斗气沉雄的“青蛇”剑，使之“神光长射曲江东”，并借用西晋名臣张华的典故，抒发自己成龙兴雨、润泽苍生的远大理想。

《卧渝州丰溪·未遇时》一诗同样作于邓子龙入仕之前，如果说《游玉笥山和念先生韵》一诗解梦，《卧渝州丰溪·未遇时》则表现诗人的破梦之旅。诗歌表达出诗人在破梦艰辛漫长过程中求取功名而未得的苦闷心理，但他同时坚信，人世间从来没有天生的王侯将相，自己只要发扬杜鹃啼血的精神，迟早必定会功成名就。诗云：

卧渝州丰溪(未遇时)

绿盎红稀三月时，伤春客子损诗脾。

功名有分何须早，富贵无根不在迟。

湖海自非贫贱骨，尘埃谁识虎罴姿。

杜鹃啼到烟林下，催起英雄万里思。

诗歌描写一位伤春客子在绿意盎然的阳春三月“伤春”而诗脾受损的伤感与无奈，又以“功名有分何须早，富贵无根不在迟”“湖海自非贫贱骨，尘埃谁识虎罴姿”的旷达胸襟来宽慰自己，强调功名有分，富贵无根，贫贱非天生，即使拥有猛如熊罴的姿态，在人世间也有无人认识的时候，同时借杜鹃啼血催出英雄的万里情思，突出诗人九死未悔的坚定信念。

江西庐山，又称匡庐，素以雄、奇、险、秀闻名于世，白居易《草堂记》有“匡庐奇秀，甲天下山”之誉。天池寺是庐山最早的寺院，也是匡庐首刹，系东晋僧人慧持创立。

邓子龙与罗洪先一起游历庐山天池寺，罗洪先赋诗一首，描述庐山天池寺的雄奇景象以及寺庙僧人的修行生活。诗云：

汉阳峰头巉岩巍，牯牛岭上扣柴扉。
雾锁层峦山风急，雨洒鄱湖波纹微。
瀑飞香庐雪为帐，人到天池功不非。
禅僧葫芦杖头著，为汲仙泉濯衲衣。

邓子龙步罗洪先诗原韵，赋诗《游庐山天池寺和罗念庵先生韵》，表达了更加深刻的感受，寄托更为远大的理想。青出于蓝而胜于蓝。文如其人，罗洪先的诗略显暮气，而邓子龙的诗，却散发出一种顽强的生命力。诗云：

游庐山天池寺和罗念庵先生韵

天池缓步上崔巍，池上山僧半掩扉。
瀑下层崖鼙鼓急，雪封长径御碑微。
四仙吴楚为屏帐，五老江湖任是非。

且向乾坤撑一著，他年来此解征衣。

诗以言志，邓子龙在庐山天池寺看到层层天梯连接崔嵬高峰，瀑布在山崖间奏响急促鼙鼓之声等壮丽景象，并非单纯写景，而是展开丰富的想象，以“且向乾坤撑一著，他年来此解征衣”两句为诗眼，用撑住乾坤的擎天一柱来鞭策自己，立志要成为顶天立地的英雄，他年来到这里解去征衣，表达为国征战，矢志不渝的坚定信念。诗歌情景交融，通篇散发着一股奋发向上的精神力量。

在江西赣州，邓子龙登上城中高耸入云的慈云寺祖师舍利塔，慨然吟咏《登塔口占》，又以傲岸不羁的想象力，创作出“挟山不足勇”“将此作挥毫”等浪漫主义诗句。诗云：

登塔口占

挟山不足勇，登塔岂为劳。

人言毛骨悚，我觉眼睛高。

江山如图画，冠盖若鸿毛。

欲写不平事，将此作挥毫。

在他看来，此时此刻能够以双腋“挟山”已不足以称勇，登上巍巍高塔，又岂止仅为体力劳动，当人们都在感觉高塔令人毛骨悚然的时候，自己却感觉到眼界高远，视野开阔。江山美若图画，而代表功名利禄，象征着官吏身份的冠盖，此时此刻也显得轻若鸿毛。豪情满怀之下，他恨不得使尽洪荒之力挥舞巨塔，以巨塔作为书写胸中愤懑不平之事的巨笔。诗歌直抒胸臆，充分展示出青年时期邓子龙义薄云天、勇武盖世、豪情万丈的精神面貌，字里行间自然流露出维护公平正义的侠义精神，立志要把自身融入美如图画的山河之间修道成仙，以力拔山兮气盖世的气概，书写胸中的愤懑与不平。

袁州府地处罗霄山脉北段，九岭和武功山之间。在袁州府宜春城的宜春台山腰上，建有纪念唐朝年间担任过袁州刺史的韩愈的祠堂，名为韩公祠。邓子龙登上了府城胜境宜春台，拜谒纪念唐代刺史、文学宗师韩愈的韩公祠时，赋诗《游袁州宜春台》。诗云：

游袁州宜春台

闲来石磴步茏苁，天际金宫紫雾重。
带雨丝萝穿古峤，和风钟磬落长松。
眼空万井苍茫里，足蹑孤城返照中。
看剑长歌苏武赋，韩公祠北斗牛雄。

诗歌前半部直接写景，紧接着转换视角，以“眼空万井苍茫里，足蹑孤城返照中”描绘物我一体的雄奇景象，再以“看剑长歌苏武赋，韩公祠北斗牛雄”之语画龙点睛，表示要以持节牧羊的苏武以及唐代刺史、文学宗师韩愈为榜样，以文人操守及忠君爱国思想，武人“看剑”及气吞“斗牛”的英雄气概，实现治国平天下的远大抱负。

以“昼昏如病，弱不胜衣”的青年风水先生为人生原点，邓子龙壮志凌云、百炼成钢，终于被打造成文韬武略的热血男儿，在嘉靖年间“南倭北虏”侵扰华夏大地的严峻形势下，于嘉靖三十七年（1558）十月，在南昌参加由抚按二院主持的武举考试，一举夺魁，高中解元，成为一名武举人，圆满地实现了从风水先生到职业军人的华丽转身。这一年，邓子龙二十八岁。功成名就之余，他又迎娶南昌府丰城县汪天所嫡长女汪孟秀为妻，洞房花烛夜、金榜题名时，邓子龙功成名就且喜结良缘，双喜临门，万物皆春。

第二章 鏖战闽广

三、转战闽广频亮剑 抗倭荡寇多血战

明朝嘉靖年间，倭寇大肆侵袭中国东南沿海，多地匪众啸聚山林，考中武举的邓子龙犹如渴马饮泉，一入军营即大有用武之地。承蒙江西抚按二院选取，他奉命领兵百人，驰赴匪患丛生的江西临江府樟树镇（今江西樟树市）。兵分两路，于嘉靖三十七年（1558）年底一举平定匪患。随即于嘉靖三十八年（1559）夏季奉命率军经抚州、建昌进入福建，投入东南沿海抗倭战争。

倭寇由日本武士、商人、浪人组成，从元末明初起，他们就开始到中国沿海地区武装走私、暴力抢掠骚扰，在国力强盛，海防严密的明朝初年，这些倭寇进退维谷，泥鳅掀不起巨浪。而自正统年间以后，随着中国国力渐衰，海防日渐松弛，倭寇猖獗日甚一日，到了嘉靖年间，其嚣张气焰达到登峰造极的地步。

大敌当前，参将戚继光奉命在浙江台州、金华、严州等地组建"戚家军"抗倭，与此同时，邓子龙也以武举身份随军进入福建，身体力行参加东南沿海一带的抗倭战争。

大军出发，途经福建闽江支流建溪，但见旌旗猎猎，梅雨

潇潇，道路泥泞，自幼研习骑射韬略的邓子龙亲临如此壮丽场景顿时神思飞扬，热血沸腾，慷慨赋诗《提兵入闽》，抒发公而忘私、以身许国的豪情壮志，表达将来功成身退、不求高官厚禄的澹泊情怀。诗云：

提兵入闽

旗节依依渡建溪，熟梅苔雨路迟迟。
踰垠久已忘家念，指敌频歌许国诗。
号令迅传山海静，干戈不扰鸟猿啼。
直须捣洗黎民恨，挂剑功成一羽衣。

十年磨一剑，不敢试锋芒，再磨十年后，泰山石敢当。在嘉靖三十八年（1559）七月二十五日的泉州府南安县澳头、彭厝等地的抗倭战斗中，邓子龙终于得以初试锋芒。

澳头、彭厝在今厦门东北部，出海东则金门，西则厦门，明时设巡检司于此，是一个地理位置十分重要的出海口。同时又很容易被倭寇攻击。战斗打响，邓子龙挥剑猛杀，冲锋陷阵，不惧牺牲，亲自斩杀二名倭寇，并生擒一名，由此迈开为国为民建功立业的第一步。

嘉靖三十九年（1560）二月，倭寇六千余人洗劫潮州，三月又犯连江县，初出茅庐的邓子龙怒火中烧，在战斗中纵横驰骋，挥剑劈斩，于当年四月十八日亲自斩杀倭寇一名，四月二十一日又亲自斩杀倭寇一名。

嘉靖四十一年（1562）正月，倭寇再犯福建长泰、同安等处，均为明军所败。二月，倭寇卷土重来，攻陷福建永宁卫城，指挥王国瑞等投降，倭寇大开杀戒，军民惨遭屠戮。四月十四日，一股倭寇乘潮汐登陆，犯长乐、福清、宁德，在宁德横屿立营；另一股倭寇营于福清牛田，其头目营于兴化，互为犄角。

福建巡抚游震立即向浙江总督胡宗宪告急，请调参将戚继光入闽助战。邓子龙也在这个关键时刻奉命随军进入福建沿海，投入抗倭战争。在七月二十日的战斗中，邓子龙英勇作战，再次斩杀倭寇一名，九月二十八日，明军连击牛田、兴化等倭寇敌营，取得福建抗倭空前胜利。抗倭名将、宜黄人谭纶就任福建巡抚后，在奏疏中特别称赞邓子龙在剿灭福建倭寇过程中的斩获之功。

按照明军论功行赏惯例，经报验明白，蒙巡按监察御史陈志覆实造册送交兵部，入伍四年的邓子龙，在三十二岁这一年，即嘉靖四十一年（1562）正式升为世袭总旗，驻守于南昌卫中所，成为一名隶属于正六品武官百户麾下的下级军官。

嘉靖四十二年（1563），广东总兵刘显、福建总兵俞大猷与戚继光一起再次在平海卫歼灭倭寇主力，总督闽广都御史张皋被给事中陈懋功弹劾"纵寇殃民"，朝廷遂令张臬致仕，任命吴桂芳为兵部右侍郎兼右佥都御史，提督两广军务兼理巡抚。同时以闽广道里隔远，不便兼辖，奏请罢总督，只以提督兼巡抚。

吴桂芳，字子实，江西新建人，嘉靖二十三年进士，就任提督两广军务兼理巡抚后，开始选贤任能，平倭荡寇。刚升为世袭总旗的邓子龙，成为被吴桂芳选取军前的一员得力干将。邓子龙先是奉命前往德庆、罗旁一带开山伐木立营，平定瑶族匪患，随即率部前往清远、英德等县，平定卓文昌等匪患，亲斩敌首六颗。嘉靖四十二年（1563）四月的英德县爬江血战惨烈无比，爬江血战后，邓子龙曾赋诗《爬江血战》以纪其事。诗云：

爬江血战

（英德县，嘉靖四十二年四月）

爬江陷阵独任锋，岂知奸将先妒功。（戴姓者）
七枪入骨心愈壮，九死不回气转雄。
自卯破巢战至午，浑身血染征袍红。

在爬江之战中，邓子龙部独陷重围，率队一路冲锋，身中七枪，枪枪入骨，却越战越勇，战斗从早晨卯时持续至中午午时，鲜血染红战袍，九死一生，斩敌六名，而身为守备的戴懋功，在战斗开始时畏葸不前，战斗即将结束时，又派兵打扫战场，并以“终场战果”给自己报了首功。身负重伤的邓子龙不但得不到表彰，反而被指责负伤后纵容部下撤退，躺在病床上，他气得七窍生烟。

一次次惨烈战斗，致使邓子龙的身体一次次受到创伤，不得不多次延医治疗，故而在其《横戈集》中收录了大量题赠医生、医官的诗歌。在一首题为《赠医生》的诗歌里，邓子龙盛赞医生医术玄妙高超，收费低廉，字里行间自然而然洋溢着对医生的感恩戴德之情。诗云：

赠医生

试药江湖已有年，杖头不较活人钱。
葫芦里面藏玄牝，柱杖根头点永铅。
炼石女娲原有说，飡松平子岂虚然。
乾坤若也能移转，数命归工不在天。

在另一首《赠医生》诗中，邓子龙以战国时以禁方传给扁鹊的神医长桑君开篇，叙述神医救死扶伤的优良传统，更以“杏泉一勺回千军”等语赞美神医的回春妙手。诗云：

赠医生

神医妙自长桑君，东垣升和皆后闻。
简子赐田四万亩，上池饮水三十斤。
禁传六秘骨髓诀，湫涤五藏阴阳分。
我忧四海正枯渴，杏泉一勺回千军。

邓子龙对于引导他弃文从武的恩师罗洪先一直知恩图报，罗洪先也时时刻刻关心着他的成长进步。得知邓子龙作战十分英勇，常常防守要害，且已受赐“兜鍪”而升职，罗洪先感到十分欣慰，却不大清楚邓子龙麾下究竟有多少人，作战时是否讲究阵法，遂寄诗表达殷殷关切之情。诗云：

闻汝提兵遮要害，军前早得赐兜鍪。
即今麾下多少人？阵法如何未讲求？①

对于罗洪先的提问，邓子龙总是谦恭而认真地加以回应。而这种融洽的师生关系未能维持多久，罗洪先就于嘉靖四十三年（1564）去世了。邓子龙化悲痛为力量，在抗倭平盗的战争洪流之中继续大显身手，并于同年参加扫除潮州、惠州一带两万多名倭寇的战斗，为终结牵动朝野的“嘉靖倭乱”立下汗马功劳。

经历数次平定“嘉靖倭乱”的战斗后，邓子龙随即投身于平定土匪盗寇的战斗之中。

嘉靖四十五年（1566）二月，广东提督吴桂芳会同南赣巡抚吴百朋，征兵十万，并起用被朝廷罢免不久的原总兵俞大猷为总指挥，部署征剿广东东北山贼李亚元部，分为前后左右中五哨，邓子龙被指定为一哨先锋。李亚元出身矿工，

① 隆庆本《念庵集》外卷十五，第24页。

曾率三万矿工劫掠广州、惠州、韶州三府，杀掠男女万余人，此时又将其徒众四万余人分布于翁源、河源、新丰、和平、龙川、从化诸县，立有大小巢穴二百余所，不时出掠，为害一方。邓子龙与都护陈璘一起，分为一哨，征剿盘踞在翁源、河源等地，号称红头将军的李亚元部匪首凌珠、官祖政等匪首，在战斗中，邓子龙善用刀马，娴于阵法，亲自擒获匪首官祖政，斩敌二十六名，蒙巡按监察御史覆实造册上送，奉勘合升为南昌卫中所试百户。

嘉靖四十五年（1566）十二月，明世宗朱厚熜驾崩，其子朱载垕登基，第二年改为隆庆元年。已经升任南昌卫中所试百户的邓子龙又面临新的作战任务。

巨寇曾一本为海盗吴平党羽，曾令手下一千五百人接受官方招安，入则廪食于官，出则下海为盗，拦截盐商船只收税，为所欲为，令人发指。到了隆庆元年（1567）三月，曾一本又趁着明军削弱沿海兵力的机会，招兵买马，与倭寇残余势力勾结而再次反叛，攻掠闽广，横行海上，使东南沿海不得安宁。

曾一本进犯广州，绑架澄海知县，以炮击毙守备李茂材。隆庆二年（1568）六月十日，曾一本攻广州未克转而进犯廉州，并于十一月二十四日勾结残倭势力，接连夺取琼州、崖州等地。穆宗皇帝接到奏报十分震怒，下诏切责各官，停发总兵俞大猷、郭成俸禄，命总督刘焘会合闽广水师夹击，又以广东总兵官郭成、福建总兵官李锡为主力，广西总兵官俞大猷协督进讨。

诏命既下，广东总兵官郭成于隆庆三年（1569）正月将邓子龙选调军前，直接隶其标下，前往广东沿海一带，与闽军、桂军携手征剿曾一本。

与爬江血战相比,东海之战规模更大,对手更加凶悍、狡诈,战事旷日持久而惨烈异常。亲历了这次惊心动魄的东海血战后,邓子龙赋诗《东海血战》以纪其事。诗云:

东海血战(隆庆三年)

揭扬巨寇曾三老,剽掠称雄居海岛。
水兵数万莫撄锋,两省英雄皆草草。
电白直入佛堂门,扎住海珠二十日。
三司百姓夜上城,束手元戎无计出。
三省会师约南澳,东西顺逆风不到。
五月十二排战船,猾寇乘风先有报。
闽师十万败如洗,将官沉水金门里。
蔽海艨艟悉卷空,军装火器尽为取。
乌艚碣石凭风起,白沙一日长洲尾。(八日程)
贼船夜扎牛田洋,轻视广兵容易喜。
胜负未分莲澳战,一声霹雳船不见。(铳自破舟)
风消烟散浮似蚁,曾贼天亡莲澳底。
猿臂擒来尚未死,主将冒官传与子。

诗歌表明,诨号曾三老的巨寇曾一本,剽掠称雄居于海岛数年,令两省水军莫奈之何,即所谓"束手元戎无计出"。直至三省会师相约南澳,依然"东西顺逆风不到",战斗一度陷入僵局。隆庆三年(1569)五月十二日,明军战船排阵,准备再战,而曾一本早已获悉情报,致使十万闽军功败垂成,得不偿失,正所谓"闽师十万败如洗,将官沉水金门里。蔽海艨艟悉卷空,军装火器尽为取"。六月初二日的铜山之战,又因逆风而使海盗逃脱,直至六月四日以后,曾一本才受挫于冲击铜山要塞以及玄钟澳战斗。六月十八日的血战，又导致明军把总余正等将领阵亡。闽军屡战失利，朝廷决心改变战术，以首尾相连的广东战船经过八日行程，以广东总兵官郭成及其麾下邓子龙部开进敌巢牛田洋附近，初步扭转战局。六月二十六日，海盗曾一本被明军包围在闽广交界处莲澳，曾一本夜扎牛田洋，看到广东兵船到来，他依然认为广东兵非常容易对付，而且不堪一击。而当莲澳之战打响，随着明军万铳齐发，敌舟沉没，敌阵崩溃，曾一本被活捉，战斗才最终取得决定性胜利。正所谓“风消烟散浮似蚁，曾贼天亡莲澳底”。

当年七月，邓子龙以在征剿巨寇曾一本以及征剿海丰、平山、东洲坑等处倭寇等战斗中再立新功，蒙广（东）、福（建）两省纪功，并经御史覆实造册送呈兵部，奉勘合议升邓子龙为世袭实授百户，正式成为正六品武官。十月，邓子龙又在于竿塘海洋等处亲斩真倭首级二颗，经报验明白，蒙巡按监察御史覆实造册送部，奉勘合议升邓子龙为世袭副千户。这一年，邓子龙三十九岁，在历次征战后，他终于跻身于将军行列，因为明朝管制规定，自从五品武官副千户起即可授予武略将军以上军衔。

四、城上射杀光头倭　深山匹马擒盗寇

隆庆四年（1570）五月，为了平定死灰复燃的残余倭寇，邓子龙在东海滘亲自斩杀一名倭寇，又在平海擒获二名，招降三十二名。隆庆五年（1571）五月，邓子龙又在征剿东莞、沥源等地倭寇的战斗中，亲自斩杀二名倭寇。

很长一段时期以来，盘踞在广东惠州岭西河源的唐亚六，与广州从化万尚钦、韶州英德张廷光等匪众与倭寇沆瀣一气，大肆劫掠郡县，导致生灵涂炭，官军屡次进剿，未能取胜。为了平定匪寇，朝廷命张元勋以都督佥事身份前往广东，接替原广东总兵郭成镇守广东。张元勋，字世成，浙江太平人，沉毅有谋，又不避死，勇冠三军。

隆庆五年(1571)七月，副千户邓子龙奉命调至张元勋麾下，征讨岭西从化山匪唐亚六。遵照张元勋各个击破方针，邓子龙在激烈战斗中冲锋陷阵，亲自斩杀三名敌人，最终赢得斩杀匪首唐亚六、杀敌六百余的巨大胜利。

当年八月，邓子龙又在给事中陈吾德举荐下，投入群盗充斥的云乡等地战斗，邓子龙率部从新会水陆哨一举攻破云乡匪巢，亲自擒获匪首阿元、黄亚二，并斩敌一人。

十一月十六日，倭寇卷土重来，气势汹汹进犯广东新宁县城。新宁县始建于明弘治十二年(1499)，民国三年(1914)改名台山县。其城三面环山，一面丘陵，东北有北峰山，东南有南峰山，西南有大隆山、紫罗山，南海中有上川山和下川山，西北以丘陵居多。

邓子龙傲立城头，严阵以待，看到倭寇来犯，怒不可遏，领兵张弓射箭，接二连三用药箭射死六名光头倭寇，吓得倭寇仓皇逃遁。邓子龙乘胜追击，纵身跃上战马，单骑出城，再次张弓射箭，射杀一名倭寇。

邓子龙屡立战功，并以勇冠三军而声名大噪。时值新宁百姓设坛祈谷，邓子龙表演的“拍牛令驶”绝活令人瞠目结舌。邓子龙一出场，众人目光聚集，噤若寒蝉。少许，一头彪悍的耕牛身披彩绸，拖动犁铧狂奔入场，只见邓子龙猛然跃至耕牛身后，用力曳住其尾，牛即倒行。看到这一精彩表演，尖叫声、欢呼声、鼓掌声响成一片。邓子龙“拍牛令驶”的佳话由此流传数百年。

攻新宁不克，倭寇转而掳掠沙冲、独冈等地，邓子龙一鼓作气，穷追猛打，又于十二月初四日在那西营（今海南儋州）投入激战，亲自斩杀三名敌人，夺回被掳百姓数百人，受到两院荐奖。

邓子龙不负众望，频频征战，屡立战功，于隆庆六年（1572）正月初在广东新会县东南潮连巡检司外海擒杀海盗头目薛希贤及党羽。正月二十五日，邓子龙率部击退突袭新会、古劳、古博的千余名山匪，斩杀郭、王二酋，部下斩匪三十九人，乘胜直捣敌巢，夺回被掳掠的百姓三十八人。由此受到两广军门都御史殷正茂奖荐。

紧接着，邓子龙又奉张元勋之命，北上藤峒、九迳等地剿匪，当匪首黄高晖策马向深山逃逸之时，邓子龙也跃上战马穷追不舍，终于在深山之中将其生擒，加之其麾下的郑庚长、伍亚奴部也颇有斩获，再次受到巡抚都御史殷正茂等人奖荐。

万历元年（1573）六月，邓子龙在新宁海宴擒斩流寇六十名。八月，他又奉命征讨岭东惠州一带惯匪。

岭东，在广东岭南东路，即惠州罗浮山以东一带，这一带肆虐的山寇，以苏继相为匪首，聚党三千余人，占据揭阳黄寨等处，与原已招抚的匪首吴成龙、刘兴策等互出为盗，攻城掠地，阻绝衢道，危害一方，朝廷八次派兵征剿，依然换不来地方安宁。邓子龙曾赋诗《叹岭东八征不靖》以咏其事云：

叹岭东八征不靖

岭东征复征，草树烽尘烬。
荆棘满道途，阴雨暗时令。
嗟哉官报迁，痛矣民无定。
农事欲趋作，室家已悬磬。
猿啼万壑空，鸟泣千山尽。
请问肉食人，肤发当静听。

随着一次次征讨失利，岭东地区荆棘丛生，民不聊生，十室九空，惨不忍睹，正所谓“农事欲趋作，室家已悬磬。猿啼万壑空，鸟泣千山尽”，面对如此惨状，邓子龙在诗中发出“请问肉食人，肤发当静听”的强烈呼吁，恳请当权者放下身段，侧耳静听，尽快剿灭岭东匪患。此诗的诗风，不禁使人想起唐代诗人杜甫的《石壕吏》，诗歌以写实手法描摹战争及匪患的灾难，并呼吁当局尽快采取拯救措施。与此同时，兵科给事中张楚城、南京御史陈堂也纷纷上书请征岭东，朝廷即命新任广东总兵官张元勋部署进剿岭东。

邓子龙奉命之后，率部征讨岭东惠州山匪，共擒斩四人，部下斩敌二十名。由此受到巡抚江西右副都御史凌云翼以及巡按江西御史燕儒宦会荐。

万历二年（1574）十月，邓子龙又奉巡抚杨成之命，在靖、宁、武等县缉剿盗寇，并以其神勇，在马背上擒获匪首李清潭等解报。同年十二月，以倭寇陷广东铜鼓石、双鱼城后，督抚殷正茂督率总兵官张元勋追剿之功，神宗赐予殷正茂荫子入监读书，且命张元勋实授都督同知。作为殷正茂、张元勋麾下的得力干将，邓子龙也受到殷正茂、张元勋奖荐。

邓子龙历经血战，一路高升，在经历几次大战之后，满怀胜利喜悦的邓子龙赋诗《大征贼复作口占》云：

大征贼复作口占

入幕纷纷燕雀随，东南烟雨漫相催。

青山旧恨添新恨，满眼疮痍国手谁？

戎马倥偬之际，身体健朗的邓子龙在广东惠州顶着烈日率先登上山峰，并欣然赋诗《惠州题壁间日下喜占鳌头》云：

惠州题壁间日下喜占鳌头

孤飞来自天门冬，止有晓日扶桑红。

下有一个从云公，鳞角头甲非群同(济时霖雨八荒通)。

邓子龙路过福建南安府(今大余县)一带的大庾山时，又赋诗《过大庾山四景》，以四首五绝表达撼天动地的凌云壮志。诗云：

过大庾山四景

南安东山上，一塔如卓笔。

以之书青天，我有擎塔力。

神人昔鞭山，一山走披衪。

我来按其首，为挽双子髻。

梅岭有老猿，授我一部经。

披阅静乾坤，白日走雷霆。

大庾西华山，森削峥天关。

我登发长啸，声响惊百蛮。

南安市，雅称武荣，位于福建省东南沿海，晋江中游，现为福建省泉州市下辖大余市。

诗歌中的第一景，写的是南安东山上的高塔，以“南安东山上，一塔如卓笔”之句，形象地描写出这座塔所处的地理位置及卓然犹如巨笔的外貌形态特征。然后以“以之书青天，我有擎塔力”的浪漫主义手法，抒发自己可以擎天之力，用巨塔书写青天的豪情壮志。

第二首诗从“神人昔鞭山”这一虚写的传说入手，再以“我来按其首，为挽双子髻”的拟人化浪漫主义手法，极状大庾山犹如双子髻而又动感十足的姿态，从而营造出人神合一的雄奇境界。

第三首诗同样由虚入实，借梅岭老猿授我一部经，自己披阅之后，乾坤为之寂静，白日可走雷霆的神思妙想，烘托出梅山的神秘莫测，博大精深。

第四首诗，在描写大庾西华山森削峥嵘后，以自己登临山顶一声长啸可惊百蛮的磅礴气势，极状大庾山的险峻巍峨，表现诗人吞吐日月、扭转乾坤的神武英姿，抒发诗人誓以洪荒之力平定百蛮的坚定信念。

第三章　转战赣浙

五、进驻江西鄱阳湖　铁甲雄兵唱凯旋

邓子龙在东南沿海屡立战功，时值巡抚江西右副都御史凌云翼根据鄱阳湖一带匪情，奏请裁革抚州、建昌参将，加分巡湖东道佥事陈学伊兵备职衔，饬抚州、建昌、广信三府督率练兵、同知、把总等官，参将部下存留官兵调至省城，发管操都司挑选分布，造兵船，专一往来鄱湖上下剿匪。邓子龙遂于万历三年（1575）二月奉诏命升授江西抚州地练兵把总，正式回到家乡江西。不久，邓子龙又奉抚按举荐，升任鄱阳湖守备。

鄱阳湖，古称彭蠡、彭蠡泽、彭泽，在今江西省北部，鄱阳湖守备驻地在江西省余干县康郎山，又称康山。为了维护鄱阳湖的安宁，邓子龙又于万历四年（1576）二月十九日亲督兵船，在康郎山附近四山塘水城截获强盗傅十一等人。

康郎山上建忠臣庙，邓子龙担任鄱阳湖守备期间，曾于戎马倥偬之余登临康郎山，拜谒忠臣庙。赋诗《别康山忠臣坐次》云：

别康山忠臣坐次（因丁普坐韩成之左，遂右）

一战鄱湖沩汉非，大明从此定皇畿。

韩侯直气能全主，丁普频降夜破闸。
六十万军黄叶堕，三百八士亦心归。
康郎庙食居谁最，十万江山系青衣。

这是一首咏史诗，诗歌题记点明，作诗动因在于看到丁普坐韩成之左，而自己认为丁普应在韩成之右的观点。

明朝开国之际，朱元璋与陈友谅大战于鄱阳湖，却被困于马家渡口，幸亏韩成舍生取义，假扮朱元璋投水身死，方使朱元璋得以安全脱逃。后来，刘基在鄱阳湖口设计用火攻打陈友谅水师，并令原陈友谅部将丁普诈降为内应。刘基又设坛祭风，朱元璋乘风举火攻杀，终挫敌锋。这次战役奠定了明朝皇畿。朱元璋在鄱阳湖大败陈友谅之后在康郎山上建忠臣庙，以纪念在大战中为他效忠的将士韩成、丁普等人，而忠臣庙里，丁普坐韩成之左，表示地位低于韩成，而在邓子龙看来，“韩侯直气能全主，丁普频降夜破关”，所以，真正为此战起到决定性作用的应该是诈降为内应的丁普，他的座次应排列在假扮朱元璋投水而死的韩成之右，以示丁普之功高于韩成。

在历经数次征战之后升任守备的邓子龙，置身于奠定明王朝皇畿的鄱阳湖，之所以在这里要肯定频降夜破关的丁普，正是基于这一时期荡平匪寇最为迫切需要的，现在最缺乏的还是真正能够里应外合，驰骋疆场的战将。

多年以来，江西与湖广连界的大沩山黄竿坪一带并不安宁，以李大鸾为首的宁州之乱匪众，主要活动在大沩山一带。大沩山雄跨宁乡西北，北邻桃江、西接安化，以沩山为主体，周围群山密布，且为湘江支流沩水发源地，李大鸾以黄岗山为基地，招兵买马，自称“楚王”，横行无忌。朝廷多次派兵征讨宁州之乱，却以山高林密而征剿不力，致使匪首李大鸾一直逍遥法外。

万历四年(1576)七月二十八日，江西监察御史张简上奏“宁州山贼啸聚流劫”，神宗皇帝降旨将南昌兵巡佥事王徽猷褫职闲住，降通判袁祖义等于边方，削吏目柳益、赵不昧等职，命宁州知州陈以忠戴罪办事。同时，朝廷任命治河专家潘季驯以总理河道右副都御史衔巡抚江西。

同月，经江西军门都御史杨保举荐，新任巡抚潘季驯委以邓子龙征剿江西西北宁州一带流寇李大鸾重任。便率五百精兵，从康郎山驻地前往宁州(今江西修水县)，途经大幽山时，他豪情万丈，以必胜的信心，慷慨赋诗《过大幽山金鸡桥(曾有人败兵于此)》，并对昔日官军的无能进行讥讽。诗云：

过大幽山金鸡桥(曾有人败兵于此)

短甲轻兵入武乡，西风吹石铁衣凉。

大幽山下无情水，笑问金鸡旧战场。

路过武宁黄竹茅竹山时，他又赋诗《度茅竹山》，描绘茅竹山的蓊郁高峻，抒发自己的凌云壮志。诗云：

度茅竹山

吴西茅竹高天关，寒风六月行路难。

狐兔纵横昼出没，行人樵采顾攀援。

我来岭头适一呼，风生万壑烟云闲。

从容直上九万里，眼空宇宙天地间。

昆仑太行若抔土，安得高似燕然山?

邓子龙一到宁州，戴罪办事的宁州知州陈以忠即兴冲冲地前往军营慰问，两人一见如故，相谈甚欢。陈以忠，字直甫,号云浦,举人出身,虽被弹劾而在知州任上戴罪办事,却对剿匪事宜毫无懈怠之心,邓子龙奉巡抚潘季驯主持全面征剿事宜之命后,认真听取陈以忠对敌我态势的详细分析,然后精心部署征剿事宜。

部署初定,邓子龙率把总蒋舜恭、胡裕统领标兵,驻扎宁州铜鼓石,将官军分为五哨,一在武宁黄竹洞,一在万载黎源洞,一在新昌黄冈洞,一在奉新百丈山,一在靖安双坑洞,部署成口袋阵,连夜奔袭。同时命手下军兵装扮成行人商旅,分批行动,经青草岭金锡寺、大南山金鸡桥和茅竹山前进,自己布衣草履,混迹行伍,昼伏夜行,深入贼巢,一举擒获卢本江、吴末保等十一人,经审讯,查出詹孔舜等潜伏地点,即于万历四年(1576)八月内,以三日兼行五百里的速度,追至湖广浏阳、长沙等处,亲擒叛首吴子明等人,再追至湘东,将王有约、詹少峰等十九名叛乱头目一网打尽。

战斗取胜后,邓子龙对于布衣草履,混迹行伍,昼伏夜行,途经青草岭金锡寺、大南山金鸡桥和茅竹山,深入贼巢的战斗经过一直难以忘怀,遂赋诗《过青草岭金锡寺》,通过描写金锡寺一带险要地势,以及钟鼓之声不绝于耳的环境,反映出邓子龙在艰苦卓绝战斗生活中的乐观、豪迈心情。诗云:

过青草岭金锡寺

青草峰高插翠微,路从天外白云低。
山腰古寺传金锡,钟鼓松梢到马蹄。

在征战过程中,邓子龙顶风冒雨,迷失道路,不得不询问农夫,寄宿新昌过后,雨水停了,他赋诗《寓新昌雨次》,描写征程艰难及战后山水美景。其中"林肥花瘦三千丈,惟是江南有鹧鸪”两句，采用夸张、对比等手法，不愧为写景佳句。诗云：

寓新昌雨次

久雨泥途礼数疏，征人向廓问农夫。
林肥花瘦三千丈，惟是江南有鹧鸪。

尽管宁州之乱罪魁祸首李大鸾仍然逍遥法外，宁州之乱可谓初战告捷。在此次战斗中，戴罪办事的宁州知州陈以忠（号云浦）是一位使邓子龙最值得信赖而又难以忘怀的人物。初战告捷后，邓子龙于万历四年（1576）八月初二日赋诗《联宁州陈云浦韵》以赠。诗云：

联宁州陈云浦韵

（万历四年八月初二日）

文驾入军中，谈兵兴不穷。
眼中无百兽，腰下有双龙。
身比匹夫弱，气夺万军雄。
笑谈枭丑类，血蹀马蹄红。

全诗通用对比反衬手法，赞扬陈云浦虽为“文驾入军中”，却“谈兵兴不穷”，尽管“眼中无百兽”，却“腰下有双龙”，虽然“身比匹夫弱”，却“气夺万军雄”，在谈笑之间消灭丑类，血蹀马蹄红。正是这样一位貌似文弱书生却满腹韬略的知州，不得不使邓子龙产生惺惺惜惺惺之慨，并将其引为同类，在赞扬对方文韬武略之余，也用以自况，字里行间自然流露出对于二人配合默契的喜悦心情。

除了《联宁州陈云浦韵》外，邓子龙在送别陈云浦之后，还先后赋诗《捷闻云浦忆别》《寄宁州守陈云浦》《忆别陈宁州因寇解官三首》等回忆陈以忠（号云浦）。

宁州之乱初战告捷后，陈云浦与邓子龙在田浦村摆酒诀别，邓子龙赋诗《捷闻云浦忆别》以纪其事。诗云：

捷闻云浦忆别

樽酒与公田浦别，捷书原约在中秋。
吴烟楚雨归长剑，秣马南山解胜游。

《忆别陈宁州因寇解官三首》，以“坚垒不辞亲力破，凯歌何处故交迎。倚天回首修江上，银树河桥无限情”等语，赞扬陈云浦文韬武略，表达二人并肩战斗的深厚情谊。诗云：

忆别陈宁州因寇解官三首

秣马西风罢战征，桂花香衬绣袍轻。
眼中狐兔秋前尽，江上芙蓉雨后明。
坚垒不辞亲力破，凯歌何处故交迎。
倚天回首修江上，银树河桥无限情。

班师载酒送君行，行李萧然下武宁。
露堕千山红树泪，风悲万井白头声。
素知有道辞官重，怪底无才任将轻。
神物天涯终有合，莫为儿女怆离情。

鲁山擐甲共论兵，意气横秋万胆惊。
方略仗君擒远寇，生灵无计挽长城。
忧时莫负传家剑，去国还看教子经。
天南天北知己在，锡山长见斗牛星。

《寄宁州守陈云浦》以“誓擒元恶凯歌还”“将军尝胆五更开”等语赞扬陈云浦平寇的决心和毅力，并以“白发还为儿女颜”，追忆陈云浦与自己情深谊厚、难舍难分挥泪告别的情景。诗云：

寄宁州守陈云浦

远驾长驱出楚关，誓擒元恶凯歌还。

旗开异域风生草，甲照中秋月满山。

士卒卧薪长夜壮，将军尝胆五更开。

赤心未了乾坤事，白发还为儿女颜。

战后宁州，百姓安宁，天下太平，邓子龙满怀胜利豪情，欣然赋诗《吴西荡寇》并将此诗镌刻在新昌（今宜丰）官山指挥所旁的一块巨石上，石上又题“点将台”三个大字。诗云：

吴西荡寇

西风恶雨山道险，古木云栈马难前。

崖谷剪草荡匪寇，铁甲雄兵唱凯旋。

一如从前的多次战斗一样，邓子龙在吴西之战中作战英勇，身负重伤，战后不得不麻烦医生疗伤。邓子龙赋诗《赠浏阳医生》，以表达对浏阳医生吴生的感激赞扬之情。诗云：

赠浏阳医生

高秋传号令，荡寇度吴西。

山气侵征骨，岚烟入将脾。

妖魂迎剑落，丑魄逐旗飞。

吴生来虎帐，洗药比神威。

邓子龙曾夜宿湖广浏阳灵圣庵，赋诗《舟泊灵圣庵》，描写灵圣庵孤峰临江、山势崔嵬、仙苔肥硕等地形地貌特征，以及“击磐梵传空谷应，募缘僧带夕阳归”的山寺画面。诗云：

舟泊灵圣庵

麦果停舟一振衣，步从千仞上崔嵬。

凌虚怪石穿云瘦，胜地仙苔着雨肥。

击磐梵传空谷应，募缘僧带夕阳归。
山南宋有萧骢马，文献当年未品题。

六、加衔改注铜鼓石　撑住乾坤镇吴楚

平定宁州之乱，进一步展示邓子龙杰出的军事才能，由此深得江西巡抚潘季驯赏识，潘季驯还专门撰写奏疏，竭力举荐邓子龙。奏疏云："鄱湖守备邓子龙，忠诚自许，谋勇兼资，执锐披坚，身先多士，冲锋冒险，手缚元凶，孤军成破竹之勋，万口协干城之誉，似应破格优叙，以酬其劳"，又云："鄱湖守备邓子龙，智能料敌，勇足济谋。布衣草履，混迹行伍，而黠寇莫测其机，昼伏夜行，深入贼巢，而巨首难逞其技。获功于异省，用力尤艰，摧敌于方张，先声克振，所当优叙或量加职衔者也。"①

万历四年(1576)十一月十五日，江西巡抚潘季驯与按察使张简，以大沩山横界宁州等六州县历来是盗寇出没之地，奏请在宁州铜鼓石添设守备，以邓子龙加衔改注，调任铜鼓石守备。当日的《明实录·明神宗实录》记载："万历四年十一月癸卯，江西抚按潘季驯、张简，以宁州、奉新、靖安、武宁、新昌、万载六州县，万山联络中多盗薮条上弥盗七事：一谓大沩山横界六州县，向为贼窟，近移兵道于宁州而将领未设，请于铜鼓石添设守备一员，即以潘阳守备邓子龙加衔改注，拨以千兵，附近官兵悉听调度。"

与此同时，与宁州等六州县毗邻的湖广梅子园等地也引

① 〔明〕潘季驯《潘司空奏疏》卷四《报擒山贼并议功疏》。

起湖广抚按陈瑞等人关注，结合江西、湖广奏疏，兵部同意铜鼓石等处增将设防，同时指示湖广亦宜增置，以便合掌共击。万历四年（1576）十二月六日的《明实录·明神宗实录》记载："万历四年十二月甲子，湖广抚按陈瑞等言，江西卢源洞贼罗朝广等越境逋入大沩山，江防道佥事蒋梦龙获之。地方之患虽除，善后之策宜画议，移瞿家寨巡检司于梅子园而建堡于大沩山及金铺观各一。兵部因言，顷江西铜鼓石等处增将设防，本部覆湖广亦宜增置，以便合掌共击，今据会议更置巡司，添设哨守，甚善。"十八日，神宗皇帝对此奏疏及覆示加以御批云："是这弭盗条议，着该抚按官督率兵备道着实行，不许徒以建议了事，钦此！"

为了确保江西、湖广毗邻处的大沩山一带安宁，四十八岁的邓子龙于万历四年（1576）冬天受命于危难之间，奉旨加衔改注，从鄱湖守备调任铜鼓石守备，且拨以千兵，附近官兵悉听调度。

从鄱湖调任铜鼓石以后，邓子龙赋诗《鄱湖改定江即铜鼓石》，诗歌先以"定江千仞石，鄱湖万顷波"，将鄱阳湖万顷碧波，以及铜鼓石石崖千仞进行对比，突出铜鼓石的奇山异水及险要地势，再以"云收潜虎豹，风静隐鼋鼍"描写铜鼓石藏龙卧虎的地理特征及军事战略地位。严峻的戍守任务，迫使邓子龙变得"内食忧时少，愁生大瘦多"，在紧张忙碌中日益愁苦、消瘦。尽管如此，邓子龙依然以苦为荣，觉得铜鼓石是一片更加广阔的用武之地，即所谓"乾坤随自转，一剑任横磨"。诗云：

鄱湖改定江即铜鼓石

定江千仞石，鄱湖万顷波。

云收潜虎豹，风静隐鼋鼍。

内食忧时少，愁生大瘦多。

乾坤随自转，一剑任横磨。

进驻铜鼓石后，邓子龙开始修建铜鼓石守备营房，在铜鼓石上题刻《题铜鼓石》诗。《题铜鼓石》在描摹铜鼓石状如南山虎，貌似铜鼓的外形特征之后，以"英雄一剑破中坚，撑住乾坤镇吴楚"之句，赞扬铜鼓石顶天立地的高大形象，同时暗喻自己也要像铜鼓石一样，拥有誓死撑住乾坤，镇守吴楚的非凡气魄。诗云：

题铜鼓石(又名旌阳试剑石)

定江巨石当路傍，有人疑是南山虎。

笑汉将军止没羽，乃不贯之何足数。

又传此石名铜鼓，上应北辰开帅府。

英雄一剑破中坚，撑住乾坤镇吴楚。

铜鼓石是一块高达十余米的巨石，形如铜鼓，邓子龙于铜鼓石右侧题刻"试剑"两字，落款署名"武桥"，邓子龙又在铜鼓石左侧题刻"潘周过化"四个大字，落款"邓子龙书"。"潘周过化"是指江西巡抚潘季驯和巡道周思敬举荐邓子龙镇守于此后，铜鼓石地方复归王化。

相传，许逊即许旌阳曾逐蛟过铜鼓石，石中有声，挥剑劈之，一石中分为剑劈状，以后形成铜鼓县知名景观。铜鼓石形似铜鼓，中有裂缝，前濒定江河，后倚大沩山，为浏阳、平江、新昌(宜丰)、万载各州、县适中之地，水通彭蠡(鄱阳湖)，地接荆湘，雄踞湘赣边陲，地势险要。因铜鼓石守备设于宁州，故在《邓子龙请封供状书》等处也将铜鼓石守备称为宁州守备。邓子龙驻守江西宁州铜鼓石之后，朝廷开始在铜鼓石西侧设置铜鼓县。

铜鼓石北侧有仙羊寨，山势险要，奇峰耸立，三面悬崖，一面缓坡，寨顶平坦宽敞，景象开阔。邓子龙在此驻兵不久，以亲历亲感描摹所见所闻，赋诗《游仙羊寨 · 宁州铜鼓石》。此诗以浪漫主义手法，借用仙羊寨的“仙”字，表达真正的仙羊已去不知多少年了，自己到来，代替仙羊重作仙羊主的浪漫主义情怀。奇思妙想中无不体现出邓子龙这个仙羊主如仙似神的潇洒与浪漫。在仙羊寨里，“仙”人“仙”境主宰着整个世界，只要他呼唤一声，仙童就酌来仙酒，仙花立即开满丘壑，仙禽声声鸣啭；只要他大笑一声，仙风就八面而生，仙霞化作千山雨。在如此出神入化的境界里，仙羊主要风得风，要雨得雨，无所不能，已经进入超凡脱俗的天地。此诗在《横戈集》中有标题《游仙羊寨 · 宁州铜鼓石》，而在题壁中却无标题，并有“万历五年丁丑冬剑江武桥邓子龙书”落款。诗云：

游仙羊寨（宁州铜鼓石）

仙羊已去何年许，我来重作仙羊主。

呼仙酌酒仙童歌，仙花满壑仙禽语。

一笑仙风八面生，仙霞化作千山雨。

万历五年丁丑冬剑江武桥邓子龙书

为进一步稳定铜鼓石一带安宁，邓子龙礼贤下士，在礼请孔仰山进入铜鼓石过程中，他欣然赋诗《请孔仰山进铜鼓》。诗云：

请孔仰山进铜鼓

铜鼓云深细柳封，不知红紫逞妆容。

主人可也随春色，笑步江城二月红。

在春光明媚的时节，邓子龙从犹如周亚夫细柳营的军营里出门迎接孔仰山，主客相逢，笑意融融。眼前那含情脉脉的早春二月美景，正与主客之间愉悦欢快的心情交织汇集在一起。

驻守铜鼓石期间，邓子龙时刻不忘练兵，并以建功立业远大抱负，寄希望于学习兵法的年轻人，赋诗《诮学兵》。诗云：

诮学兵

赤子潢池学弄兵，旗旌鼓角似周星。

妖禽野啸深村雨，山鬼岩呼半夜晴。

当道孰知钻刺重，忧时谁许死生轻。

疮痍满眼生灵急，国手回春答圣明。

在“旗旌鼓角似周星，妖禽野啸深村雨，山鬼岩呼半夜晴”的特殊环境里，一些赤胆忠心的年轻人（赤子），忧国忧民，在军营（潢池）里刻苦练兵，不计生死，为的是拯救满眼疮痍、生灵涂炭的社会，报答圣主明君。

平时多流汗，战时少流血。邓子龙加强练兵，终于打造出一支威武之师。万历五年（1577）四月，邓子龙带着这支精兵强将，在江西宁州再次夺获平乱之功，蒙江西监察御史张简奖荐，得到了神宗皇帝赏赐的十两银子。更为兴奋的是，久捕未获的宁州之乱罪魁祸首李大鸾也在这年十月落入法网。

这一天，李大鸾化装成算命先生，从大沩山前往宁州方向打探消息，在安乡黄坳店稍事歇息，正准备买酒就被党正余从易、保长萧训明认出。邓子龙闻讯，立即带领标兵及巡检汪希贤、甲长黄守隆等追到黄坳店，一拥而上，将李大鸾、罗保擒获，交与巡抚潘季驯审讯，宁州之乱的元凶李大鸾终于被斩首示众。

这一时期，邓子龙还创作了一些情景交融，旨意高远的写景诗。在《口占雨涨》中，邓子龙借江干雨气收，百川涌中流，斜矶怪石消形迹的壮阔图景，抒发“此日堪行万斛舟”的豪迈激情：

口占雨涨

卧报江干雨气收，百川齐到涌中流。

斜矶怪石消形迹，此日堪行万斛舟。

在《扇中画舟》中，邓子龙由“男儿立志当自雄，孤舟荡漾风波中”生发出“逆流直破五湖浪，扬帆收拾千江红”的豪情壮志。诗云：

扇中画舟

男儿立志当自雄，孤舟荡漾风波中。

逆流直破五湖浪，扬帆收拾千江红。

在《游宁州南山寺》中，邓子龙先描写山水交融，舟人渔子相争先，悠然自得的南山寺景物，然后以“我来仗剑冠云巅，长风一扫归江烟”这样气势磅礴的豪迈诗句，表达誓欲仗剑云巅，化作长风，横扫万里云烟的宏大理想。再次展现出邓子龙诗歌虚实结合，现实主义与浪漫主义完美融合的艺术特色。诗云：

游宁州南山寺

南山古刹临诸天，钓矶山谷称名贤。

山腰楼阁虚层然，老藤照水惊龙眠。

蜃鰕吹浪幽岩边，舟人渔子相争先。

我来仗剑冠云巅，长风一扫归江烟。

在《观洪水得眸字》一诗中，邓子龙以“眸”韵，描写雨后带病登楼时观察洪水的独特感触。诗云：

观洪水得眸字

雨后病登楼，依稀步欲浮。
江肥吞石面，云瘦空天眸。
水色拖长恨，松声带远愁。
欲作中流柱，风波任两头。

病后雨中登楼，邓子龙看到一幅犹如海市蜃楼的缥缈图景，依稀感到步伐漂浮，飘飘欲仙。然后以“江肥吞石面，云瘦空天眸”“水色拖长恨，松声带远愁”等工整对偶句，描写洪水升腾（江肥）吞没石面，云彩薄瘦（云瘦）而令人天眸一空，渺茫的水色拖动长长的遗恨，不息的松声携带辽远的哀愁等意境。诗歌以“欲作中流柱，风波任两头”作结，把视角定格在挺立海面，任随风波四起的巨礁之上。这块巨礁，对于病后雨中登楼的诗人来说，无异于注入一针强心剂，立起一棵精神标杆，成为他战风斗雨的榜样和力量源泉，由此进一步坚定了诗人顶天立地，不惧风吹浪打的理想信念。

中秋前一日，即八月十四日，忙于征战的邓子龙铁衣未了忘家念，几乎忘记家人团聚这一中国传统佳节，突然想起中秋节就要到了，天空却似乎要下雨了，心头不由得大吃一惊，在这忘却家念，舍身报国的环境中，只希望“银汉休移别处明”“莫教恶雨暗山城”“勿唱邮亭关塞曲”。诗云：

中秋前一日欲雨

明朝人报中秋节，心思俄然起一惊。
多少好怀投碧落，莫教恶雨暗山城。
铁衣未了忘家念，银汉休移别处明。

勿唱邮亭关塞曲，天南遗恨未曾平。

邓子龙诗《宿禅林寺有感》，表面看来似乎是描写寺庙，实则在追述一次惊心动魄的夜战。诗云：

宿禅林寺有感

丑类原无策，劳帅夜破围。

秋声传号令，月色上旌旗。

树静猿啼急，云闲犬吠迟。

禅林钟鼓寂，谁识丈人非。

回到江西，邓子龙先后在距离家乡丰城不远的抚州、鄱阳湖、宁州等地担任守备，这一段带着浓浓乡土情结的军旅生涯，使春风得意的邓子龙诗思泉涌，创作出大量情真意切的山水诗及题赠诗。

宁州人杰地灵，山水绮丽，邓子龙在《宁州风景》一诗中，以“江流多石险，钟鼓半山城”来总体描绘宁州山水交融、钟鼓悠扬的奇景。诗云：

宁州风景

若问修江景，风民幽厉兴。

江流多石险，钟鼓半山城。

宁州修河抱子石，在今江西省修水县四都镇六都村。抱子石呈圆锥状，三面临水，上部腰际处有一石隆起，酷似一位深情的慈母怀抱爱子伫立河边，故而得名“抱子石”。如果是我们一般人看到抱子石，最多也只是从母子亲情之类上加以联想，邓子龙观摩抱子石后，却以拟人化手法，一反他昔日军旅诗歌硝烟味道十足的风格，引申出一个“薄情游子封侯急，无语舟人到信稀”的凄怆哀婉的爱情故事，深情赋诗《过江头抱子石》。诗云：

过江头抱子石

江头抱子望夫归，何世何人以汝违。
云廋月穿心上眼，江肥水浸石中衣。
薄情游子封侯急，无语舟人到信稀。
莫道寒潭多水性，年年清影照斜晖。

在诗歌中，一位母亲怀抱幼子，兀立江头，凝视江面，望穿秋水，盼夫早归。看到如此令人动容的人性化画面，邓子龙首先发问，这位在江头痴情等待的少妇，究竟是被何年何月哪一位负心人所辜负呢？接着又以形象鲜明的工整对偶句“云廋月穿心上眼，江肥水浸石中衣”，描绘出一幅云淡风轻，江水潮涌，明月穿透痴情人心上之眼，江水飞溅，浸透痴情人石中之衣的动人场景，极状痴情人无以复加的思念与期盼。诗歌再以工整的对偶句“薄情游子封侯急，无语舟人到信稀”，将薄情游子急于寻觅封侯，无语舟人久盼夫归却杳无音信二者进行强烈对比，拓展出张力极强的诗歌意蕴，将冰冷的抱子石赋予鲜活的生命力及人性美。诗歌末尾，以“莫道寒潭多水性，年年清影照斜晖”两句拓展想象空间，以画龙点睛的手法，勾勒出寒潭之上潮起潮落，抱子石终将被年复一年的脉脉斜晖映照孤单清影的画面，突出抱子石千年不变的期盼。

七、相知有道出心田　甘霖处处散长天

投笔从戎以来，邓子龙屡建奇功，平步青云，同时对历任江西巡抚、刑部右侍郎的潘季驯，以及江西巡道周思敬等人多次举荐及知遇之恩也心存感激。他曾赋诗《叹功名知遇

三十韵》以表心迹。诗云：

叹功名知遇三十韵

人生行乐乾坤同，得失喜怒春风容。
嗟哉比干与龙逢，亚夫黥布悲重瞳。
宋有勤王到海丰，朝炊未熟无斥烽。
纵横胡马飞如风，何不哨探羊蹄峰。
嗟悲一点日星同，凛然万古称其忠。
姜维善战称罴熊，武侯神算空鞠躬。
国士安知数运穷，谈兵仗义皆盲聋。
蹑足附耳留侯功，笑谈吞吐皆天虹。
精神抖擞气横空，身披鹤氅骑青骢。
八荒一扫烟溟朦，眼中一笑空元戎。
古今何代无英雄，角端入水金沙红。
南倭不灭扶桑东，男儿岂挂天山弓。
北虏未铸阴山铜，莫邪岂倚枯崆峒。
道行不在问侯封，功成几个相知中。
万物一体皆疲癃，我在论德不论功。

诗歌列举大量古代忠臣良将尽忠报国事例，借以说明自古以来千里马常有而伯乐不常有，有忠臣还得要有明君。诗歌提到的龙逄、比干，是中国夏商贤臣，都因忠君爱国、屡进谏言而死。亚夫黥布，指西汉时期名将、丞相周亚夫以及秦末汉初名将英布。周亚夫凭借平定七国之乱等功勋出任丞相且封侯，在汉景帝后元元年却蒙冤下狱，绝食自尽。英布因犯法受黥刑在脸上刺字，故又称黥布。诗歌还列举南宋时期在广东海丰兵败被俘却舍生成仁的文天祥，以及纵横胡马飞如风的西汉名将霍去病、卫青等，赞扬他们“凛然万古称其忠”的高贵品质，哀叹“姜维善战称罴熊，武侯神算空鞠躬”，得出“道行不在问侯封，功成几个相知中。万物一体皆疲癃，我在论德不论功”的结论。

万历五年（1577）十一月，邓子龙赋诗《送友人入觐》，表达对于友人的留恋、祝贺与希望。诗歌以“阳关樽酒送君行，征辔轻车破晓溟”开篇，描写诗人在一个风轻月朗的拂晓，驾着征辔轻车，在阳关为友人入觐朝廷而摆酒送行的场面，祝愿友人入京觐见后，接受新使命，成为政治新星的祝愿。

送友人入觐

阳关樽酒送君行，征旆轻车破晓暝。
宰相无私闲检点，朝廷有道正聪明。
紫宸北去传新命，丹诏南来见政星。
若问农桑烽火事，甲兵才已望轻征。

邓子龙题赠诗，在吟咏离愁别绪、深情厚谊之余常常迸发出催人奋进的战斗豪情。诸如《赠余龙溪》通过描写余龙溪鳞甲飞腾、五云常绕、碧流潺潺的美好景致，表示只要春雷一响，即愿意化作甘霖，滋润万物的博大胸襟。诗云：

赠余龙溪

鳞甲飞腾变态深，五云常绕碧流阴。
待时头角春雷动，化作商家处处霖。

在《赠陈汪源四首》中，邓子龙以“虎臣今到世臣家，忆别苍梧几岁华”等语，自称“虎臣”，而称陈汪源为“世臣”，并说明他与陈汪源是阔别多年的故交。如今，陈汪源已经告别行伍十年，即“别去羽衣今十载”，过着“碧水黄花看晚景”的寿星生活，却给人“鹤发童颜倍少年”“砌兰芝田多雨露”的美好印象，“山亭酌酒故人情”一句再现诗人与故人在山亭酌酒叙旧的动人场景，末尾一句“丹砂何事未曾成”，以问句反诘，借以突出陈汪源退伍以后悠然自得的休闲生活。诗云：

赠陈汪源四首

相知有道出心田，鹤发童颜倍少年。
闲看六龙先后雨，甘霖处处散长天。

虎臣今到世臣家，忆别苍梧几岁华。
砌兰芝田多雨露，玄门尚自老乌纱。

福星偏到寿星堂，丹桂秋来次第香。
碧水黄花看晚景，年年鹤发拜龙章。

山亭酌酒故人情，疏礼渔樵不问名。
别去羽衣今十载，丹砂何事未曾成。

中军，古代武官名，是中军将军的简称，一般由军衔为游击的将军担任，邓子龙在《万中军别》一诗中追述自己与万中军在康郎山的深厚战斗情谊，感慨自己来到铜鼓石，万中军留在康郎山，二人天各一方以后，依然不时想起“草树茫茫故苑花”，表达距离虽远而心有灵犀，友谊长存的深情厚谊。诗云：

万中军别

康郎铜鼓各天涯，草树茫茫故苑花。
忆昔山西有扳宅，岂留猫犬落人家。

邓子龙的《赠刘春元四首》，通过对春、夏、秋、冬四季之中先开第一家的春牡丹，当阳第一红的夏葵花，高秋第一枝

的秋桂子,争春第一香的冬梅花的赞美,表现出诗人在火热的战斗生活中乐观进取的精神面貌,以及超凡脱俗的审美情趣。诗云:

赠刘春元四首

春牡丹

群芳多艳冶,无过牡丹花。
国色长安动,先开第一家。

夏葵花

万国驱火龙,草木半焦烘。
赤心坚向日,当阳第一红。

秋桂子

细芷黄金簇,飘香遍棘围。
分得蟾宫种,高秋第一枝。

冬梅花

结子堪调鼎,开花压众芳。
雪枝横玉带,争春第一香。

邓子龙的《写屏风》,同样是以春、夏、秋、冬为题材,为友人题写的四条屏。诗歌气象宏伟,寓意深刻,形神兼备,以拟人化手法,借四季之花托物言志,通篇洋溢着诗人飞黄腾达之际志得意满、忠君报国的思想。火红的山茶笑我觅封侯,十丈大华可以挽天虹,即使是忧国老臣面对黄花,酌酒芙蓉不计家,也可看到飘香月桂、天女散天花的美景,松竹凌霜象征老臣坚定不移的晚节,而辞旧迎新的梅花,以及唤起沉睡巨龙的春雷,都在呼唤着冬去春来。诗云:

写屏风

春

牡丹台傍御书楼，芍药承恩露未收。

红杏碧桃皆结子，山茶向我笑封侯。

夏

石榴赛锦粉墙东，晓日三竿一丈红。

茉莉池头看晚景，大华十丈挽天虹。

秋

老臣忧国对黄花，酌酒芙蓉不计家。

自是心田无恶草，定知月桂散天葩。

冬

功成解甲待何年，松竹凌霜晚节坚。

南北梅花消息好，春雷又起老龙眠。

邓子龙《赠人四景》，也是通过描绘四季花木，抒发恬静澹泊的心境，表现高雅的审美情趣。

赠人四景

一

上苑赏英华，栽培锦绣家。

日暖乘骢子，长安看杏花。

二

初暑上崆峒，葵榴相映红。

六郎看步玉，香透水晶宫。

三

独立老天风，丹桂对芙蓉。

一声清晓雁，飞报鹿鸣中。

四

玉雪映金章，琼楼接大荒。

乾坤松柏翠，梅吐老龙香。

江西临江府新喻县人胡少川，邓子龙将其称为侄儿，曾赋诗《赠胡少川侄》云："贫而孝所难，况在藜莠间。娶妇先完弟，四十尚守鳏。长齐保母寡，崔邠罗威班。肉食离毛义，张奉宁复颜。"而江西临江府新喻县，在今江西省新余市渝水区，是邓子龙初入行伍之时驻军之地，邓子龙曾赋诗《赠新喻胡少川四景》，以赠其侄胡少川。诗云：

赠新喻胡少川四景

一

我有丰城剑，曾磨虎礅山。

血肉不足试，留断玉门关。

二

智哉留侯英，功成不问名。

蒙山有天池，我可濯长缨。

三

相知只说旧，莫问靖边功。

贱贵男儿事，神游百丈峰。

四

钟山松骨瘦，风满玉乘戈。

仰天冈上雪，形迹下丝罗。

第一首诗，回忆自己曾在虎礅山磨就丰城剑，而此剑现在不足以用来劈砍血肉之躯，而是要用来劈断玉门关，保家卫国。

第二首诗，借西汉张良运筹帷幄，辅佐刘邦平定天下，以功封留侯，他却婉拒封侯的典故，赞扬功成不问名，而欲以蒙山天池濯长缨的高洁操守。

第三首诗，希望侄儿胡少川在男儿相识时只须叙叙旧情，不须谈论靖边之功以及贫富贵贱，而应神游百丈峰。

第四首诗，借钟山清瘦的青松及寒风玉戈、山冈冰雪都曾留下自己的丝罗形迹，表达对斗霜傲雪品质的赞美之情。

在《题余双泉号》中，邓子龙借修江之景，以诙谐语言，借友人宁州人余双泉之号“双泉”，联想到“濯缨人”等，赞其过人的才智及高洁的品质。诗云：

题余双泉号

一

星宿雌雄出，修江燕尾分。
浴乎风咏起，好看濯缨人。

二

阿耨天池远，乾坤两派清。
引凤亭边合，猗猗双影明。

三

西国元多品，风雷有卧龙。
淡甘为上种，双影沁芙蓉。

四

滚滚银龙并，清流日月深。
三阳从地起，万里作甘霖。

同时，邓子龙还为余双泉赋诗祝寿，作诗《赠宁州余双泉寿》，诗云：

赠宁州余双泉寿

寿居五福首，德为天地经。

东海田子石，南极老人星。

玄鹤依人舞，黄花着雨惺。

好看天外信，传胪两眼青。

邓子龙的《赠余竹崖》，精细描摹四季之中的崖壁翠竹，深情赞美春天崖上翠竹的直节、虚心，以及一声春雷响过之后，春笋满山满壑的勃勃生机，赞美夏天石壁之上暑篁的清风落粉寒，秋天翠竹的疏枝倒影分，金风鸣玉佩，以及冬天翠竹的玉满凤凰枝。其中，第四首中的“万叠王维瘦，千寻郭橐肥”，以借代手法，用唐代山水诗人王维、种树能人郭橐借代山水景物的肥瘦，尤见功力。诗云：

赠余竹崖

其一

直节出巍峨，虚心自太和。

一声天上信，万壑子孙多。

其二

盘错穿云峤，清风落粉寒。

午阴憩石壁，暑篁转琅玕。

其三

石溜云根合，疏枝倒影分。

金风鸣玉佩，好月上龙孙。

其四

万叠王维瘦，千寻郭橐肥。

冻来云欲合，玉满凤凰枝。

邓子龙在四友亭遇到友人后，赋诗《四友亭遇友》，通过描写与友人相见时灵动自然的景致，表达喜不自胜的心情，并坚定安邦定国之志。诗云：

四友亭遇友

廓外寻亭一下舆，亭中偶尔遇高儒。
梅边路僻皆樵采，竹里云间自卷舒。
松岭远岩藏石佛，曲桥流水带金鱼。
无边落木添长兴，多少烽烟尚未除。

《赠金陵张剑华折节读书》一诗，是邓子龙为金陵(今南京)人张剑华折节读书而作。从诗歌中的“壮士”“解甲”等语可知，张剑华原来也是一位武将，由于某种原因，幡然醒悟，解甲而结庐深山，利用三余，即“冬者岁之余，夜者日之余，阴雨者时之余”发愤读书。颔联、颈联对仗十分工整，以“静观经济忧时策，闲读安危报主书。剑倚斗间占王气，眼空海内觉心虚”等语，充分表现出张剑华折节读书后念念不忘忠君报国的读书生活。末尾两句表明，张剑华这位国手仍在加强冬练，以期将来某一天能重操宝剑，完全消除天南地北的满目疮痍。

赠金陵张剑华折节读书

壮士山中结草庐，幡然解甲惜三余。
静观经济忧时策，闲读安危报主书。
剑倚斗间占王气，眼空海内觉心虚。
坚持国手三冬足，南北疮痍尚未除。

《答袁竹泉韵》是一首步袁竹泉原诗之韵的应和诗，从诗中可以看出，袁竹泉在原诗中曾询问邓子龙封侯之事，邓子龙正是以此诗回答这一问题，并告知对方，现在的吴楚烽火已经销蚀，自己带兵戍守在山城里，每日并无刁斗之声，而怀念故友的双峰仍在，竹冠上白发已经上头，金甲也卧于青霄。

答袁竹泉韵

吴楚烽火坐里销，山城刁斗静无聊。
眼青怀友双峰在，秋老羁官一念飘。
喜慰竹冠间白发，惭予金甲卧青霄。
频劳远问封侯事，原自阳桥渡武桥。

《寄袁巽峰》也是一首写给远方友人的诗歌，诗中怀古思今，在追思当年解绣貂而著《史记》的太史公司马迁，以及为汉朝建功立业于边关的霍去病，出使西域的张骞，骠骑将军马超等人之后，从“剑去西江云出峡，风来东海月生潮”的豪迈景象过渡到陶渊明、阮籍等人的隐居、采药生活，对功成身退的友人加以安慰。

寄袁巽峰

太史当年解绣貂，汉庭谁问霍嫖姚。
因追大宛思张骞，为说胡关忆马超。
剑去西江云出峡，风来东海月生潮。
宿缘陶阮春深处，采药天台路未遥。

邓子龙十分关心提携后生，在他的诗歌《勉靖安王、黎二生游馆而回》里，通篇充满对晚辈的殷殷关切之情，并谆谆教诲王、黎二生，青春时期要读五车书，养学须养心等。

勉靖安王、黎二生游馆而回

一

贫乃士之常，襟怀常落落。
董生不下帐，季子无附廓。

二

鲁侯何足遇，仲谋何足夸。
未老千钟粟，青春读五车。

三

养学须养心，文章乃法针。

本来真面目，何必外头寻。

四

乾坤六尺躯，同俗莫同理。

富贵轻浮云，尽其惟在己。

邓子龙题赠诗大多写给同僚、友人及后生、医生等，而称对方为“明公”的《张云翼》一诗，其题赠对象地位显然要比诗人自己高得多，因为诗“自从海上别明公，回首中原国士空”点名明公是一名少见的国士，“千里真龙出蛙水，万年彩凤落歧峰。林嶂山下射雕手，大陂闲中破虏功”等语又极言题赠对象为“真龙”“彩凤”“射雕手”，有“破虏功”，最后一句“高风端不次元龙”，也是借南征北伐，屡建奇功的北魏宗室大臣元龙来赞美对方的高风亮节。从诗句分析，此诗题赠对象为江西巡抚凌云翼，因凌云翼多次荐举邓子龙。诗云：

张云翼

自从海上别明公，回首中原国士空。

千里真龙出蛙水，万年彩凤落歧峰。

林嶂山下射雕手，大陂闲中破虏功。

更向荆门议人物，高风端不次元龙。

长期的军旅生涯，也使邓子龙心生厌倦，平山龙石赋诗以赠后，他中夜不寐，赋诗《中夜不寐和平山龙石》以和，诗歌中夜不寐时的军营及周边情景为“月光穿榻旅魂惊，厌听城头鼓角声。远壁疏砧邻妇倦，空庭促织傍人鸣”，一面是鼓角争鸣之声，一面是疏砧促织之声，在紧张与祥和相伴的环境里，诗人闻鸡起舞，顿添长兴，厉兵秣马，频频看剑，并发出

“何时罢远征”的慨叹。诗云：

中夜不寐和平山龙石

月光穿榻旅魂惊，厌听城头鼓角声。
远壁疏砧邻妇倦，空庭促织傍人鸣。
闻鸡此夜添长兴，秣马何时罢远征。
未了封侯频看剑，隔楼长笛不堪听。

有一次，邓子龙巡察途中看到营房附近一位孤独的老妇人黎母，一番交谈后，赋诗《寿黎母》，对她“贫而能守孀”的节气备加赞赏，并祝福她百岁长寿，成为节妇的榜样。诗云：

寿黎母

邻有一孤嫠，贫而能守孀。
青灯苦滋味，长夜恶心肠。
愿言几百岁，可以为妇方。

八、潮生月满壮东流　西湖烟柳雨声中

平定宁州之乱后，邓子龙奉命跨省作战，于万历六年（1578）四月在湖广蒲芦督兵缉获案贼周乌峰、吴奉展解报，节奏紧张而又丰富充实的铜鼓石守备生活即将结束，邓子龙于万历六年（1578）七月二十七日升任江西都司署都指挥佥事。当日的《明实录·明神宗实录》记载：“万历六年七月丙子，升江西宁州铜鼓石守备邓子龙署都指挥佥事，铨注江西都司军政佥书。”

即将离开宁州，邓子龙紧锣密鼓开展着宁州善后工作，时逢诞辰，他欣然赋诗《驻扎宁州善后诞辰偶成》。诗歌首先追忆邓子龙生于剑城，成长于剑城，从戎以后征战四方，百战

不殆的光辉历程，又以“勿以家念縻，马革长相须。何妨鬓若丝，乾坤自支持”等诗句，表现诗人公而忘私，舍生忘死的爱国情怀。诗云：

驻扎宁州善后诞辰偶成

赤子笑潢池，原皆狐兔麗。
烟雨呼山岐，物色生离疲。
西山烽火危，东官半解绨。
九天风露吹，飞来鹰隼资。
腰挎双雄雌，出匣丰城泥。
入山潜虎貔，入海惊蛟螭。
令出山石移，机动神不知。
金巢悉捣披，银穴皆平夷。
黎民寻旧基，闾巷生颜怡。
犬不吠柴篱，村不敢拾遗。
善后老我师，霜寒兵白眉。
冻合梧桐枝，擎天碧琉璃。
攸攸何所之，长啸云岩羁。
钟鼓杂新诗，塌影明旌旗。
怪里老卒随，忽报生诞期。
劬劳有所思，怀我双亲慈。
康郎白玉肌，飘飘有天姿。
自小不自私，爱学忘寒饥。
我思何卑微，幡然何别离。
男儿焉世悲，乾坤撑天箕。
时挽双石颐，当思千里骑。
勿以家念縻，马革长相须。

何妨鬓若丝，乾坤自支持。

古今还自奇，重看黄龙碑。

万历六年（1578）八月，邓子龙正式就任江西都司署都指挥佥事。担任江西都司署都指挥佥事不久，邓子龙又奉旨前往浙江，履任浙江都司署都指挥佥事，带管嘉湖、宁绍二处参将，防汛巡历海上。

邓子龙带着二夫人齐氏，从江西前往浙江赴任，途经因“天帝赐玉，山神藏焉”而得名的玉山，不禁神思飞扬。玉山是江西东大门，东界浙江省开化、常山、江山三县市，南接广丰，西南邻上饶，北毗德兴，地处闽浙赣三省交界处，素有“两江锁钥，八省通衢”之称，时值冬季，风雪弥漫，邓子龙超然物外，神思飞扬感觉这场雪似乎是为自己下的，遂欣然赋诗《度玉山草坪风雪口占》云：

度玉山草坪风雪口占

拥车东上五云开，怀玉山头雪欲堆。

知我袖中有神物，静尘风雨九天来。

诗歌描写邓子龙途经玉山时风起云涌，风雪成堆的景象，并展开的丰富想象，也许正是玉山知道我袖中藏有神物，才营造出静尘风雨九天来的奇特景致。在此，邓子龙将自己比作呼风唤雨的神仙，充分展示出他在平步青云时期与生俱来扭转乾坤，改天换地的豪迈气魄。

这一时期，邓子龙的仕途十分顺利，并达到他弃文从武以来军旅生涯的巅峰时期。他在驻扎海盐、舟山等处时，以乐观进取的心态创作出大量气势磅礴的豪放诗歌。其中，以《春舟遇雪·万历六年代将海盐》为题的诗歌，用昂扬乐观的基调，描绘出一幅“江上东风万点红”“菜花夹岸孤蓬雪”“人在黄金白玉中”的美丽画卷，以形神兼备的艺术手段，烘托出一位乘风破浪、驱舟航海的英武将军形象。诗云：

春舟遇雪（万历六年代将海盐）

江上东风万点红，六龙何事逞春工。

菜花夹岸孤蓬雪，人在黄金白玉中。

万历七年（1579），邓子龙正值担任浙江都司署都指挥佥事，带管嘉湖、宁绍二处参将事，春风得意之时，到处喜事连连。先是于二月十二日迎来次子邓大周的出生。接着又因浙江海防之功，得到朝廷赏金。邓子龙豪情满怀，欣然创作《舟山代镇防汛（己卯年）》一诗，在“剑扫蜃气”“潮生月满”的壮美图景里，一位驾驶风波万里舟，誓欲犁扫岛屿诸夷巢穴的英武将军形象跃然纸上。诗云：

舟山代镇防汛（己卯年）

一剑西来蜃气收，潮生月满壮东流。

欲犁岛屿诸夷穴，先上风波万里舟。

这一年，邓子龙还创作了《解组见彗星口占·万历七年》一诗，叙述秋夜不眠，夜观天象看见彗星奇观的经过。诗云：

解组见彗星口占（万历七年）

秋高不寐夜如年，起看微垣壁宿缠。

武曲引云归北斗，彗星何事见中天。

根据邓子龙《解组见彗星口占（万历七年）》一诗，可得知邓子龙在万历七年（1579）曾经历过一次解组。邓子龙时年四十九岁，而其《回过玉山》一诗却自称五十八岁，系虚指而表示年岁很大。又从“不理钱塘锦瑟堆”来看，他所说的解组，应是不再代管嘉湖、宁绍二处参将。所以，他在诗中以“解组西归万虑开”“愿留精彩看重来”等语，表达出略感遗憾的心情，以及再展宏图之意。诗云：

回过玉山

解组西归万虑开，不理钱塘锦瑟堆。

余老今年五十八，愿留精彩看重来。

冬天，新任铜鼓守备王接武筑铜鼓新城完工，特邀邓子龙回铜鼓参加竣工典礼。邓子龙又相继创作了《赠宋星州游击》《赠张守备牡丹》《赠游戎童豸石改调》等题赠诗。

《赠宋星州游击》诗云：

赠宋星州游击

时艰何事隐才名，满眼烽烟尚未平。

一笑相逢知己在，天南未许老干城。

《赠张守备牡丹》诗云：

赠张守备牡丹

东风欲问牡丹台，可卸征袍载酒来。

主人若也归来晚，分付花神且莫开。

《赠游戎童豸石改调》诗云：

赠游戎童豸石改调

镇兵谁理太平工，神气应怜扫地空。

盘错自珍干将在，天南天北斗牛雄。

邓子龙性格直爽，与人肝胆相照，当得知曾经在宁州共事的宁州州判去世后，赋诗《宁州判·闻讣东归》以挽，诗云：

宁州判·闻讣东归

元凶才缚讣音通，共政无由偕寇公。

大节扁舟向东去，西湖烟柳雨声中。

得知老乡熊剑源即将返回江西丰城，邓子龙又赋诗《赠熊剑源还丰城》以别。诗云：

赠熊剑源还丰城

老将秋风秣马强，万山烟雨送行装。
主人珍重烽尘剑，南北干城在豫章。

在浙江期间，邓子龙拜谒了西湖岳飞墓，赋诗《游西湖吊武穆》。诗云：

游西湖吊武穆

西湖吊古漫天雪，寒烟野树添愁切。
诸葛虽生蜀已亡，将军不死宋亦灭。
元气神炁扫地衰，雕囊大厦丘山裂。
年年三月桃花开，六桥长照英雄血。

《游西湖吊武穆》以“西湖吊古漫天雪，寒烟野树添愁切”描写凭吊岳飞墓时的悲凉环境起兴，用“诸葛虽生蜀已亡，将军不死宋亦灭”之句哀叹诸葛、岳飞生不逢时，并通过当时的时局分析，独辟蹊径地指出，处于那样黑暗的政治背景下，即使诸葛不死，蜀国也不能复生，纵使岳飞永生，宋朝也要灭亡，表达时势造英雄，而非英雄造时势的观点。接着通过描写年年盛开的三月桃花，六桥长照的英雄血来抒发对英雄的崇敬之情，表达感时伤世、经世济民、忧国忧民的独特感受。

五云山，是西湖群山中第三座大山，地处钱塘江和西湖两水相夹之间，海拔三百多米，传说因有五色云彩盘旋山顶，经时不散而得名。邓子龙登临五云山时，赞景色之壮美，发远古之幽情，哀唐宋之不存，叹林寇走海岛，并以“莫言东海潮声细，尚有虬髯未挂弓”之语为结，表明现在东海之所以潮声尚细，只因我这位“虬髯之翁”尚未挂弓，以此表达自己誓要挂弓征讨林寇，卷起汹涌波涛的决心。《登五云山望钱塘有感》诗云：

登五云山望钱塘有感

天目飞来紫炁重，五云拥出东芙蓉。

南望眼前三折水，北连足下二高峰。

湖上半非唐世事，江干不见宋时钟。

莫言东海潮声细，尚有虬髯未挂弓。

（因林寇走海岛）

在浙江省上虞县的曹娥江边，邓子龙见到神往已久的曹娥碑。曹娥碑始立于东汉，当时的上虞知县度尚于元嘉元年为褒扬十四岁投江寻父的曹娥，而命弟子邯郸淳作诔辞，刻石立碑于江边以彰孝烈。后来，著名辞赋家、书法家蔡邕于暮夜探访，并手摸其文而读，读后在碑的背面题下了“黄绢幼妇，外孙齑臼”八个字，世人莫知其意。曹操由此路过时，询问身边的高参杨修，得知黄绢为色丝，幼妇为少女，外孙为女儿之子，齑臼是受辛之器，合八个字意为“绝妙好辞”。邓子龙酷爱诗词书法，因此见曹娥碑而赋古体诗《过曹娥碑》云：

过曹娥碑

烈女节妇，古今颇多。

贵在尔碑，蔡邕一摩。

木秀于林，风必摧之。就在邓子龙刚刚进入天命之年，正欲大展宏图之时，却于万历八年（1580）闰四月二十七日被江西巡抚刘斯洁上奏弹劾，指控他在铜鼓石守备任职期间“肆虐丛怨”。神宗皇帝闻奏，降旨将其革职，下巡按御史讯问。《明实录·明神宗实录》记载：“万历八年闰四月乙丑，革浙江都司邓子龙任，下巡按御史问。奏子龙原任铜鼓石守备，肆虐丛怨，故为抚臣刘斯洁所劾。”

铜鼓石守备所在地本来就是一个匪患丛生的地方，邓子龙受命于危难之间，有的时候不得不采取一些严厉措施，也许正是这种严厉的治军办法，引起一些人不满，并于两年之后被江西巡抚刘斯洁弹劾为“肆虐丛怨”。《邓子龙请封供状书》中“万历八年六月追论铜鼓石守备，回卫”一语表明，在离任铜鼓石守备之后的追论，是回到卫所接受巡按御史讯问，时间在江西巡抚刘斯洁上奏弹劾的两个月以后，即闰四月被弹劾，六月被革职回卫，接受讯问。

这一次革职，宣告了邓子龙军旅生涯中平步青云的第一时期正式结束，并由高峰转入低谷。身处人生低谷时期，邓子龙并没有灰心丧气，而是从万历八年（1580）六月起就开始潜心著述兵书《阵法直指》。

《阵法直指》全书约九千字，探讨中国古今阵法的源流及精髓，从传说中的伏羲、黄帝到周朝姜太公、周公，春秋战国时期的郑大夫子元、宋大夫华氏、楚武王、晋侯、荀吴、管仲、穰苴、巫臣、公子光、孙武子、阖庐，再到汉朝韩信，三国诸葛亮，晋朝马隆，唐朝李靖，宋朝宋太宗、宋神宗，元朝许洞、李筌，明朝刘基、张晔等，邓子龙都对其阵法演绎加以分析论证。

邓子龙吸取轩辕握奇、孙子兵法、诸葛亮八阵、李靖六花等著名阵法优点，结合自己的实战经验，提出“八旗阵”构想，在《阵法直指》中写道：“是故兵不知阵，与无兵同，阵不知变，与无阵同。变阵而纷纭无制，与不知变同。兵有动有静，阵有体有用。变有虚实，有先后列宿运行不息，而天枢常居其所，兵阵亦然。”

“八旗阵”代表了邓子龙综理百家、融会贯通后推陈出新的理念，是对中国传统兵法的继承与发展，在中国兵法史上有着独特的地位。

在此期间，邓子龙也曾一度回到江西丰城与家人团聚，看到长子邓文光已世袭百户却尚未婚配，便为他迎娶了丰城县孙渡乡平民之女孙氏为妻，弥补了常年征战在外无暇照顾子女的遗憾。

天生我材必有用，邓子龙回卫不到一年，神宗皇帝又力排众议，重新任用邓子龙为郧阳都司。万历九年（1581）三月十八日，神宗皇帝驳回江西巡按陈世宝“犯官邓子龙赃罪，应徒赎革任”疏言，下达懿旨：“子龙既智勇可用，无重情，着纳赎还职，遇缺推用。”[①] 当年八月，邓子龙被推补郧阳都司，《邓子龙请封供状书》记载：“复蒙圣旨：邓子龙智勇可用，所犯又无重情，仍还职，遇缺推用。万历九年八月内推补郧阳都司，到任管事。”[②]

---

① 《明实录·明神宗实录》。

② 《邓子龙请封供状书》。

第四章　横戈湘黔

九、五靖参将天上来　调虎离山平兵变

万历九年（1581）十一月二十二日，一度革职的邓子龙奉旨就任五靖参将。五靖是五开、靖州简称，五靖参将驻守于五开卫（即今贵州黎平），负责整饬湖广、贵州两省五州府的五开、靖州、铜鼓、偏桥、镇远、清浪、平溪、沅州八卫及天柱等千户所，兼制黎平府属县土司，其中，五开、偏桥、镇远、清浪在今贵州省，靖州、铜鼓、平溪、沅州属湖广，在今湖南省。

这个地处湖广、贵州交界处的区域，治安混乱，兵变不断，甚至到了不可收拾的地步。神宗皇帝力排众议，重新启用智勇可用的邓子龙。邓子龙奉命于危难之间，也没有辜负圣恩，而是充分发挥自己的聪明才智，成功平定五开之乱。《邓子龙请封供状书》记载："蒙兵部勘合，奉钦依推升五靖参将，领敕本年［万历九年（1581）］十一月二十二日到任，擒获五开款恶胡国瑞并姚朝贵、王仲贤等七十四名解报，俱蒙纪录在部。"

五开乱象由来已久，早在弘治年间，由于五开卫与黎平府同城而治，军民混杂，加之五开、铜鼓等处民风犷悍，常有豪强歃血为盟，推其豪为魁，号曰华款，兵痞不是闹事就是侮

辱黎平府官员，被称为款恶。华款、款恶互为表里，当地治安一片混乱。

万历元年（1573），知府刘汝顺欲出城却被乱兵所阻，设法出城后又被追击于潭溪、靖州。刘汝顺侥幸得以逃离，愤然揭发其事，抚按二院迅速派兵奔赴黎平，逮捕王成、潘应星等六人，五开卫士兵总算安分守己了一段时间。

可是，到了万历八年（1580），六所军兵刘应、胡国瑞、卢国卿、周官、姚朝贵、刘高又各率其党，号称“六哗”，用木刻令符纠集天甫、银赖等五寨为应援，号称“五哗”。“六哗”与“五哗”里应外合，为所欲为，当地城乡军民惶惶不可终日。

事有稍泄，指挥刘璋发现标下亲丁刘应系“六哗”之一，担心将来把事情闹大，必然会连累自己，便派人将刘应刺杀。“六哗”同命相连，看到同伙被杀，胡国瑞岂肯善罢甘休，他率众大声鼓噪，先是将刀架于指挥刘璋脖颈上，向其勒索三百三十两银子私了。接着又绑架百户恕学仁，剃其头发，砍其手指，责令其自杀，随即率众打杀平日有仇的士兵陆继先等六十余人。胡国瑞越来越放纵，烧毁监司行署，看到守备林维乔奉命移驻五开卫，又聚众大呼：“守备来了，我们干什么也不方便，不如反了！”

乱兵众人受其唆使，一拥而上，将守备林维乔的官服、图籍焚毁，又把林维乔赶到万福山外，随即占据黎平府，关闭城门戒严，掠夺平民家产，索取牛酒赎金，做好长期割据准备。

万历九年（1581）夏日的一天，右所与中所士兵争摘军田中豆叶，发生冲突，胡国瑞夺刀格杀彭玉、彭大武父子，又射倒五人，捉住杀死自己军兵的苗尚万，将其押到演武场，当众斩首。军中顿时大乱，彼此互相攻打，就连邻近的铜鼓卫、靖卫、中潮千户所、龙里卫士兵也卷入混战，整个黎平乱作一团。

关于五开兵变的起因及平定经过，《明史 · 邓子龙传》的叙述最为简洁："五开卫卒胡若卢等火监司行署，挞逐守备及黎平守。靖州、铜鼓、龙里诸苗咸响应为乱。子龙火其东门以致贼，而潜兵入北门，贼遂灭。"邓子龙在此次平定兵变中的经典之作，就是"火其东门以致贼，而潜兵入北门"，即采用调虎离山、声东击西计谋，在东门放火吸引叛兵，而遣兵攻打北门。

为平定五开兵变，新任湖广巡抚陈省奏请朝廷后于万历九年（1581）十二月调集各路兵丁四千人，分遣参政贺邦泰、佥事龙宗武监军，而以五靖参将邓子龙率军直捣五开卫，自驻靖州督战。

十二月十八日，龙宗武偕邓子龙率劲师至黎平城下，胡国瑞依然气焰嚣张在城楼上喊叫："你有精兵，我自有坚城，看你敢把我怎样！"

看见原是五开卫司捕兵的一支军队也前来进攻自己，残暴无比的胡国瑞更加气急败坏，愤然将他们的妻子从城中捉来一一肢解，再从城头抛下，还高声谩骂："现在你还敢像以前一样挟王成赃案来要我的银子吗？"

邓子龙怒不可遏，麾众急攻，叛兵从城头抛下木石热汤，并射出毒弩火铳，飞坠之声，如雷似鼓。邓子龙泰山崩于前而神色不变，这种大义凛然的气势顿时吓退城中部分胁从者。

强攻不行，邓子龙决定智取。十二月二十二日，邓子龙与龙宗武命人先在府城东门放火佯攻，故意放松对北门的进攻。胡国瑞中计，急忙分兵转救东门，邓子龙趁势从北门攻入城中，当即擒斩数十人，胁从抚定不究。胡国瑞弃军从西门逃走，不久被捉获于武冈，次年五月，胡国瑞与十五名反叛兵目一起伏诛。邓子龙满怀胜利的喜悦，慷慨赋诗《入五开梦中得句》，内有“不识单骑天上下，却言飞将属先声”之句，说的正是此次攻城出其不意，攻其不备，单骑从天而降的战略战术。诗云：

入五开梦中得句

潢池赤子笑论兵，结款金汤作瓮城。

不识单骑天上下，却言飞将属先声。

擒获五开款恶胡国瑞并姚朝贵、王仲贤等七十四名解报之后，邓子龙于万历九年（1581）十二月领贵州巡抚、右佥都御史王缉宪牌，擒拿叛恶杨栋解报。

靖州、铜鼓、龙里诸苗曾响应五开兵变，随着五开兵变被平定，邓子龙随即安抚黎平府人民。

捷报频传，邓子龙便在玉关赋诗《吞苗阁》，以“风到”“月明”“鼓断”“钟鸣”等递进性词语，记述一系列巨大胜利，认为五靖一带的兵乱简直不堪一击，而只要一看到玉门关，自己腰间的双龙剑就叱咤不已，以此表达强烈的为国征战，报效朝廷的爱国情怀。诗云：

吞苗阁·玉关

吞苗高阁势横秋，控扼三藩据上游。

风到神旗华党散，月明鬼国夜郎忧。

鼓断一天星斗净，钟鸣万壑烟云收。

玉关一望壮心起，腰间叱咤双龙浮。

麻阳隶属辰州府沅州管辖，与四川、贵州交界。金道侣起事之后，杀掠吏民。邓子龙以幼时好友鄢应轸为牙将，跋涉麻阳险峻狭窄、树木丛生的道路，看到劈面而立的山崖，众军为之惊骇，徘徊不敢前进，邓子龙下令设长围将金道侣巢穴围困起来，相持不下，待到对方财粮匮乏之时，邓子龙即椎牛享士，找来向导，夜出奇兵，攀藤扪葛，鱼贯而上，顿时钲鼓喧噪，攻破敌巢。

战事毕，邓子龙题诗于沅水边舟山真武阁摩崖之上，诗歌通过描写动中有静的奇特、险峻、虚幻的景色，表达"乾坤皆幻景，随处可窗题"的浪漫主义情怀。诗云：

岩阁飞钟磬，参玄一振衣。步看云散处，坐待月来时。

石引梅根瘦，江添雪水肥。乾坤皆幻景，随处可窗题。

五开兵变平定后，朝廷于万历十年（1582）五月叙五开功，升湖广巡抚陈省为兵部右侍郎、佥事龙宗武为右参议，巡按钱岱等各赏赉有差。同时，奉湖广巡抚陈省等人奖荐，经兵部覆议，邓子龙得到皇帝赏银二十两。

胜利时刻，时值兵备道佥事龙宗武寿诞，邓子龙赋诗《贺龙兵道嘉功荣寿》，为其庆功、祝寿，表达他与这位江西吉安同乡并肩战斗的深厚情谊，内有"披豸五开诸丑缚，单骑一笑六哗平。临风气勒马援柱，论将才凌赵信城"等语。诗云：

贺龙兵道嘉功荣寿

吉州自古多豪士，不事炎凉乃政声。
披豸五开诸丑缚，单骑一笑六哗平。
临风气勒马援柱，论将才凌赵信城。
国士年年吞巨鼎，黄花载酒拜庚星。

澄源深处起元龙，吞吐蛮夷万胆空。

决胜远猷知将将，从容大度肯矜功。
开心选士三千礼，堕泪刑民八面风。
早慰圣明忧异象，乾坤呼吸转移中。

十、上马杀贼威风震　下马学佛诚心在

五开兵变平定后，湖广巡抚陈省奏请朝廷，批准邓子龙募兵五千，就地训练。邓子龙喜出望外，根据战事需要同时为了节省军费，招募三千五百名士兵，参照戚家军模式，将新兵分成骑兵、步兵、车(炮)兵、水兵、将作等五个专业营，在靖州属县绥宁长安堡举行封闭式训练。

长安堡喊杀声震天，邓子龙稍驻时日，悉心督导，随即跨上战马，在防区各地视察防务，考察人文地理，赋诗抒怀。

邓子龙辖区三国时属荆州管辖，一度为关羽镇守，邓子龙崇拜义薄云天、英风八面的关羽，并于万历十年(1582)春夏之间，在阅兵之余拜谒了位于武冈县报水江边纪念关羽的寿亭侯江祠，赋诗《谒寿亭侯江祠》，表达对关羽的缅怀之情，并设想当年关羽兄弟的政权之所以没有受到牵制，一定是被关羽的威风所震慑，也未必是诸苗不够用心。诗云：

谒寿亭侯江祠

江阁尊严礼拜深，英风八面壮征襟。
当年昆玉无牵制，未必诸苗不用心。

邓子龙夜宿绥宁县巫水岸边的若水，并从此地名联想到当年诸葛亮南征时渡过的四川若水，以“若水等屯诸葛垒”起兴，赋诗《宿若水问诸葛营有感》。诗歌在表达对诸葛亮北伐讨魏，死于五丈原的哀惋之余，慨叹诸葛亮对蛮夷十二司

的治理尚未达到预期效果。诗云：

宿若水问诸葛营有感

若水等屯诸葛垒，却才南卷魏兴师。

天留五丈秋风恨，尚有蛮夷十二司。

一日，邓子龙正欲攀登湘西绥宁的云雾山，却被大雨所阻，而眼前云雾缭绕、层峦叠嶂、烟雨迷蒙的壮丽图景，自然激发起邓子龙、立功报国、勒石燕然的雄心壮志，遂赋诗《绥宁欲登云雾山雨阻》云：

绥宁欲登云雾山雨阻

云雾望亦险，欲向岭头行。

远呼千嶂合，长啸万山平。

岩花因宿溟，山鬼厌新晴。

不断楚天雨，留予燕然名。

经过一段时间严格练兵，邓子龙招募的这支部队已经被打造成一支铁军。五月间，邓子龙再赴长安堡阅兵，赋诗《五月观兵长安堡》。表现自己带领少而精的兵力，平定一方的喜悦心情。

湖广靖州，在今湖南省怀化市靖州县，靖州多名胜，而飞山最为神奇。飞山在靖州以西五里，俗称胜山。相传，此处本无山，某日忽有一山从武冈云山飞临至此，故云飞山。飞山高峻挺拔，双峰突出，四面陡绝，风景雄奇，素为兵家必争之地，山顶建有飞山庙。

邓子龙于万历十年（1582）六月兴致勃勃登临飞山，赋诗《登飞山》，借景抒怀，托物言志。诗云：

登飞山

南来倚剑上岩峣，满眼烽烟坐里销。

神器自知无鬼蜮，嫖姚何处有天骄。
岩飞瀑气披深洞，风送钟声下远苗。
西望六百八十穴，我欲一扫归天朝。
万历十年季夏日邓子龙题

《登飞山》一诗首先描写飞山神奇壮美的岧峣景象，然后引出曾任嫖姚校尉的汉朝骠骑将军霍去病，以抒发平蛮之志。继“岩飞瀑气披深洞，风送钟声下远苗”的壮阔图景后，又以“西望六百八十穴，我欲一扫归天朝”作结，充分表达南来倚剑上岧峣的邓子龙，自信功业不亚于汉朝骠骑将军霍去病，定将剑扫风烟，一举扫除防区内的苗侗叛乱，使广大蛮夷心悦诚服归顺于天朝的豪迈气势。

邓子龙将《登飞山》一诗题刻于飞山庙岩石后，名声大噪，寺僧又将其制成拓片，求者如云，流传久远。拓片流传至滇西后，有人集其字而形成“剑扫风烟”碑刻，最初为腾冲小西明氏收藏，后来又被镌刻于叠水河崖壁之上。

邓子龙横戈勒马，征战四方，广结良缘，以文会友，正所谓上马杀贼，下马学佛。在他的大量题赠诗中，不乏题赠僧人的佳作。《云岩寺僧正》组诗四首就是邓子龙题赠云岩寺僧正的诗歌。诗云：

云岩寺僧正

其一

云岩万虑空，岩锁亡情动。
数点幽冥钟，不管人间梦。

其二

人生幻泡影，春花秋叶飞。
天地谁为主，乾坤消长机。

其三

白发苦为奴，红颜自奇货。

几个认回头，看得浮云破。

其四

却发出樊笼，浮云过太空。

莫也无些事，焚香打坐功。

《明史》记载："府僧纲司，都纲一人，从九品，副都纲一人，州僧正司，僧正一人。"可见，僧正是州一级管理地方僧尼事务的僧官。《云岩寺僧正》组诗，通过云岩寺如梦如幻的仙境，活画了一位四大皆空的僧正形象。在云岩寺白云无心且世情紧锁的寺庙里，万虑皆空的僧正，伴随着数点幽冥之钟悠然响起，以及春花秋叶飞，视人生为虚幻泡影，看破浮云，超凡脱俗，不管人间七情六欲之梦，只是一如既往焚香祷告练习打坐之功。

邓子龙对云岩寺情有独钟，除了《云岩寺僧正》组诗外，他还先后创作了《云岩寺有全真见谒》《九日云岩遇雨》等与云岩寺密切相关的诗。

《云岩寺有全真见谒》记述一位壮士与全真和尚对关于修行之道的经典对话，揭示出崇尚生命的真谛。当"壮士"拜谒云岩寺，向全真和尚咨询修行之道时，全真和尚自谦自己无非浪得虚名，接着郑重其事告诉壮士，作为一名有修行的战将，就是在征战过程中不能妄杀，只有这样，才能得到长生不息的好报应。诗云：

云岩寺有全真见谒

壮士问修行，全真浪有名。

战征无妄杀，报应自长生。

《九日云岩遇雨》记述邓子龙征战间隙里于九月九日重阳节在云岩寺遇到大雨的感怀。置身云岩寺，邓子龙将“干戈牢落自天涯，岁岁重阳未到家”那种为国征战四方，岁岁重阳未到家的军旅生涯与万虑皆空的寺庙僧人形成强烈对比，突出诗人公而忘私，以及“忧国长愁惊白发，空阶细雨瘦黄花”“多少材官归未得，且将茱酒对韶华”的大公无私、自我牺牲精神。诗云：

九日云岩遇雨

干戈牢落自天涯，岁岁重阳未到家。
忧国长愁惊白发，空阶细雨瘦黄花。
罗江未定天南棹，马邑频闻蓟北笳。
多少材官归未得，且将茱酒对韶华。

邓子龙的《送僧人》一诗，表现离开俗世希望长生不老的僧人，把精、气、神视为珍贵的“三宝”，而究其实质，源于僧人“长忘意外思，除却心中恼”，即拥有一种超然物外的心态，心中自然少了许多烦恼的精神境界。诗歌流露出诗人对于军旅生涯的厌倦，以及对于无忧无虑僧侣生活的向往。诗云：

送僧人

离俗欲长生，精神气三宝。
长忘意外思，除却心中恼。

在《寓瑞州洞山寺赠僧》一诗里，邓子龙以轻快笔触，形象描绘出寄宿在瑞州洞山寺之日的所见所闻，所思所感。诗云：

寓瑞州洞山寺赠僧

清风不是宋时亭，古木阴阴杜宇鸣。

多少好山烟雨里，一江锦水二高城。
暮春山寺雨初阑，江瘦桥高月满山。
礼佛礼官农事急，出家何处是身闲。

瑞州洞山寺，在江西宜丰县东北五十里洞山，相传为唐大中时良价禅师建，诗歌首句“清风不是宋时亭，古木阴阴杜宇鸣”，意在渲染寺庙之古老。以下几句写景，对仗工整，节奏明快，意境优美。末尾两句，旨在描写紧张忙碌的寺僧生活。

在《赠参戎刘茶溪》一诗中，邓子龙借茶溪之名以咏茶，茶花为百花之先，茶饮的清与幽至尊至贵，无论醉与昏，都可以使王孙，即隐居的人清醒，也可以用七碗茶犒赏枯渴的三军将士。诗云：

赠参戎刘茶溪

霍山一脉来昆仑，星宿滹川共派分。
万木并秀皆后伦，百花谁敢争先春。
清兴幽然近至尊，醉昏可以惺王孙。
眼空四海正枯渴，愿将七碗回三军。

邓子龙历经无数血战，身体多处受伤，加之积劳成疾，长年聘请医生治疗。他写给医官陈紫石的诗歌《赠陈医官紫石》，以“一粒破忧颜，再粒元气还”等诗句赞扬医官陈紫石妙手回春的高明医术。诗云：

赠陈医官紫石

卧来虎帐云岩山，有儒紫石金为丸。
一粒破忧颜，再粒元气还。
呼吸神武惊天关，南倭北虏心胸闲。
神仙卢扁今人间。

在靖州，邓子龙与地方文武官员吕二守、李通判等结下深厚友谊，当二人离开之时，邓子龙赋诗《别靖州吕二守还浙》《别靖州李通判》等诗相赠。《别靖州吕二守还浙》是为返回浙江的吕二守送行，诗云：

别靖州吕二守还浙

骊江载酒拥江亭，恶雨蛮云过楚城。
车出鬼方山色断，马回鸟道瘴烟平。
囊空药米山飞踪，笑满芦笙坐月情。
自在黄冠湖上客，好看江海带潮行。

诗歌描写送别的场景之后，以“自在黄冠湖上客，好看江海带潮行”为结。“黄冠”，指的是黄色冠帽，多为道士所戴，从这两句诗句可以看出，吕二守是乘坐船只，辞官归乡了，而且离开得非常潇洒。从“自在”“好看”等字里行间不难看出邓子龙对归隐田园生活的向往以及对吕二守的祝福。

《别靖州李通判》是为李通判的离职归乡送行的诗歌，诗句中的“不羁才”“高志”等语说明李通判是一位才智超群、志向远大的官员，而诗的末尾“宦海无边能到岸，好携秋露上天台”，劝慰李通判即使是无边的宦海也有抵达岸边的时候，既然如此，正好借此机会携带着洁白的秋露，以一身纯洁，在功成身退后去攀登天台，过上闲云野鹤的自在生活。诗云：

别靖州李通判

知君元是不羁才，高志投闲万事开。
别驾风清空堕泪，归帆月白漫相催。
附会一生是何者，苟合百年安在哉。
宦海无边能到岸，好携秋露上天台。

周兵道两次上书杜姓官员后，蒋州守赋诗一首，邓子龙步其韵，赋诗《迎周兵道两札杜氏和壁间蒋州守韵》，赞扬周兵道颇具良知，视高官荣辱犹如来去自由的浮云的澹泊情怀。诗云：

迎周兵道两札杜氏和壁间蒋州守韵

芍药搀收金凤开，逢迎冠盖自徘徊。
墙头几个闻花鸟，笑认将军两度来。
认得良知万利开，慵看荣辱自徘徊。
阶前景物多装点，槛外浮云自去来。

邓子龙素来崇尚中华传统文化，对“家和万事兴”的古训理解也比较透彻，在《勉余典膳家和》一诗中，他语重心长地告诫余典膳，一个宗族的昌盛，离不开和谐和睦，富贵长久基于谦和，君子之心历来把善恶当作自己本身所作所为的产物。诗云：

勉余典膳家和

宗族和乃昌，富贵谦能久。
大哉君子心，善恶若己有。

邓子龙关心青少年成长，并以自己的切身体会，鼓励厚积薄发、磨难成才。在《勉秀才莫入公事》一诗中，他以足不出户的少女为喻，劝诫还是青春美少年的秀才不要作眼前之骄，莫要早入公事，而应该安心读书，致力于“经国之大业，不朽之盛事”，先立德再立功，方能以学问文章匡助天下。诗云：

勉秀才莫入公事

青春美少年，处女不出户。
勿作眼前骄，当为天下助。

作为一位酷好读书的儒将，邓子龙时常劝人多读书，读好书。在《与杉市汪巡检》一诗中，邓子龙称赞汪巡检喜欢读书的美德，认为一本好书胜过好友，而读好义理深邃的一本好书，更能够受用无穷，成就一位好官。诗云：

与杉市汪巡检

美心即美官，好书胜良友。
好书义理深，美心受用久。

邓子龙礼贤下士，不作威权之势，对营地附近的老百姓也十分和蔼可亲，一些乡人常常慕名前来向他求取墨宝，他便以春、夏、秋、冬景物为依托，赋诗《乡人求字》四首古绝，描绘出一幅农村风物与军营景致浑然天成的画面。诗云：

乡人求字

其一

金垒闲刁斗，华诞倒玉樽。
春风布和气，彩色迎朱轓。

其二

暑气薰幽壑，炎光满野屯。
比来荆棘地，应有百花蕃。

其三

清风披虎座，朗月上辕门。
山静潜狐鼠，桑麻过野村。

其四

霜肃降魔剑，冰凝飞虎旗。
柴门龙不吠，野老负朝曦。

“湘竹”，即斑竹，是历代文人歌咏的对象。邓子龙曾以湘竹起兴，赋诗《题湘竹邓洪桥》，从湘竹的姓氏、官位、衣冠、宇宙等方面，赞美湘竹的神奇、古朴、高雅的品质。诗云：

题湘竹邓洪桥

姓本无名赐，官从天地皇。

衣冠汉唐宋，宇宙尽南阳。

杨竹塘现属湖南省永州市冷水滩区蔡市镇，其双麟图，有天下太平等寓意。邓子龙在杨竹塘观赏双麟图后，曾赋诗《杨竹塘双麟图》，赞扬“愿将四海垂忠勤”的思想境界，诗云：

杨竹塘双麟图

汉水名山称古镇，多生国士钟山神。

竹塘有客抱耿介，琼崖拜将还忠贞。

买刀呼酒羲皇侣，杜门不理高车宾。

知己不问即倾倒，精神峄峭长吁呻。

丰姿伟俊令公度，红装绕案多慇懃。

东山一起净西土，愿将四海垂忠勤。

赐玉归来点头日，眼前岂止双麒麟。

十一、中秋无月夜如何　辜负诗人好兴多

万历十年(1582)中秋前夕，长子邓文光带着全家祝福来到五靖参将卫所看望邓子龙，高兴之余，邓子龙带着长子邓文光前往贵州视察。邓文光时年二十一岁，娶亲不到一年半，刚袭任南昌卫所百户，正值青春年华，前程似锦，却在铜仁不幸染病身亡。白发人送黑发人，邓子龙肝胆欲裂，却又无力回天。将长子安葬在祖父邓金之墓旁后，邓子龙的情绪一直十分低落。尤其是在中秋节来临之时，他的这种悲伤情绪就表现得十分突出。

人有悲欢离合，月有阴晴圆缺。这一年的中秋节，邓子龙是在凄风苦雨中度过的，在这本该家人团聚的节日里，他浑身不适，仰望星空，仿佛天空中根本没有月亮，不禁黯然神伤，赋诗《中秋无月口占短律九绝》抒怀，诗云：

中秋无月口占短律九绝

中秋无月夜如何，辜负诗人好兴多。
想是天宫机杼促，嫦娥无暇渡银河。

中秋客舍夜如年，风雨无端倍寂然。
知我婵娟应有念，团圆不照别离天。

中秋待月来银汉，欲来不来过夜半。
征人带病倦欲眠，月华留待明年看。

中秋雨洒铁衣人，未了残氛正气存。
长恨一声天地合，姮娥或者避将军。

中秋待月不见出，我问天公还来不。
应言人间乱离多，羞照红颜与白骨。

中秋不送桂花香，有美人兮天一方。
士女王孙空斗巧，秋千无影过邻墙。

中秋夜半风雨恶，报道西江波浪作。
洪水浮槎上半山，恰疑龙石生头角。

抱病中秋强自宽，邮亭烟雨思漫漫。
可堪去岁今宵夜，花满栏杆月满川。

《中秋无月口占短律九绝》第一首七绝，以“中秋无月夜如何”设问，又以“辜负诗人好兴多”表示无可奈何的遗憾。当这种天问无人作答时，他只好展开丰富的想象，猜想此时此刻天宫中的嫦娥也许正在忙碌织布，机杼声声，十分急促，故而无暇渡银河。此诗后来被镌刻在姚关清平洞崖壁之上，其雕刻款式也恰如圆月一般，从而实现了诗歌内容与形式的完美统一。

《中秋无月口占短律九绝》第二首七绝，不直接说明中秋无月，而是从客居他乡的旅人感受上着笔，在风雨交加倍加寂寥的环境中，旅人度夜如年，无比惆怅。他叩问苍天，苍天不语，月亮也无答应。只好自我安慰说，象征中秋团圆的明月似乎能够猜透诗人的心思及境况，非常知趣地不愿意把象征团圆的清辉洒在这片充满离愁别恨的天地之上。

在《中秋无月口占短律九绝》中，有两首七绝以“中秋待月”起兴，开门见山地凸显了诗人对于中秋明月的急切期待。其中一首以“中秋待月来银汉，欲来不来过夜半”开头，表明如此让人久久企盼的银汉来得太迟了，由于征人带病而疲倦得恹恹欲睡，已经没有心情再赏月，只得将美丽的月华留待明年再欣赏。

另一首以“中秋待月”起兴的七绝，以“中秋待月不见出，我问天公还来不”之句，表现诗人在待月过程中看不见月亮出来，不禁要向天空发问，月亮到底来还是不来？天公默而不语，而诗人猜想，天公的回答也许“应言人间乱离多，羞照红颜与白骨”，由于人间战争乱离过多，就连月亮都羞以映照人间的红颜与白骨。此诗已由单纯写景升华到关注战争与民生主题上。

在《中秋无月口占短律九绝》中，有两首是描写在没有月亮的中秋之夜雨疏风骤等情景，其中一首以“中秋雨洒铁衣人”起兴，当中秋之雨洒在将军铁衣上时，未了残氛里保存着浩然正气，由此发出“长恨一声天地合，姮娥或者避将军”的慨叹。姮娥，即嫦娥，此处为避免几次提到嫦娥而改称姮娥。同时，中秋无月的缘由，转而成为月亮或许是为了回避将军。写雨夜的另外一首七绝“中秋夜半风雨恶”，从风雨之夜引出西江的汹涌波浪，以及洪水浮槎上半山，给人造成龙石生头角假象的悲凉景象。

“中秋不送桂花香”一首七绝，转以中秋无桂花之香，引出美人天各一方，以及“士女王孙空斗巧，秋千无影过邻墙”的惆怅。

第八首七绝从抱病中秋看不到月亮的诗人，在烟雨之夜看不到鸿雁传书而徒增思念之情，并与去年今宵夜“花满栏杆月满川”的景象反衬今夜的凄清与哀伤。

有道是，最好莫如十四夜，一分留得到明宵。这是赞美十四的月亮最好看，也包含着十五月圆最完美之意，到了十六，月亮由盈转亏，则更加令人哀伤。邓子龙的诗歌《十六夜月》，叹息十四的月亮未全，十五的月亮象征团圆，是人们张筵以待的美景，然后把笔力集中到十六月亮之上，所以题目名为“十六夜月”。诗云：

十六夜月

前夜容光惜未全，张筵有待昨团圆。

薄情云雨偷身去，只恐今宵动子弦。

诗歌感叹十四晚上的月亮容光没有那么完全，十五之时团圆完美，而到了今晚，即十六日夜晚，圆月却仿佛已被薄情的云雨偷身而去，渐渐消瘦，只担心弦歌一动，更加令人哀伤，以此反衬诗人的悲伤凄怆。在《横戈集》手稿中，此诗另取题目于《中秋无月口占短律九绝》之第八首后，应为此组诗歌第九首，且从平仄及语意分析，原稿中的"丁弦"应为"子弦"。

转眼两个月过去，到了十月十五日，邓子龙又迎来第三个儿子邓大同（谱名启亨）出生的喜讯，这一消息终于使他一直纠结着的丧子之痛得以稍微平复。

家事、国事、天下事，事事关心，邓子龙在戎马倥偬之余，也没有忘记尊宗敬祖，自从担任五靖参将以来，他就有一件心事一直挂在心上，那就是其祖父邓金早年在从江西经湖广、贵州，前往云南大理途中客死于贵州，而由于山遥路远，祖父之墓一直无碑无文。为此，他在视察各地防务之余，悉心探访祖父早年足迹，在贵州偏桥卫马溪屯回龙庵之麓栗子湾找到祖父邓金葬身之地，并从贵州前往云南宜良一带，先后拜会了贵州偏桥卫马溪屯回龙庵寺僧、云南宜良知县刘世爵等人，于万历十年（1582）十一月二十九日在贵州省遵义市余庆县马溪乡为其祖父邓金树碑立传。

邓金之墓墓额题书"丰城邓府"，主碑镌刻着"敕赠镇国将军邓金真七府君之墓"几个大字，上款为"钦差分守湖广黎平五靖等处参将江西丰城县嫡孙邓子龙泣血"，下款为"万历十年仲冬廿九吉旦立"。墓赞为云南宜良知县刘世爵撰写，全文如下："赠敕封镇国将军邓公墓赞：起五脑梅花以发祖，夹二水巽已以行龙。旗诰特朝于丑未之穴，仓库更待于玄武之宫。辞楼一殿，如祥鸾舞凤；拜覆拱揖，似聚蚁屯蜂。上分下合，虾须蟹眼；直来横受，牛眠鹤梦。山麓吐吉，两峰对空；象鼻卷回，明堂包裹；狮容端耸，水口峥嵘。龙贵穴奇，诚哉天造；砂明水秀，宛矣帝钟。荫子孙作将作相，产兰桂为公为侯。厥祖窀穸，在甲申岁旦；慈孙表砌，值壬午季终。猗欤，镌碑勒石，千年瞻佳城锦茔，追宗报祖，百代仰孝谊慈衷。擒辞纪事，以永光荣。万历十年季冬廿九吉旦，知宜良县事文林郎晴川刘世爵顿首拜识。”

为祖父邓金树立“敕赠镇国将军邓金真七府君之墓”碑记后，邓子龙又于万历十四年（1586）六月在《请封供状书》中称其“祖父邓金，未仕”，万历十七年(1589）十月，邓子龙派人前往贵州偏桥卫马溪屯回龙庵之麓栗子湾，为其祖父邓金之墓买得祭田八十亩，交与回龙庵僧人徐真坚等代为看守祖茔，又立有《贵州偏桥卫马溪屯付回龙庵看祖茔僧人札付存底》云：“丰城星桥邓金真七公，原甲申年宦游大理，因葬偏桥之西九十里地马溪回龙庵之麓栗子湾，形状似香象排金门，昔牛转塘也。龙乃孙，官拜副总兵，买有祭田八十亩，与僧刘世相等守之。三年来丰城一次，给之路费。万历十七年十月，武桥邓子龙给。钦差参将府邓，须交秋粮一斗七升租，以备春秋祭祀。回龙寺僧徐真坚、如海、如清等。邓府置买焚献田册载粮十五亩五分。”

以上几处关于其祖父邓金的记载，分别有“敕赠镇国将军”“未仕”“宦游大理”等说法。从《请封供状书》有“呈恳请给诰命号纸以膺世袭，应合封赠祖父母、父母并本官妻室姓氏名讳分别存故，合就呈报”等文字可知，邓金在万历十四年(1586)六月以前仍未得到“敕赠镇国将军”等封赠，与“宦游大理”之说一样，都是铭诔碑记常用虚职褒扬先人的一种传统习惯。而供状书是明代官员用以上呈朝廷，以请求承袭、封赠的一种严肃公文，《请封供状书》里记载邓子龙祖父邓金“未仕”之说最为可信。

为祖父邓金立墓后，邓子龙对这片土地产生更加深厚的感情，万历十一年(1583)初，他又在贵州黎平皮林山石壁上题写“过化，万历十一年，邓子龙书”几个大字。令人感到神奇的是，题有“过化”题刻的皮林山此后便得名过化山，且因笔墨奇异，其题刻一直被当地苗民奉若神明，每年都要用石灰填之，不填则病目，因此，为“过化”碑填充石灰成为当地苗民预防眼病的一大良方。

贵州施秉有云台山，距离邓子龙祖父墓碑不远，独立万山丛中，山巅平坦，旁有石屏开列，群峦拱卫。邓子龙慕名登览，作有《云台山》一诗：

云台山

万山高处云结台，崔嵬鼎力真奇哉。
穿岩出洞二十里，宝塔三五洞中起。
巨木枯藤石上生，夜来拉月朝飞雨。
石钟石鼓数声静，野猿时笑烟霞来。
秉风步虚一搔首，白云散尽青天开。
天门玉籁天孙语，织女银河罢机杼。
下界山神知我来，功成羽化蓬莱主。

邓子龙在绥宁县神坡山崖壁上题有行书“东南第一山”，在贵州晴隆县莲城镇文庙后山题有“欲飞”石刻等。晴隆控扼入滇要道，邓子龙在城南门外修建“莫忙亭”，题有一副千古传唱的对联，一直被奉为茶联、酒联中的标杆之作，对联云：

为名忙，为利忙，忙里偷闲，且喝一 杯茶去；

因公苦，因私苦，苦中作乐，再上四两酒来！

就在邓子龙在贵州、湖广之间平叛练兵、横戈赋诗之时，云南边关危机四伏，邓子龙于万历十一年（1583）闰二月奉旨改调永昌参将，募兵防御缅甸莽酋。正式赴任前，他于当年三月蒙湖广巡按监察御史、南昌人涂杰奖荐，受赏二十四两银子，又蒙贵州军门都御史、湖广钟祥人刘庠奖励十二两银子，且奉兵部勘合覆议，招抚黎平府属西山羊洞叛夷归顺，奉钦赏银十两，蒙湖广抚、按抚化天柱所苗民归顺，奖银二十四两。

第五章　三战云南

十二、云南边关军情急　永昌参将奉诏谕

万历十一年(1583)闰二月十一日,邓子龙奉旨调任永昌参将,募兵防御缅甸"莽酋"。莽酋,指的是缅甸国王莽应里。

缅甸,古为朱波地,先后被称为掸国、骠国、蒲甘、缅国。东汉和帝永元九年(97),永昌徼外蛮及掸国国王雍由调重译贡珍宝,汉和帝刘肇赐其金印紫绶。中国唐、宋时期,缅甸蒲甘王朝逐步强大,并同唐朝、宋朝、南诏国、大理国建立外交关系。元朝初年,忽必烈平定大理,诸夷内附,蒲甘王朝怒而内侵永昌、腾越等地。元军数次派兵反击,战至缅甸江头城一带,蒲甘王朝内忧外患,宣告灭亡,元成宗铁穆耳于大德年间封的立普哇拿阿迪提牙为缅国国王,缅使入贡。明朝初年,缅甸内附。

明王朝先后设置孟养军民宣慰司、木邦军民宣慰司、缅甸军民宣慰司、八百大甸军民宣慰司、车里军民宣慰司、老挝军民宣慰司等,授予当地上层人物宣慰使职衔,这些宣慰司隶属云南三司,即都指挥司、布政使司和按察使司。其中,缅甸、孟养、木邦、车里、老挝、八百大甸六宣慰司与干崖(今盈

江)、南甸(今梁河)、陇川(今陇川)三宣抚司,常被统称为“三宣六慰”。除了“三宣六慰”,明王朝还设立过底兀剌、底马撒、大古剌宣慰使司,以及孟密宣抚司、蛮莫安抚司、孟艮衔夷府、里麻、茶山长官司等共三十多个土司。

明朝正统年间,麓川思氏反叛,兵部尚书王骥统军三征麓川,麓川思任法、思机法在缅甸宣慰使莽纪岁等协助下先后被擒,而思任法后裔思禄发潜据孟养后,弘治初年朝廷颁发金牌信符,一时忘记孟养久已废止,仍按旧籍颁给,致使思禄以符牌号召诸夷,略取旁邑自广。不久,孟养思伦又以缅甸宣慰司曾擒思任法献于明朝而欲向缅甸复仇,并于明朝嘉靖五年(1526)纠集木邦、孟密之兵象一举攻破缅甸,杀死缅甸宣慰使莽纪岁,分其土地。莽纪岁之子莽瑞体大难不死,逃至舅父家驻地洞吴避难。

洞吴,又称东吁,位于锡唐河流域,在缅语里意为“山嘴”,原为蒲甘王朝属地里的小村庄,以后逐步成为缅族逃难、聚集的中心。缅甸宣慰使受到孟养思伦等侵凌而诉于明王朝后,明王朝却到第二年才命永昌知府严时泰、卫指挥王训往勘,思伦却乘夜纵兵鼓噪,焚驿舍,杀赍金牌千户曹义,严时泰仓皇逃遁,别立土舍莽卜信守之而去。过了几年,寄养在舅父家的莽瑞体逐步长大成人,并在舅父去世后篡夺洞吾首领之职,开始实施一系列复仇计划。

莽瑞体,明朝嘉靖十年(1531)继明吉瑜之后担任洞吾首领,在占据上缅甸最为富庶的皎克西地区以后建立东吁王朝,并迅速把目光投向下缅甸,嘉靖十八年(1539)攻占勃固城,且把勃固作为东吁王朝新都,接着乘势攻占马都八,又于嘉靖二十一年(1542)与同父异母兄弟莽应龙一起攻占阿瓦王朝属地卑谬，随即于嘉靖二十五年（1546）用孟族、缅族两种仪式，在卑谬举行加冕典礼，自称上下缅甸之王。

称王之后，莽瑞体随即把战剑指向缅甸西南部沿海阿拉干。阿拉干是一个在蒲甘王朝灭亡后宣布独立的小国，其辖地包括今天的孟加拉国吉大港一带。阿拉干遭受莽瑞体征讨后，国王明平率众奋起抵抗，暹罗（今泰国）却乘隙攻下缅甸勃固城，莽瑞体被迫再次南征，在夺回勃固城后进攻受阻。退守勃固城后，莽瑞体以一个精于酒食饮宴之方的葡萄牙人为宠臣，终日饮酒作乐，生活腐化，致使勃固城最终被勃固王朝遗臣斯弥陶于嘉靖三十年（1551）举兵夺回，莽瑞体也在外出狩猎时被孟族卫士所杀，各地封建主纷纷拥兵称王，给新任东吁王朝国王莽应龙留下一个四分五裂的局面。

莽应龙继位后向葡萄牙雇佣兵首领狄哥·美罗求助，首先夺回东吁王朝的老巢东吁，并乘孟族上层内讧之机收复卑谬、勃固二城，于嘉靖三十四年（1555）誓师北伐，一举攻占阿瓦，灭掉阿瓦王朝，又于嘉靖三十五年（1556）攻占暹罗首都阿瑜陀耶城，立暹罗太子为傀儡国王，然后继续向北推进，于嘉靖三十九年（1560）乘孟密内乱之机向其发起进攻，同时威逼孟养宣慰司、木邦宣慰司等。

孟密在今缅甸蒙米特一带，原为木邦属地，明朝景泰年间，原木邦宣慰使罕揲法之女、思歪法之妻曩罕弄，以尊属不乐于接受嗜酒好杀的木邦宣慰使罕空法节制而率孟密反叛木邦，木邦屡诉明王朝未果，明朝廷却于成化二十年（1484）分木邦地而设孟密安抚司。孟密土司思真及其子思汉相继去世后，其嫡庶相争，境内大乱，莽应龙乘虚进攻孟密，并试图招降陇川、干崖、南甸土司，进攻招降未果，莽应龙停止北侵。

到了隆庆年间，莽应龙采取软硬兼施的办法，先掩袭孟养，后攻打景迈（八百），再胁服木邦。隆庆二年（1568），木邦土舍罕拔向明朝廷要求继承木邦宣慰使职务，地方官员贪求贿赂，故意不予上报。罕拨愤而封闭道路，断绝与内地交往，这一封闭政策导致食盐短缺，莽应龙乘机送他五百竹筒的食盐，罕拔由此"益感缅而忿中国"，最终投入东吁王朝怀抱。

同时，蛮莫土目思哲也开始迎附莽应龙。蛮莫形胜独擅，后拥蛮哈，前阻金沙，上通迤西、里麻、茶山，中通干崖、南甸、陇川、木邦、芒市，下通孟密、缅甸、八百、车里、摆古，为水陆交会要区诸夷咽喉重地。莽应龙羽翼渐丰后，又开始向滇西拉拢潞江安抚使线贵、耿马罕虔、湾甸州景宗真、南甸土司刀落参、芒市土司放正堂。

在各内地土司纷纷依附莽应龙之际，陇川宣抚使多士宁拒绝合谋，然而，陇川记室岳凤却向莽应龙投怀送抱。岳凤，江西抚州人，黠而多智，先前在陇川经商，后被多士宁任命为记室，且把妹子嫁给他。岳凤忘恩负义，受缅伪命后于隆庆六年（1572）杀害多士宁，取代宣抚，叛国投缅。万历元年（1573），岳凤招引缅军入侵陇川，且与木邦土官罕拨、蛮莫土官思哲歃血为盟。万历三年（1575），缅军十万入侵干崖，干崖土司刀帕举遗孀罕氏是木邦罕拨之妹，罕拨附缅后，诱刀帕举之弟刀帕文，且许妻以妹，刀帕文不从，罕拨引兵与之作战，刀帕文不支而奔走永昌，罕拨遂取干崖宣抚司印付其妹，据干崖。于是，木邦、孟密、蛮莫、陇川、干崖、耿马全部沦陷，只有孟养久攻不克。

万历四年（1576），莽应龙大举进攻孟养，孟养宣抚司思个一面积极防御，一面向明王朝告急。当年十二月，新任金腾兵备副使罗汝芳，檄调汉、土兵马齐聚腾越，准备赴孟养援助，而当孟养思个在戛撒（今缅甸杰沙附近）围困缅军一个多月后，巡抚王凝却不许派援军。岳凤探知这一消息，急派二千多名兵丁，日夜兼程赶往戛撒，救援被困军，引导困军由间道逃遁。思个率众追杀，缅军大败，生还者不到十分之一。后来，莽应龙再次发兵进攻孟养，思个无援，奔向腾越，中途被部下所擒，送交莽应龙杀害，遂占孟养。

占领孟养后，云南门户大开，莽应龙随时伺机东进，却在进军阿拉干，攻占仙道卫后卧病军中，于万历九年（1581）十月十日去世，其子莽应里继位。

莽应里即位之后，先以引诱、谮陷等手段，致使木邦罕拔投水而死，同时派兵大举进攻木邦。木邦罕拔之子罕进忠不愿屈从莽应里，率部死守木邦，却有木邦罕拔之子罕凤暗中勾结陇川岳凤、耿马罕虔、湾甸州景宗真等率兵堵截，欲擒之而献给莽应里，以表忠心。

万历十一年（1583）初，罕进忠携妻子匆匆内奔，莽应里命陇川岳凤、耿马罕虔，以湾甸土知州景宗真为向导，追击罕进忠于喳哩江(即怒江)，并于正月二日破姚关，焚施甸。在今施甸县甸阳镇大竹棚村委会长官司自然村东羊角山山麓的施甸长官司也被焚毁。

进犯施甸以后，莽应里决定剖孕妇以卜进攻永昌(今保山）或顺宁（今凤庆）。剖得女婴后，莽应里于万历十一年（1583）二月攻打顺宁，烧其府治，同时攻破盏达，掳得八百名男女，旋即派兵横扫干崖（今盈江），将干崖土官刀怕庚、南甸土官刀落宪、盏达土官刀思定掳去，又令曩乌率缅军六万突袭猛淋(今龙陵镇安),致使守卫猛淋的明军指挥吴继勋、千户祁维垣、百户徐应彩等官兵战死。

腾冲、永昌、大理、蒙化、景东、镇沅等府县屏藩已被莽应里一扫而光,朝廷为之大震。万历十一年(1583)闰二月十一日,云南巡抚刘世曾奏请以湖广参将邓子龙为永昌参将、南京小教场坐营刘綎为游击,管腾冲守备事,使之募兵防御,得到神宗皇帝御准。《明实录·明神宗实录》记载:"万历十一年闰二月甲子,缅贼莽酋犯永昌、腾越。先是永昌参将已裁革,永腾独守备一人,抚臣刘世曾请以湖广参将邓子龙为永昌参将,南京小教场坐营刘綎为游击,管腾冲守备事,使之募兵防御。报可。"

十三、谬承钦命向南征　兵马兼程暴暑行

万历十一年(1583)四月二十六日,邓子龙奉旨披上战甲,提兵三千,从五靖参将驻地贵州黎平启程,沿着滇黔古驿道一路开往云南,奔向永昌(今保山市)。

夏日炎炎,盘旋屈曲的古驿道穿越在山重水复之间,石板路的斑驳马蹄印痕,光滑而又贼亮,路旁山鸟鸣啭,溪流淙淙,邓子龙率军披星戴月,一路疾驰,逼近号称黔滇门户的曲靖。渡过盘江,邓子龙满怀豪情地赋诗《渡盘江吟·癸未年夏》云:

渡盘江吟(癸未年夏)

谬承钦命向南征,兵马兼程暴暑行。
普定水分南海出,威清山接虎头城。
岭高关索千峰小,瘴下盘江半夜平。

此去赤心多少望，愿系莽首报功成。

诗歌首先点明此次出征，源自“谬承”钦命。承蒙皇帝错爱，自己必当不辱使命，尽管酷暑难耐，仍义无反顾，一往无前，日夜兼程，经普定、威清、关索等地，又渡过盘江，誓要以赤胆忠心，击退缅酋莽应里，系其首而报功。普定，在贵州西部，威清，在今贵州省清镇市，关索，贵州省关岭县驻地称关索镇，境内有关索岭。盘江，即北盘江。

过了北盘江，到达贵州入滇锁钥曲靖交水，即今曲靖沾益后，邓子龙马不停蹄，经昆明、楚雄，一路向西。在百感交集之余，邓子龙赋诗《西征有感》云：

西征有感

一礼不足惜，今糜十万兵。

因循成功齿，汰冗竟虚名。

马穿千险出，旗指万山平。

号令从天下，谁言有莽庭。

自古以来，先礼而后兵，而在缅甸东吁王朝内侵过程中，明朝廷及云南涉缅官员却一度掉以轻心，以致留下“省了一张纸，丢失一宣慰”等诸多遗憾。

诸如木邦在明洪武十五年（1382）改为木邦府，永乐二年（1404）改为木邦军民宣慰使司，而由于明朝政治日益腐败，官员一步步变得贪婪起来，当木邦土官罕拔向明朝报请袭职时，云南官吏因勒索未遂，拒不发给承袭状纸，罕拔最终反叛明朝，投向东吁王朝。民谣讥评为：“官府爱惜一张纸，丢失地方二千里。”又云：“省了一张纸，丢失一宣慰！”

又如在缅甸东吁王朝占领木邦、干崖、陇川等土司后，云南巡按御史陈文燧曾于万历五年（1577）七月初三日奏言制御土夷十事，包括檄诸夷、抚三宣、设将领、筑城垣、足兵食、禁通夷、宽承袭、宽迤西、择官司、议功罪等，未引起重视，陈文燧又于万历七年(1579)正月十一日奏言复设参将驻扎三宣，而兵部却题覆“永昌自裁革分守参将，复设知府、同知之后，夷民安堵。三宣设将，更欲何为！”直至万历十一年(1583)初，缅甸东吁王朝大举内侵之后，朝廷才于当年闰二月十一日设立金腾参将、守备，命邓子龙、刘綎募兵防御莽酋。

针对朝廷对缅政策的诸多失策，邓子龙在诗歌中发出“一礼不足惜，今糜十万兵。因循成功齿，汰冗竟虚名”的沉痛哀叹。而历史已成事实，亡羊补牢，犹未为晚，他对此次作战仍然充满必胜的信心。他坚信，只要天子一声令下，雄师一出，定会“马穿千险出，旗指万山平”，又怎么还会再有什么“莽庭”存在呢！

自入夏以来，镇守云南黔国公、总兵官沐昌祚前往大理坚壁固守，云南巡抚刘世曾移驻楚雄，大征汉土军数万，令参政赵睿守蒙化，副使胡心得守腾冲，陆通霄守赵州，佥事杨继熙守永昌，与监军副使傅宠、姜忻，督参将胡大宾等准备分道进击。

邓子龙在大理与刘世曾、沐昌祚等人谋面之后，即开始研究防御之策，邓子龙提议先解决耿马问题。因为在他看来，耿马居于腹心，牵制全滇，且耿马罕虔的五个儿子个个彪悍神武，四个女儿嫁给威远、大侯、镇康、湾甸州官，子婿众多，骄横狂妄。只有先解决耿马罕虔，再平陇川岳凤则易如反掌。邓子龙此言一出，有人担心兵力太少，难以稳操胜券，邓子龙却信心十足地回答：“兵贵精，众寡在将。”

又有人提出，兵祸之端是罕进忠，正是为了擒拿他，缅甸才派兵大举入侵，所以，干脆把他送回缅甸，缅甸挑衅抑或可以停止。邓子龙反驳说："假如缅甸得到罕进忠，又继续求大理，可以吗？又求滇省，可以吗？头可断，罕进忠必不可交，堂堂中国，不能为内奔者作主张，何以威远？"说罢，邓子龙立即派人把罕进忠追了回来，并对罕进忠加以严格保护。

在大理，沐昌祚从洱海卫为邓子龙补充土兵一千名，邓子龙带领这些土兵，与从五开带来的官兵一起继续西进。而刚刚过了苍山，进入合江附近的可乐亭，这些土兵就把素来军纪散漫的特点暴露无遗。队伍刚刚驻扎下来，就有二三十名土兵抢劫百姓财物。邓子龙为了严明军纪，将骚扰抢劫百姓的土兵处以鞭刑，将两名首恶分子予以正法，邓子龙触景生情，由土兵骚扰百姓情形及征缅战事给当地人民带来苦难生发开来，感慨赋诗《因土兵之扰过可乐亭》。诗云：

因土兵之扰过可乐亭

停骖午炊苍山西，石门对雨寒霏霏。
合江咆哮走雷电，六月犹穿中夹衣。
鸟惊节钺万壑静，猿啼鼓角千山悲。
孤悬村落绝烟火，扛抬堡驿穷膏脂。
壮士伤心肉食裂，何为可乐称雍熙。

诗歌首先交代可乐亭的地理位置是在大理苍山之西，之所以关注到可乐亭，是因为自己率部停下鞍马以便午炊时看到雨寒雷溟，江水咆哮，鸟惊壑静，猿啼鼓悲，以及将士们在六月里依然不畏酷暑穿着中夹衣的情景，在这些情景背后，最令诗人为之感叹不已的还是"鸟惊节钺万壑静，猿啼鼓角千山悲""孤悬村落绝烟火，扛抬堡驿穷膏脂"的悲凉气氛及严酷的社会现实。由于战争，万壑为之寂静，千山为之悲吟，孤悬村落荒无人烟，许多劳力都到后方抬运粮草，加之堡驿官吏搜刮民脂民膏，弄得老百姓穷困潦倒，苦不堪言。面对此情此景，怎不令“壮士伤心肉食裂”，在此诗人不禁要愤而发问，眼前的景象又怎么能够配得上堪称雍熙的“可乐亭”之名呢！

尽快扫平莽寇的急切心情催促邓子龙快马加鞭，顶风冒雨，急行西进，五月十四日，军过万松岭，邓子龙又赋诗《万松岭风雨催军行》，表达将士风雨兼程，誓扫莽酋的决心，诗歌发出“归来烹象饮天河”的铿锵誓言，并以“何代英雄无卫霍”一句进行反诘，寄托自己要像卫青、霍去病一样在戍守边疆中建功立业的殷切希望。诗云：

万松岭风雨催军行

应怜西事悬民瘼，长呼铁甲灯前着。

三程两程日夜行，千山万山风雨恶。

不妨夷鼓地下来，自有将军天上落。

百战烽尘社稷安，一怒乾坤星斗错。

归来烹象饮天河，何代英雄无卫霍。

邓子龙从永平经博南古道，跨越霁虹桥后，万历十一年（1583）五月十七日正式进入永昌(即今保山)，就任永昌参将。一到永昌，邓子龙发现永昌知府陈严之、兵备道杨际熙为防备缅甸袭扰而下令封闭城门，实行全城戒严，形成军民内困于城守，外扰于戎役的局面，他当即下令大开四门，尽撤城守，搞活商业贸易，恢复居民生活。看到从武定征召的官兵剽掠百姓，他又下令将其斩首，守城官兵为之震慑，全部撤退。

十四、破釜沉舟出南城　精心布阵姚关道

永昌城区经济渐渐恢复，人心初步安定之后，邓子龙于万历十一年（1583）六月三日在永昌垂涕涟涟，谒神告庙，随即率三千官兵，从南城出发，直指南关，并以破釜沉舟之气概，严格号令麾下将士："不复三宣诸郡，不擒罕、岳诸夷，不平西南一统，不复入此关！"

出发之际，永昌知府陈严之、监军副使姜忻、兵备道杨际熙等前来送行，邓子龙率领队伍向南开进数十里，即到达莽应里一度进犯的施甸坝子。

施甸坝子四围环山，中有河流，始建于元代的施甸长官司署管辖着今天的昌宁县柯街以西和施甸全境大片土地，属于当时永昌府辖下重要的土司政权之一。加之施甸北有永昌，南有湾甸、耿马、孟定，东有顺宁，西有潞江、南甸、干崖，西南有芒市、陇川，自古就是四通八达的交通军事要塞。控制湾甸、耿马等地，必须从施甸坝子继续向南延伸防线。于是，邓子龙率部南行四十余里，到达以后被他雅称为"姚关"的老窑寨。

姚关要道北接施甸坝子，南接湾甸孟定，与施甸坝子比较起来，姚关地势较高，气候也较为凉爽，地形地貌也独具一格。一个个圆形的山峦，或以黄土垒成，或以石头垒成，将一块块洼地、草坝或者平坝层层环围分割开来，山峦嶙峋突兀，坝子水域茫茫，田畴平旷。东面的碧霞山，西面的秀岩山、石栅山、茨竹坪山比肩继踵，山陡路险，西南部与猛波罗（即今旧城）接界，东南部的姚关大峡谷，以及断山等山脉与湾甸

州遥遥相望，形成居高临下的雄伟态势。

刚刚经历缅军蹂躏的姚关，此时仍是白骨暴于榛莽，荒村百姓走散，荒草连天，满目凄然，邓子龙在乌龟山安营扎寨后，高举酒碗，慷慨而饮，与将士断发盟誓：“我与三千弟兄远涉八千里，赤胆忠心，同生共死，纵使寇贼人多势众，号称数百万，可是，乌合之众何足为惧，我们誓死与之不共戴天！”

陈信、邹良臣、杜亮、邓勇等部将群情激奋，皆跃跃欲试，拔剑扼腕，力求一战。

夏秋之间，邓子龙在断山构筑大关，派兵驻守。大关在今姚关镇大岭岗村大关箐自然村附近，靠近湾甸的断山丛林阴翳，夹杂滴水崖等峭壁悬崖，地形十分险要，右侧的大关箐峡谷幽深，左侧有深不可测的姚关大峡谷，绵延直连南部的湾甸坝子，对湾甸形成居高临下的态势。

湾甸土官景宗真以内附为幌子，进入姚关以探明军虚实。部将以“景宗真为奸贰，当绝之，以杜窥测”相劝，邓子龙明知有诈，却故意将景宗真纳为心腹，让其自由出入军营，匿锐示弱，以骄其气。

邓子龙又前往喳哩江（即怒江）视察要害，同时督令将士筑营垒，列烽堠，筑坚营于关中。在猛淋（今镇安），邓子龙看到战争给人民带来的沉重负担，以及“滇南财竭苦用兵，遐天耳目遥金殿。永平夫少妇运多，腾阳米贵夷金贱”“晓传露布晚报警，军民疲困何时醒”等战争背景下的严峻社会现实，希望尽快结束战争，并对“一将功成万骨枯”的觅求封侯之路进行深刻反思，赋诗《猛淋行感兴》云：

丈夫生世间，岂为儿女谋。

纲常七尺躯，何限觅封侯。

仗剑眼空天下士，浩然之气凌青霄。
君不见，百战身披数十痕，手开双石三夺弰。
义胆忠肝格鬼神，叱咤咆哮走雷电。
醉来解带大树眠，诗成落笔扬雄辩。
又不见，滇南财竭苦用兵，遐天耳目遥金殿。
永平夫少妇运多，腾阳米贵夷金贱。
潞江初瘴鸟不飞，猛淋旧垒乌欲啼。
朝传露布晚报警，军民疲困何时醒。
愿将一战百蛮空，谈笑颠倒乾坤整。

《猛淋行感兴》这首古体诗在《横戈集》中题为《猛淋行感兴》，原文如上，而在道光《永昌府志》中，此诗的标题却为《镇南楼》，且在“百战身披数十痕”之前省略“君不见”三字，将“手开双石三夺弰”中的“弰”（音稍，弓弰）改为“槊”，将“又不见，滇南财竭苦用兵”中的“又不见”改为“君不见”，将“愿将一战百蛮空”中的“战”改为“阵”等。

邓子龙在姚关附近初步设置大关、小关、里骚关、芭蕉关、茨竹关以后，以把总陈信为前部，驻军关外，以吴松、范进、胥朝、余胜等副之；以邹良臣为左部，驻军摆跨，以叶武等副之；以杜亮为右部，驻军茨竹坪，以千户万邦宪等副之；邓勇统奇兵绕出猛波罗，截归道桥。将粮草置于锡窝银，又置于猛堆营，又置于猛波罗营，以迷惑敌人，同时告诫部属，敌人来到，不要交战，要假装溃退。

军营云屯星列，严阵以待，地方土官士绅民众积极备战，施甸长官司长官莽崇德命大乌邑千户莽廷瑞率众接济军需，施甸县姚关镇孔水杨文合，与父亲杨应雷、长兄杨文桐、二哥杨文相，一家四人投身到作战队伍中。

十五、把酒赋诗待时机　火烧象阵战断山

万历十一年（1583）入冬以后，侦报每日数至，邓子龙得知缅甸正以阿瓦、洞吴、猛别、孟密、蛮莫、陇川、武章、雍会、光脑诸路兵数十万自西而来，又以车里、八百、孟艮、孟连、耿马诸路兵数十万自东来，约会景宗真于姚关，准备在十一月初三进入施甸，初六攻破永昌的消息，却沉着冷静，巧于应对。

内奸景宗真试探邓子龙对缅军看法，邓子龙笑道："邓某何惧缅众呢？只是害怕他们的大象！"看到军营中整整齐齐地摆放着众多红竹笼，景宗真又问："红笼中是何物？"邓子龙告诉他"那是用来抵御大象的！"景宗真正在自以为用纸笼抵御大象十分滑稽可笑时，又看见邓子龙每天令士兵各取五尺大竹备用，便询问此物作何之用，邓子龙以"取水"告之。谁知，邓子龙后来取道西山，用巨缆连竹渡江，一举抵达姚关。邓子龙又借景宗真"缅军尚远"的说法，声称自己要前往松坡筑营。然而，邓子龙出发片刻后当日即返回。

当莽应里派遣的罕虔、曩乌等率部大举进犯姚关之时，明军按照邓子龙参将的预先部署，一切都伪装成兵败以后丢弃粮草溃逃的模样，罕虔、曩乌看见邓子龙军诸营不整，笑着说道："吾固知汉兵怯，已弃粮走矣"，随即以轻骑作为前锋，于十一月初二日渡过猛波罗河，渐渐逼近姚关断山大关。

大关，又名全胜关，位于姚关镇以南大岭岗村委会西边，距离姚关镇38里的断山之上，地处旧城进入姚关的重要关卡处，万历十一年（1583）建成，被称为滇西第一雄关。大关

关门高 3.3 米，楼高 19.33 米，关门两侧各长 66.66 米，各高 6.66 米，底部以石镶砌，关壁以砖砌成，整个建筑分关楼、护关墙、护关壕三部分。

断山右侧是幽深狭长的大关箐，大关箐里流淌着大关箐河，并有古道穿行其间，山溪两岸山峰、树木遮天蔽日，但闻溪流潺潺流淌。沿着此道，向外可朝湾甸方向通往猛波罗河，向内可进姚关等地。大关左侧有起伏的山峦一直延伸至滴水崖一带，滴水崖外侧又有深不可测的姚关大峡谷，溪流顺着峡谷坡势，源源不断地涌向湾甸附近的猛波罗河。姚关大峡谷外侧的小关，与大关相距二十余里，地处姚关镇东摆马村委会，距离姚关十四里，关处摆马之龙山口，倚山临涧，下通湾甸，护关墙向两侧山脊延伸，墙外挖有护关壕。

邓子龙稳坐大关，凭险固守，成竹在胸，当罕虔、曩乌率象马戎兵浩浩荡荡向大关开进之际，他把酒赋诗，不予理会，暗中命部下且退且引，一步步诱敌深入。

十一月初三日黎明时分，罕虔、曩乌的缅军前锋经松坡向大关箐推进，邓子龙即令前军偃旗搦战，先设沟垒险，直至中午，缅军依然不能进尺寸。缅军已渐渐进入大关箐埋伏圈，正在因远途跋涉陡坡险路而饥渴难耐，邓子龙瞄准时机，拔出长剑，一声令下，地动山摇，自率中军杀向敌阵。

大关箐里顿时山风呼啸，鼓铳火炮声震山野，箭镞弓弩如雨齐发。明军以预先准备好的竹竿架桥飞渡，那些预备好的红灯笼也顿时解开了谜底。原来，灯笼里装的都是酒瓮，当这些酒瓮被揭开盖子后，嗜酒如命的战象，向着酒气散发之处狂奔，缅军人象互相冲撞，方寸大乱。

邓子龙命指挥赵凤翱、杨鹏翔、陈韬、张光胤趁势而上，左右大张旗鼓，火龙竞发，喊杀震天，有的专砍象鼻马腿，有的专射战象上的红衣头目。

缅军大惊失色，乱作一团，历经三日殊死之战，邓子龙驱马挥剑，呐喊冲出，飞起一足，猛踢大象，大象当场毙命，两翼兵士合围冲击，缅军大溃，尸横满山，血流满涧，残敌顺坡草奔逃而下。从此，邓子龙足踢大象的勇武之举传颂天下。

断山之战当晚，邓子龙命其所部追至湾甸攀枝花，与敌夜战，邓勇将桥梁毁坏，阵斩景宗真，缅军断绝退路，投尸水中者如蚂蚁，水为之尽黑。岳凤之子曩乌带伤狼狈向西而逃。

姚关首战告捷，邓子龙烹象享士，且豪迈题写“烹象处”，碑刻云：“烹象处，万历十一年擒缅象千余，烹以享士。豫章武桥记。”

就在断山之战取得决定性胜利之时，云南巡按御史崔廷试依然在为迤南三江口一路、哀牢山一路有缅军入侵风险而担忧，并于万历十一年（1583）十一月初五日启奏神宗皇帝：“岳酋犯顺，秋凉瘴消，正宜相机剿抚。滇境迤南有三江口一路、哀牢山一路，虽为崎岖，乘虚潜入，极为捷便，乞令多方戒备！”神宗皇帝覆奏：“该省贼情叵测，一应剿抚防御机宜，着沐昌祚、刘世曾悉心殚力，遵照前旨行事，务保万全！”

多年以后，滇西百姓在大关所在地断山（后称偃草坡）修建大关庙，选择良辰吉日，带着猪、羊、鸡等祭品，前来祭祀邓子龙，以求功名发达、财源旺盛、行车顺利、考试高中、姻缘美满、子孙满堂、六畜兴旺。良辰吉日多选每月属马之日，即邓子龙在偃草坡大捷这一天举行祭奠，以表达马到成功、马上发财、快马加鞭愿望，选择属鼠、属龙之日祭奠者，源于十二生肖子鼠、辰龙皆与“子龙”之名暗合。

十六、智擒罕虔平湾甸　声东击西定耿马

两年以前，木邦土司罕拔被缅甸莽应里杀害，罕拔之子罕进忠守卫木邦未敌而内奔，罕风却勾结耿马罕虔、湾甸州景宗真等，欲擒罕进忠献莽应里，以表忠心。

断山之战旗开得胜，邓子龙决计智擒罕虔，便对众将说：“西贼已败走，东贼尚雄炽，宗真虽阵死，渠魁罕虔尚未获，力取必费手，只有智取。”

如何智取呢？邓子龙决定采取以逸待劳的策略，首先把罕虔之弟宗才召来，对他说：“惜尔兄不在，无可语虔者，此兵端本自罕进忠，若能说虔，我愿缚进忠以罢兵，即奏虔为宣慰。”

宗才对于邓子龙愿缚罕进忠以罢兵，罢兵后奏请罕虔为宣慰的说法半信半疑，但还是把邓子龙之言转告罕虔。罕虔对于邓子龙提出的条件也不大相信，便悄然派人前来邓子龙军前暗中侦察，当发现罕进忠已被绑缚在辕门之上之后，罕虔疑虑顿消，即令其子招罕伏险为后援，自己纠集缅军象马无数，一路直趋湾甸。

万历十一年（1583）十二月二十日，构缅内犯的耿马罕虔率众刚到湾甸，事先依计伏兵以待的邓子龙部下一跃而起，英勇作战，大败敌军，生擒罕虔以及招对、捧罕、招托、景宗才、莽班内关等八十二名，斩获首级三百九十五颗，同时缴获湾甸州印信一颗、战象二只、战马五十匹、牛四十只、器仗刀枪三百零八件，俘获敌属三百三十名，招抚、男女三千零

三十四名，胜利平定湾甸。

平定湾甸以后，邓子龙发布《约束土司檄》，分析战争形势，安慰沿边土司，“为所胁诱者，已往不问，咸与维新”，劝慰当下局势：“顷者老姚关之捷，罕虔、景宗方就擒，贼已褫魄，剪灭涤荡，近在朝夕，正若属奋身立功之秋也”，并指出正反两条出路，正途，若有“慕义效忠，僇力赴敌”的种种表现，则“分别功状上于天子，益封进秩，赐赉金帛，以酬尔劳”，反之，若有“蓄奸怀贰，怙恶不悛，输款莽酋，比周观望，阴为向导窥伺者”，则“移兵先诛之，然后奏报天子，灭尔封土，歼尔族类，俾无遗育，必不尔赦”。邓子龙《约束土司檄》云：

约束土司檄（万历十一年）

告各土司：

尔等皆偺爵剖符，世世为朝廷臣子，受我卵翼之恩至厚也。莽贼悖骜，凭恃深阻，鸱张螳怒，以逆我军吏，彼实违天背化，甘自弃绝于覆载照临之外。尔等苟怀忠义之性者，未有不竖目切齿，愿得而甘心焉。顾闻一二愚暗，不识逆顺利害，反教猱升木，为虎附翼，潜以吾内地虚实输之，为彼向导，此亡异故贼啖尔以货，又怵以威也。

夫贼诚有封爵禄秩，能世世富贵尔哉？彼徒以声势恐愒，实不能为若害，即或攻剽，亦孰与王师天诛如雷轰霆掣，无不糜灭者也。捐爵秩以博货，且畏死而就必死，此之为算，可不谓愚？且莽贼之狡焉，欲蚕食诸土司非一日矣，所以犹存无恙者，特朝廷之力能制其命，为若主也。彼犹豺虎然，且噬尔疆宇，灭尔宗庙，虏尔子女，若属其奈何？惟天子赫然震怒，莽贼之不虔，追罪往时偷安诸臣，而督责于今之任事者。我镇臣奉将天伐，誓不与此贼俱生矣。

顷者老姚关之捷，罕虔、景宗方就擒，贼已褫魄，剪灭涤荡，近在朝夕，正若属奋身立功之秋也。今与若属期，各要属部落与我同仇，其一二愚昧，为所胁诱者，已往不问，咸与维新。

有能慕义效忠，僇力赴敌，或助兵以隶行间，或助饷以奉战士，为我侦候得其声息，为我反间携其党与，为我挟刃刺之帐中，为我遮截遏之阃外，为我犄角击其侵轶，为我设覆绝其归路，我镇臣当分别功状上于天子，益封进秩，赐赉金帛，以酬尔劳。

有如蓄奸怀贰，怙恶不悛，输款莽酋，比周观望，阴为向导窥伺者，我镇臣奉简书，得便宜行事，且移兵先诛之，然后奏报天子，灭尔封土，歼尔族类，俾无遗育，必不尔赦！

万历十二年（1584）二月初二日，兵部覆云南屡败莽酋斩获功，抚臣刘世曾升右副都御史照旧，总兵官沐昌祚赏银币，邓子龙升一级，与傅宠、姜忻各赏银有差。同日辰时，邓子龙在永昌新娶的小妾佳氏，也为他生下了一名男孩，捷报刚至，又添新喜。邓子龙欣然为婴儿取名邓大勇，这是邓子龙的第四个儿子。

得知罕虔在湾甸被擒，奉罕虔之命伏险为后援的罕虔之子招罕大惊失色，匆忙率领后援之众逃回耿马，与其弟招色一起，召集八德、猛库、猛猛、混僻、孽赖诸部兵马，坚守各处险隘，又让其叔率蒲人药弩手五百人固守耿马三尖山。为了彻底扫除罕虔残余势力，邓子龙于万历十二年（1584）二月初率部从姚关出发，向三尖山方向推进。

三尖山峭壁林立，上有粮水，地势险要，易守难攻。邓子龙基于汉朝时孔明征战止于无粮山，明朝时王骥远至回龙也不能攻克的历史教训，判断招罕、招色肯定自恃居于铁城，自以为得计，遂一面用黄金收买当地土人，摸清山间小道，一面佯装败退收兵，以使对方懈于防守。

三尖山之兵果然中计而防守松懈，邓子龙又暗中派遣周良臣率罕进忠绕过喳哩江（怒江）进入孟定，伪张旗鼓，虚张进攻耿马老巢八德的声势。得知八德危急，三尖山伏兵分兵弃险前往救援，三尖山顿时变得势孤力单。邓子龙先以缓兵之计，再以调虎离山之计，一步步扭转战局后，速命裨将邓勇等人率北胜、蒗渠等番兵乘隙长驱直入，与在山后实行夹击的预伏士兵一起，一举直捣三尖山。

三尖山后山驻有招罕的妻子象马，前方有部众与明军对峙，招罕凭险据守，有恃无恐，听到明军呼喊招降，仍坐笑自若，妄称官兵即使飞也飞不上三尖山。

二月十一日，邓子龙命邓勇率部袭击锡展，攀援后山而上，并以大炮为期，发起总攻。夜半时分，大炮轰鸣，后山也火龙齐发，招罕之兵象马自相践踏，坠崖者宛若空中落叶。

明军前锋一拥而上，生擒招罕、招色、罕金老及其党一百三十八名，斩获首级五百四十一颗，俘获敌属一百名，夺获战象十四只、战马三十四匹、器械一百三十二件，尖山巢空，乃抚流移数千人，平定耿马。至此，奉莽应里之命侵扰三宣的罕虔家族被一网打尽，木邦首领罕进忠荣归故里，六慰之一木邦重新回到中国怀抱。

三战皆捷，邓子龙胜利班师，且慷慨赋诗《再捣耿马老巢三尖山班师》云：

再捣耿马老巢三尖山班师

靖远征西十六年，我费九月三万钱。

六慰三宣仍内地，诸莽百蛮无中坚。

且饮欲尽未尽酒，笑弄濯缨濯足泉。

黄冠野鹤即乐事，何须勒石称燕然。

靖远，指明正统年间兵部尚书王骥。他曾统数十万大军三征麓川，历时十六年，耗资巨大，功成以后封靖远伯。在此，邓子龙将自己和王骥相比，庆幸自己历时短，耗资少，仅费九个月时间，三万钱，就赢得三战三捷的胜利。据邓子龙在清平洞的题刻“武桥于万历十一年六月提兵三千来关，十一月初大破缅敌，斩首万余级，腊月廿日破湾甸，次年二月捣耿马三尖山贼巢”等语可知，邓子龙三战三捷所费的时间确实只有九个月。而邓子龙在这里以性情中人的诗人豪情，将三战三捷与三征麓川所费时日及钱粮进行比较，难免招致嫉妒者非议，后来有人就以此给邓子龙加了一条罪状：“藉口王尚书而生怨望。”

诗歌还以“六慰三宣仍内地，诸莽百蛮无中坚”之语形容此次战役的巨大胜利及其意义，并以“且饮欲尽未尽酒”表达开怀畅饮欢庆胜利，以“笑弄濯缨濯足泉”状写傲岸不羁的性格和高洁的操守，以“黄冠野鹤即乐事，何须勒石称燕然”表达出没山野，淡泊名利的胸襟。黄冠野鹤，指的是野夫黄冠，闲云野鹤。勒石称燕然，说的是东汉大将军窦宪打败匈奴后，在今内蒙古境内燕然山铭石记功而返的典故。“何须”二字表明与窦宪截然不同的态度，此诗不但收入《横戈集》，还被邓子龙镌刻在清平洞石壁上，落款署名为“武桥”。

邓子龙三战三捷后，班师返回永昌，途中夜宿保场，即今施甸县仁和乡保场村，受到当地百姓热烈欢迎，邓子龙又赋诗《姚关班师宿保场》。诗云：

姚关班师宿保场

秣马班师望永城，欢呼万姓凯歌迎。

姚关一战三宣复，湾耿齐收六诏宁。

计缚元凶千胆落，火开象阵万夷惊。

龙池净洗横磨剑，天南天北愿太平。

诗歌首先以“秣马班师望永城，欢呼万姓凯歌迎”描写班师途中受到热烈欢迎的场面，“永城”指永昌城。颔联“姚关一战三宣复，湾耿齐收六诏宁”，以互文见义手法，概括出姚关、湾甸、耿马三战三捷，赢得三宣、六诏的恢复与安宁，点明了东线三战取得的巨大胜利及其对稳定边疆的巨大意义。三宣，指陇川、南甸、干崖。六诏，指唐朝时越析、浪穹、邓赕、施浪、蒙巂、蒙舍，后泛指云南一带。颈联“计缚元凶千胆落，火开象阵万夷惊”，以豪迈的气概，书写计缚元凶、火开象阵所产生的巨大影响，并以“龙池净洗横磨剑，天南天北愿太平”极状龙池磨剑，天下太平的胜利图景。邓子龙《姚关班师宿保场》，不但收入《横戈集》，还以题扇诗款式刊刻在清平洞崖壁上，平添儒将马背赋诗的儒雅气息及胜利豪情，题刻落款署为“邓子龙”。

邓子龙智勇超人，三战三捷，声震诸夷。《恤忠祠记》高度评价其智勇说：夫留进忠者，断也；愚宗真者，间也；委粮者，诱之也；释获者，安敌心也；绕八德者，攻其救也；袭锡展者，乘无备也。皆公之法也。

十七、西腾兵挫入猛淋　二将叙功同升赏

永昌参将邓子龙在东线战场捷报频传，腾冲游击刘綎在西线战场上也屡建奇功。

为了鼓舞士气，巡抚刘世曾移镇近地，监军副使傅宠、姜忻整戍临关，派人前去策反。刘綎曾得金钟罩之术，每当装束临阵，神采忽变，如俗画关帝像，矢石至马前五尺左右，自然坠地，不能靠近。他能在马上将重达一百二十斤的大刀抡转如飞，人称"刘大刀"。

自万历十一年(1583)十一月二十六日从腾冲誓师出发以后，刘綎命其所部分哨并进，芒市岳罕图谋进犯腾冲，率军距离腾冲五十里，仰视刘綎犹如关帝挺立云表，俨然拒敌之状，遂不战自溃。岳凤先前已接到刘綎命其抉择之语，至此闻之，十分惊惧，速派妻子、部下献出金牌、符印归降。刘綎借着护送岳凤妻子回陇川之机，又趁势分兵占据进出陇川的要塞杉木笼，自领前军疾驰进入陇川。岳凤无路可走，不得不前来归降。刘綎继续分兵进击，所向披靡，先后收复孟养、蛮莫，木邦罕凤杀死缅甸使者，投归明王朝。孟密思混，改名思忠，也派其弟思化、思服前来投降，升孟密宣抚使司。

万历十二年(1584)二月十一日，刘綎召集孟养宣慰司、木邦宣慰司、孟密宣抚司、陇川宣抚司在蛮莫瑞亨山威远营歃血盟誓，并立威远营碑云：

大明征西将军刘筑坛誓盟于此

誓曰：

六慰开拓，三宣恢复，诸夷格心，永远贡赋；

洗甲金沙，藏刀鬼窟，不纵不擒，南人自服。

受誓：孟养宣慰司、木邦宣慰司、孟密宣抚司、陇川宣抚司。

瑞亨山威远营歃血盟誓之后，刘綎发表《平麓川露布》，告捷于天下，《平麓川露布》云：

平麓川露布

为仰仗天威，荡平巨寇，恢复三宣、六慰，传露布以报大捷事：伏以王灵丕振，恩威暨及于边陲；天命维新，声教复施于荒服。幸肤功之克捷，占景运之重熙。恭照逆夷岳凤等，原以土司部落粪草贱夫，狐媚欺孤，谋主夺印，雄吞六慰，威劫三宣。驯至结连逆党，吞食诸夷，遂乃勾引莽酋，凭陵中夏。上岁杀丧官军，肆无忌惮，近年侵占内地，实属伺窥。盖谓腾越、永昌，皆彼丘垄所在，碧鸡、金马，亦其桑梓故墟。是以蜂屯蚁聚，谋为不臧，辄敢鸱突鸮张，志在非小。凭孽狐之丘，跳梁见怪，恃狡兔之穴，跧伏偷安。以为威狐不射，安知天网难逃。

本职奉命以来，神飞智涌，足蹈心驰，自奋与贼势不俱生，恨不灭此而后朝食。爰以万历癸未十一月二十六日，横槊督师，分哨并进。披历险隘，直抵贼巢。元恶当即倒戈就擒，胁从悉皆俯首受缚。月射千山，喜获田禽之利；风行六诏，载扬霜隼之威。惟时大义结于众心，胜气腾于千里。神武布昭于将校，欢声雷动于九天。谁不鼓舞戎行，虔恭师律？戈戟连云，直欲移烟尘于海岛；鼓鼙动地，还期洗兵甲于天河。鬼蜮尽在目中，凯旋指诸掌上。虎穴笑谈，平功收不战；狼烟呼吸，息绩底咸宁。据金沙，城蛮哈，言有大而非夸；通宝井，跨南滇，信无行而不利。土地充拓者，不下数千余里；

掳掠夺回者，旄倪概计数万余人。缘相机宜，薄施措置：抚岳凤而姑纵之，欲南夷闻风而怀服；讨蛮莫而宥之，欲逆党畏威而创惩。招猛密，褒其母之慈贤；招猛养，表其兄之忠愤；缚罕氏，以复干崖故土；纳木邦，以慰残蛮来归。诱洞吾之愤争，使之自相屠戮；谕阿瓦之欲附，使之反面仇雠。袭贼将于猛密，剪黠夷之羽翼；擒莽婿于猛养，去巨寇之爪牙。至于芒市、赐跛、猛甸遗氓之失业已久，则招安之，以厚我之藩篱；南甸、雷弄、盏达黔首之颠连尤极，则赈贷之，以固腾永之门户。切云霓之师者，望风而响应；避水火之厄者，襁负而争先。当锄强戢暴之威，存问死扶伤之惠。试兵甫及二月，犁扫为之一空，遂使海滨枭雄，咸谓天威莫测，遐陬童叟，共歌圣寿无疆。

但念疆宇虽已廓清，莽首犹然肆大，若不亟加剿灭，终为祸根蔓延。际可乘之时而经略，譬若建瓴；假弹压之威以剪除，势如破竹。即于甲申年二月十一日，纠合诸夷，歃血威远营剖符，定纵连横进讨。盖虽不杀致杀，实则以夷攻夷。财不费而国威愈张，师不烦而军威益振。共集堂堂之阵，用成赫赫之功。俟荡平之后，另图改土归流；于平定之余，更宜筑关建堡。设大将旗鼓，以控制要冲；立诸司衙门，而相为犄角。遂行屯田之策以足食，而财可以富，保障坚于未形；及练土著之民以足兵，而力可使强，妖魔庶几无患。由是雨霁云开，见陇树苍山之色；风清庭静，断羌弦番管之声。而滇南之安永保，万世无虞矣。地方幸，国家幸甚。敬驰露布以闻。

露布，是古代写有文字并用以通报四方的帛制旗子，多用来传递军事捷报。刘綎的《平麓川露布》近似古代骈文，对仗工整，节奏明快，层层推进，大有排山倒海之势，留下了许多神来之笔。

在《平麓川露布》开篇，刘綎以“王灵丕振，恩威暨及于边陲；天命维新，声教复施于荒服”点明取得大捷的背景和前提在于皇恩浩荡，而“幸肤功之克捷”，也在于“占景运之重熙”。然后，以排山倒海的排比句式，历数莽酋不庭之状，罗列进讨之进程及战果。其中，“神武布昭于将校，欢声雷动于九天”，描写军威震撼人心，“抚岳凤而姑纵之，欲南夷闻风而怀服；讨蛮莫而宥之，欲逆党畏威而创惩；招孟密，褒其母之慈贤；招孟养，表其兄之忠愤；缚罕氏，以复干崖故土；纳木邦，以慰残蛮来归”则详细叙述此次西征主要战果及对附缅各土司安抚策略：陇川岳凤归降后，以之为攻缅先导；攻占蛮莫后宽宥土官思顺，以功特授蛮莫安抚使；招抚孟密后，以孟密土司思忠之母罕烘为宣慰使；招抚孟养后，表彰孟养土司思化之兄思义之忠愤；逮捕以司署印而据干崖的干崖土司刀帕举遗孀罕氏后，通过她恢复干崖（今盈江）故土；收复接纳木邦以后，朝廷以罕进忠之子罕钦为宣慰使。

《平麓川露布》告捷于天下，实现了“雨霁云开，见陇树苍山之色；风清庭静，断羌弦番管之声”的太平景象。

发布《平麓川露布》之后，西线刘綎乘着蛮莫之战的关键性胜利，以归降的岳凤为向导，率军冒死深入缅甸腹地阿瓦，以致猛勺诣降，莽应里踞城不敢出。而好大喜功的云南巡抚刘世曾却急于叙功至阁部，奏请行献俘礼，他先后于三月、四月、五月多次上奏朝廷：“耿马贼罕虔附莽有年，弄兵无忌。今参将邓子龙擒贼八十二名，斩级三百九十六，俘获贼属三百余，战象马牛殆百，其生擒贼人相应处决枭示。”“邓子龙伏兵左右，遣士断桥，出谋制胜，似应加升职。”“游击刘綎生擒岳凤父子，兵不血刃，陇川已陷之境，一朝克复，手缚渠魁，应献俘以彰天讨！”

刘綎本是以计诱降岳凤，云南巡抚刘世曾却称为生擒，并屡次催促刘綎退师陇川，加之有流言攻击岳凤为刘綎江西老乡，有庇护嫌疑，居心叵测，刘綎被迫缚岳凤及曩乌回陇川交与使者。明军退走后，莽应里即以其子思斗（原名乃笃）收复阿瓦，并亲自率军攻打孟养、蛮莫，诸夷解体，多复叛，刘綎势不可支，西腾兵挫。

自四月初五日奉旨升实职一级为正千户，与傅宠、姜忻一起各获赏银二十两以来，邓子龙又于五月二十六日以此前在湖广麻阳参与平定金道侣、王伽俄，而被湖广巡抚李江奏报战功云：“参政项思教、佥事夏良心、参将邓子龙等协剿恶苗金道侣、王伽俄等功。兵部覆如议，命赏李江等银币有差”，而久历征战之后，邓子龙已积劳成疾，忽然接到滇西腾冲战局顿挫消息，赋诗《病中闻西腾兵挫口占》云：

病中闻西腾兵挫口占

病眼慵看老莫邪，西南转运不胜嗟。

谁怜十万长平恨，只为当年说赵奢。

病中懒得看那把苍老的莫邪宝剑，西南转运也让军民嗟叹不止。而西腾兵挫犹如“长平之恨”，无异于当年赵王不听赵奢遗言，误用纸上谈兵的赵括为大将率大军抗击秦军，致使被秦军在长平一举歼灭，赵国从此一蹶不振一样。邓子龙在此以这一典故影射那些好大喜功的官员。

夏日里，邓子龙移师猛淋（今镇安），看到白骨成堆，民不聊生的景象，自愧回天乏力，赋诗《提兵再入猛淋以援腾》云：

提兵再入猛淋以援腾

瘴云蛮雨万山深，孟夏提兵入猛淋。
怪兽哀猿时见面，新民旧骨倍伤心。
独怜往事成儿戏，每闻闲愁入梦侵。
自愧西南真乏策，边烽农务不堪禁。

腾冲、姚安两营士兵聚拢之后，军功未叙，彼此抱怨，以致互相攻打，焚烧民居，刘綎从蛮莫急驰腾冲，以金钱犒劳，方才平定。

云南巡抚刘世曾于万历十二年（1584）六月初二日弹劾参将邓子龙、游击刘綎驭军不肃，致两军互有杀伤。神宗皇帝御准兵部“二将屡立战功，未经叙录。乞宥其小过，责以同心”之议，并于万历十二年（1584）七月八日针对邓子龙、刘綎二将屡立战功，未经叙录一事发布诏谕：“该省屡奏捷功，巡按不即勘报，以致赏赉稽迟，人罔知劝，如议，令巡按官于矿课银内动支五万两，查犒先后有功军士。”

云南巡按官于矿课银内动支五万两，查犒先后有功军士后，云南巡抚刘世曾献俘阙下的奏请也最终得到神宗皇帝御准。万历十二年（1584）九月初二日，神宗皇帝御驾午门楼观斩，刑部以云南俘获缅贼岳凤等献，诏磔之。文武百官致词称贺。岳凤被处以肢体分裂酷刑，曩乌、招色、尚着、喇渺慢、莽糜哑、晏得皮等皆伏诛。九月初五日，神宗皇帝发布诏书，论功行赏，以擒岳凤、罕虔功，升刘世曾右都御史兼兵部右侍郎，巡抚沐昌祚加太子太保，岁加禄米一百石，各荫一子锦衣卫百户世袭，仍各赐银币，赐刘世曾飞鱼衣、沐昌祚蟒衣各一袭。邓子龙、刘綎各加副总兵职衔，照旧管事，各升实职二级世袭，傅宠、姜忻等各升二级。十一月二十一日，神宗皇帝降旨："邓子龙、刘綎各加升副总兵职衔，照旧管事，仍部咨职系正千户，今升指挥同知。"

第六章 酌酒当关

十八、洞里神仙洞外村 清平不问旧将军

清平洞位于姚关镇以南半公里处，乌龟山西麓，是一个依山傍水的天然溶洞。万历十三年（1585）春天，邓子龙率领兵丁将清平洞开辟为一个犹如暗堡的军事指挥中枢，并在石崖面壁题刻“清平洞”三个大字，左右题款云：“万历十三年春，豫章邓子龙开”。

邓子龙的诗歌《夏日洞中口占》，镌刻于清平洞石壁，进一步点明清平洞在“平南”的背景下开辟，且以含有天下太平、清吉平安之意的“清平”二字，将洞名称为“清平”，并宣称开洞的人是丰城人虎冠邓子龙。诗云：

夏日洞中口占

避暑清平昼打眠，醒来西望云迷天。
遐方此日多炎热，安得长风扫大千。
平南开此洞，呼之名清平。
若问开洞者，虎冠乃丰城。

清平洞内分四室，可容百人，主洞右侧有雅歌室，左侧有棋室，从棋室经月宫门可入卧室。洞中洞口分别有倚剑石、围棋石盘、石床、雅歌、银瓶、地鼓、挂弓等奇石，邓子龙分别

题写“倚剑”“挂弓”“课射”“忠肝”“铁壁”等题刻，又在清平洞石壁上题刻了大量诗词。

邓子龙把清平洞当作自己战斗生活的后方基地及精神家园，他在这里运筹帷幄，从这里出征，凯旋到这里，在这里度过数个春、夏、秋、冬以及元宵、中秋等中华民族传统节日，在这里赏花、赏月、下棋、磨剑，并将其军旅生涯及戍边卫国情怀，高度浓缩在清平洞石壁题刻的诗词里，使之成为邓子龙姚关时期军旅生涯的真实写照。

邓子龙清平洞石壁题刻，有记录三战三捷的《姚关班师宿保场》《再捣耿马老巢三尖山班师》等诗歌，也有万历十三年（1585）春开辟清平洞以后创作的《清平洞》《别清平洞》《姚关营遇元宵有感》《中秋无月》《题梅》等诗歌。

《清平洞》一诗把清平洞描写成一幅洞里居住着神仙，洞外分布着村庄，杨柳依依绿，桃花灼灼春的美丽图景。而洞里住着的这位神仙将军，每每在几杯酒醉后销蚀阵亡将士白骨，闲拖一把巨大扫帚，扫去天空阴霾。洞里棋石盘上那一盘千年未了的棋局，如今已尘埃落定，诸夷纳贡呈文连篇累牍，翻阅起来都会令人疲倦。诗云：

清平洞

洞里神仙洞外村，清平不问旧将军。
静观杨柳依依绿，满笑桃花灼灼春。
醉向几杯销白骨，闲拖一帚看浮云。
围棋未了千年局，倦展诸夷纳贡文。

元宵节是中国的传统节日，每逢元宵节，人们有吃元宵等习俗，元宵，又名汤圆、圆子等，取意“团圆如月”之意。这本是一个与家人团聚的日子，戍边战将邓子龙却在姚关营里独自过节，仰望夜空的皎洁月亮，思家念家之情陡增，而作为一名军人，在烽烟未息之际不可考虑家庭及个人得失，只好当关酌酒，气吞万象，醉意朦胧间，只看见孤帏与夜空遥遥相望。《姚关营遇元宵》这首诗被镌刻在清平洞石壁上，表达出舍己为公、报效国家的戍边卫国情怀。诗歌落款署名“虎冠”。诗云：

姚关营遇元宵

元宵好月来天上，酌酒当关吞万象。

烽烟未息不计家，孤帏与夜空相望。

清平洞邓子龙石壁题刻中有一首题为《中秋无月》的诗歌，是邓子龙早年创作的《中秋无月口占短律九绝》的第一首咏月佳作。此诗所吟咏的对象为圆月，碑刻款式也被打造成一个圆月造型，从而使诗歌在内容形式上相得益彰，浑然天成，碑刻落款也郑重其事地署其真名“邓子龙”。

邓子龙还在清平洞的洞口南侧石壁上镌刻了一段铭文，具体叙述了他在姚关一带战斗生活的履历以及开辟清平洞的始末，铭文云：“武桥于万历十一年六月提兵三千来关，十一月初大破缅贼，斩首万余级，腊月廿日破湾甸，次年二月捣耿马三尖山贼巢，渠魁擒，诸夷贡，诸郡复，地方平。十三年建城所，开清平洞，捐俸百金，买民田租谷六十担，以为有功亡兵并祠堂春秋祭田，后来者守之勿泯。”

清平洞外侧有恤忠祠记碑亭，北侧有烹象亭。恤忠祠记碑亭呵护着恤忠祠记碑。烹象亭是邓子龙首战告捷之后烹象享士处，亭内立有邓子龙“烹象处”题刻。

从烹象亭沿山径右上行，即可看到邓子龙在清平洞顶部山崖平台上修建的看山亭。看山亭分两层，上有阁楼，下为凉亭，端坐于凉亭的石凳上，可品茗饮酒，登楼远眺，正前方的火星山，附近的鸡冠山、姚凤山、响水河气象万千，令人心旷神怡。

邓子龙诗歌《看山亭立夏雨霁》，记述了邓子龙在立夏雨霁之时在看山亭品酒赏景的感受，且镌刻于石壁之上。《看山亭立夏雨霁》首句“喜上庐亭坐夜深，长歌解甲酒频斟”中的“喜上”及“长歌”都表现了邓子龙解掉铠甲，登临看山亭的喜悦心情，在亭中，他频频饮酒，一直坐到夜深人静之时，才发现看山亭远处“山腰拥出半天雨，洞口欢呼满地金。压蝠掠人迷野白，好峰穿照落松阴”的壮美景象，而“七千里外边城月，惟对孤悬报国心”则借用七千里外那轮皎洁高悬的边城月，与自己孤悬的报国心遥相对应，以月亮的孤悬与纯洁，充分体现出自己的报国之心的纯洁无瑕与孤立无依。诗云：

看山亭立夏雨霁

喜上庐亭坐夜深，长歌解甲酒频斟。
山腰拥出半天雨，洞口欢呼满地金。
压蝠掠人迷野白，好峰穿照落松阴。
七千里外边城月，惟对孤悬报国心。

清平洞洞外有弧形月台，月台之外的宽阔场地以西为一半月形池塘，名曰“龙池”，池中央有一亭，名为磨剑亭。邓子龙撰写对联云：“剑到几时磨就，亭从何处飞来。”

十九、边关不见白衣来　万仞冈头独举杯

万历十三年（1585），邓子龙开辟朝天洞。朝天洞位于今

施甸县姚关镇陡坡村委会朝天洞自然村，与杨善洲故居相距一个山峦。洞穴坐南朝北，洞口高约5米，宽4米，深约百米。洞内十分宽大且一直向西延伸。邓子龙开辟朝天洞后，在洞口右侧石崖上镌刻了“朝天洞”三个大字，又在入洞处石壁上分别题刻《朝天洞》《别朝天洞》等诗。

邓子龙的《朝天洞》一诗，以“滇南诸山欲赴海，崔嵬渣滓成岩砮”之语，描写姚关一带临江多岩的地理特征。这种地理特征在邓子龙的《风水说》中也有专门的论述：“一枝作永昌至云龙入而南，左澜沧江，右潞江，两水随来，东一枝走顺宁、大侯、耿马、孟定、孟连、思茅、景龙江、车里、八百至老挝而止，西一枝由上江过孔雀滩聚岭结永昌出姚关清平、朝天诸洞，余气尽于湾甸猛波罗粮营而止。”正是依托这种“奇形异状百万生”的地理特征，邓子龙才奋而持鞭将其鞭作朝天洞。诗句“我来鞭作朝天洞”，以一个形神兼备的“鞭”字，将开辟朝天洞之举描写得出神入化，并为朝天洞增添了几分神秘色彩。而邓子龙之所以要将洞穴取名“朝天”，也寄托着他心向朝廷，忠君报国的思想。《朝天洞》诗云：

朝天洞

滇南诸山欲赴海，崔嵬渣滓成岩砮。
奇形异状百万生，我来鞭作朝天洞。

万历十三年孟夏元戎邓子龙书

万仞冈在姚关镇北蒜园村，后据专家考证，这里曾是古人类“姚关人遗址”所在地。邓子龙一度驻屯于此，自然萌发出一种异样的情怀，他先是建解甲亭以遣愁绪，又在冈西题刻《九日登万仞冈有感》。诗云：

九日登万仞冈有感

边关不见白衣来，万仞冈头独举杯。
西望浮云蔽天日，南来蜃气出楼台。
自怜短发筹边骨，谁说长缨负国才？
何处西风催铁马，败髅衰草不胜哀。

清人沈畯《九日》诗“有酒赏重阳，无烦白衣至”表明，白衣特指重阳节送酒的使者，而此时适逢重阳节，置身万里边关，邓子龙看不到送酒的白衣，以及朝廷派来的使者，只好在万仞冈头独自举杯消愁，顾影自怜。当他独自举起酒杯时，看到了“西望浮云蔽天日，南来蜃气出楼台”的雄奇壮美景象，不禁浮想联翩，自叹自怜于短发筹边骨，誓欲舞动长缨，无负国才，并发出“何处西风催铁马，败髅衰草不胜哀”的慨叹。

邓子龙将此诗题刻于万仞冈崖壁上，又在万仞冈东崖题刻“开此乾坤”几个大字，署名“虎冠”。

值得引以为戒的是，由于万仞冈与盈江边境的万仞关仅有一字之差，许多引用此诗的人，常常容易张冠李戴。

邓子龙在游览姚关山邑野鸭湖畔的山邑洞时，赋古体诗《游山邑洞》，描写山邑洞老藤穿石，琼浆若雪，崆峒迸裂，以及幽险奇绝的地理特征，并借“倚剑眠”的假设，反衬诗人作为将军的英雄气概，以突出山邑洞的幽险奇绝。诗云：

游山邑洞

山邑古洞幽奇绝，洞口寒风生六月。
老藤穿石不计年，琼浆积溜千山雪。
我欲成呼倚剑眠，龙光恐射崆峒裂。

戎马倥偬之余，邓子龙想念家乡，想念亲人，进一步认识到亲情可贵以及子女教育的重要性。《横戈集》收入他撰写的一篇题为《勉子》的文章，融汇了他几十年人生的经验及感悟，其深刻意蕴不亚于诸葛亮的《诫子书》。《勉子》篇写道：

勉子

天地正气，人生乎间，昂昂七尺，光景之难，勿作浅近之态，勿为儿女之颜，纲常节义，重如丘山。又，读书之士，须咬定牙根，立定铁心肠，如修仙，如处女，一尘不到心头，惟穷理尽性，与圣贤气魄相通。驷马车，千钟粟，分内事也。若以寻常故事傲物骄人，心憧憧而外驰，足蹶蹶而闲逐，精神弗注，义理茫然，及至皓首无成，始悔少年之不力也。识于书堂，儿曹其自勉焉。

二十、总戎设关阅兵马　露布边城易将星

姚关古名老窑寨，邓子龙以功升任云南副总兵兼永昌参将后，仍驻守姚关，并将老窑寨之“窑”字雅化为“姚”，去掉“老”字加上关字，更名姚关。

姚关更名后，建城置所的工程于万历十二年（1584）正式拉开序幕。此项工程经巡抚刘世曾奏请御准，邓子龙负责综合指导，楚雄府同知萧茆具体负责承修。工程项目包括在关内十里许，凤山之阿修建镇姚城，在城内设置千户所，在城北设立署营。楚雄府同知萧茆在《偃草坡记》中写道：“逾年甲申，中丞公上议建城置所，设署营以北干城，不佞茆承修之役”，甲申，即万历十二年（1584），中丞，指云南巡抚刘世曾。

姚关千户所的设立，是在云南巡抚刘世曾万历十三年

（1585）正月初八日奏请神宗皇帝后，才正式得到御准，此奏章同时还奏请铸陇川宣抚司及孟定府印，升孟密安抚司为宣抚司，添设安抚司二，曰蛮莫，曰耿马，长官二，曰猛脸（孟连），曰孟养，千户所二，一居姚关，一居猛淋砦，皆名之曰镇安，并铸印记，建大将行署于蛮莫。因此，在副总兵兼永昌参将邓子龙在姚关（今施甸县姚关镇）设置姚关守御千户所，并将姚关守御千户所设于正在修筑的镇姚城内，在猛淋砦（今龙陵镇安）设立镇安千户所的同时，刘綎也开始了以副总兵移镇蛮莫，建大将行署于蛮莫等一系列相关工作。

修筑镇姚城期间，副总兵邓子龙统筹协调各项工作，云南布政司分守右参议姜忻（字方岳）偕云南都指挥司、布政使司、按察使司的官员，即宪使三公等人不时前来督察，工程终于在丙戌年春二月，即万历十四年（1586）二月正式竣工。萧莳在《偃草坡记》中写道："城在关内十里许，赖岳公偕宪使三公，陈郡公经度劳来，而公复多所综指。丙戌春二月，始克讫工。"

镇姚城东门在今大观音寺，西门在城墙山西侧，南门在关索岭临街处，今姚关供销社南侧，北门在关圣庙临街处，占地面积 1029 亩，周长 2725 米，城墙宽 4 米，高 6 米，城设四门，南门城楼书写"南夷宾服，永镇姚关"，北门城楼书写"姚关"二字。

邓子龙在姚关建城立所之余，在姚关镇东北角红坡山南麓下修筑点将台，在姚关三月街构筑演武场，在演武场之北构筑参将府，在演武场之南构筑姚关守备道，中建阅武台，周边设松坡营，驻马步旗军八百九十名，另建火器库数个。

点将台周边土地平坦开阔，前有大营山，后有观音洞，左有小摆摆山，右有黑龙河。点将台左侧十多米处设立擂鼓台。登临点将台，操场上的军人军容整齐，气吞山河。

《姚关镇志》将邓子龙在姚关的遗迹概括为“五关三桥”“一泉三洞”“一祠四亭”及“二寺二庙”。“五关”，即大关、小关、里骚关、芭蕉关、茨竹关；“三桥”，即血战桥、洗甲桥、太平桥；“一泉三洞”，即报功泉、清平洞、朝天洞、山邑洞；“一祠四亭”，即恤忠祠、烹象亭、磨剑亭、看山亭、解甲亭；“二寺二庙”，即清平寺、西山寺、关圣庙、城隍庙。同时，邓子龙率领兵丁在报功泉开矿，大力赈济木邦、镇康、湾甸等归附诸夷。

在战前修建大关、小关基础上，邓子龙于三战三捷后继续完善“五关”建设，构筑起一道道铜墙铁壁，严密控制着古道要冲。

除了大关位于断山，小关位于摆马龙山口外，另外三关分别为芭蕉关、茨竹关、里骚关。芭蕉关在姚关东北摆榔乡尖山，因盛产野芭蕉而得其名，扼控卡斯、湾甸入姚关要道。茨竹关在姚关西南酒房乡摆田和摆榨接合部，因盛产茨竹得名，此地西通怒江、龙陵，东南通猛波罗（今旧城），东靠险峰陡峭，西临小关山，可东控旧城，西控怒江，处于姚关通往酒房必经古道。里骚关，俗称傈僳关，位于姚关杨美寨白云水库东一公里山腰缓坡处，及傅家寨东两公里处关坡山梁子，地处湾甸通姚关重要通道之间。

“五关三桥”中的三桥，包括血战桥、洗甲桥、太平桥。偃草坡战地大关以南的箐河桥，此桥战后被邓子龙改称血战桥。邓子龙在清平洞外烹象享士，在洞口附近响水河湾濯洗铠甲，将其桥命名为洗甲桥。同时，邓子龙还取天下太平之意，将清平洞东北面卷槽坝之桥建成石拱桥，且命名为太平桥，俗称老高桥。

出于军事战略考虑，邓子龙、刘綎在滇缅边关增设小保场驿、老姚关驿、景永驿、邦曩驿、猛哈驿、蛮莫驿和小保场堡、老姚关堡、蜡底堡、布岭堡、戛赖堡、甸头堡、景永堡、邦邦堡、猛哈堡、蛮莫堡、盏达堡、海曼堡等六驿十三堡。

刘綎以副总兵移镇蛮莫后不久，缅甸莽应里大举进攻孟密宣抚司，孟密战败，五章被围，把总高国春率五百人驰援，破敌数万，连摧六营。高国春以此功被晋升为世袭副千户，邓子龙也于万历十三年（1585）二月以犄角功，与刘綎等皆优叙。这场自卫反击战，取得阶段性胜利以后，由于明王朝的统治已日趋腐朽，云南地方将官贪贿勒索，使得部分土司又投靠东吁王朝。土官思顺以功特授蛮莫安抚使，刘綎却接受思顺重贿，其部将谢世禄等又在蛮莫大肆淫虐，思顺大怨，于万历十三年（1585）七月复叛，神宗皇帝于十一月下诏，革刘綎之任，以游击候调，刘天俸代任游击参将，同时，升云南参政李材为按察使备兵腾冲。邓子龙赋诗《赠友》为刘綎鸣不平，诗云：

赠友

有客西来巾一幅，翩翩野鹤无拘束。
忽然飞饮金沙江，落翼婆娑空逐鹿。
苦心得鹿陇川头，孤鸟戛戛渔人肉。
同风直上羽毛轻，海阔天空华表宿。
嗟悲唐令总上公，何人夜听天山曲。

后来，刘綎被洗清冤屈，恢复副总兵，实授临沅参将，戍守建水一带，邓子龙赋诗《赠刘还临沅》，表现出二人深厚的战斗情谊。临别之际,邓子龙一大早就来为刘綎送行,诗歌为朝廷轻易更换战功卓著的将领感到惋惜,并表达希望尽快结束战争的愿望以及对形迹若浮萍的苦闷。诗云:

赠刘还临沅

旌节闻东上,先声破晓暝。
邮亭传露布,边城易将星。
长年说招讨,何时罢运丁。
伤心儿戏事,行迹若浮萍。

万历十四年(1586)正月,巡抚刘世曾请调临沅参将刘綎讨伐曲靖罗雄叛夷者继荣,离滇前往贵州,刘綎衔命东去,从此离开云南。邓子龙与刘綎,除了在滇西并肩战斗的情谊外,以后又在朝鲜战场并肩作战,同时,邓子龙的侄子邓大继还在刘綎军中服务。邓大继早年跟随叔父邓子龙从军,封为世袭千户,后在刘綎麾下任游击将军,与刘綎一起在萨尔浒之战中阵亡。

二十一、断山三年草犹偃　阿坡一战享太平

万历十四年(1586)早春二月,历经近两年的紧张施工,镇姚城建设工程正式竣工,在共同举行竣工仪式以后,参将邓子龙邀请永昌郡守陈严之、楚雄府同知萧䇲同游断山,萧䇲在断山感慨万千,并由此萌发创作《偃草坡记》愿望。

邓子龙重走战地,不禁愀然泣下,举杯祭奠阵亡将士,陈严之、萧䇲初到战地,也为之动容。看到断山坡岗草莽在历经血战三年之后依然偃而不兴,不能直立的奇异景象后,萧䇲尤其惊诧不已,他叹息着说:“师行横草,其尔尔,乃若比

及三年，尚偃草不兴，兹非蹂踏多而杀风烈烈重哉，异矣，异矣。”并向邓子龙承诺“吾当为公记之”。返回楚雄后，萧苻一直忙于公务而无暇动笔，未能及时兑现诺言。

在此期间，云南巡抚刘世曾于万历十四年（1586）三月上呈奏疏，为悔过归顺的孟连长官司护印土舍刀派真，以及在招抚刀派真过程中发挥重要作用的副总兵邓子龙请功，神宗皇帝御准，赏赐刀派真、邓子龙等人银两。

六月，邓子龙以云南永昌等处地方管参将事副总兵、署都指挥佥事的名义，在姚关撰写《邓子龙请封供状书》，请求朝廷依照惯例，对其祖父母、父母、妻室赐予封赠。内有“恳请给诰命号纸，以膺世袭，应合封赠祖父母、父母并本官妻室姓氏名讳分别存故，合就呈报”等语。

令邓子龙尤其感到欣慰的是，当年七月十二日丑时，邓子龙在云南迎娶的小妾孟氏，又为他生下一个儿子，这就是邓子龙的五子邓大冈（谱名世忠）。

七月二十日，邓子龙整旅走右甸（今昌宁县县城所在地），声击董瓮（今昌宁县田园镇董翁）。也就在邓子龙率军平定阿坡、都鲁二寨之际，萧苻重返姚关督运粮草，《偃草坡记》写道：“迨其秋，予来稽军，兴诸饷，值公有阿坡之役。阿坡盖负固永昌东北有年，廉访使剑江李公侦得其实，俾公以单师擒之。”

平定阿坡、都鲁二寨战斗，说的是邓子龙在今昌宁县大田坝镇文沧村阿正寨（古名阿便寨）一带打响的一次战斗。据昌宁县大田坝镇文沧村阿正寨（古名阿便寨）五爷庙前矗立的《公产碑记》中“道光二十三年众姓向周以忠杜买得阿便寨座基、山场一处，东至阿坡界址，陈姓坟山脚”等文字，可知阿坡寨就在阿便寨座基、山场之东界，即现今的昌宁县大田坝镇华严村、大田坝村一带。

阿坡、都鲁二寨，西入永昌城仅百里，东连顺宁，南抵施甸，北达永平，凭借当地林木森翳，峻险漕道居高临下，俯瞰大田坡与永平之间往来澜沧江渡口的地势，莽氏多年来负固永昌东北。明朝建立之初，没有被征服，明朝中后期也一直成为当地官员心腹大患，《道光永昌府志》中“李乐，字仲和，湖广泸溪人，嘉靖间任金腾兵备道，刚正不挠，弹劾贪婪将吏四人，又除阿坡巨盗，军民称快”的记载，回顾了嘉靖年间金腾兵备道李乐除阿坡巨盗史实。

万历初年以来，匪首莽裕、莽霸又以董瓮（今昌宁县田园镇董翁）、亦登（今昌宁邑等）、亦林（今昌宁邑林）为党羽，时肆剽掠，招纳流亡，掠劫南窝（今隆阳区老南村）、枯柯（今昌宁县柯街枯柯）等寨。

《偃草坡记》中“廉访使剑江李公侦得其实，俾公以单师擒之”中的廉访使剑江李公，指的是按察使备兵腾冲的李材。李材，字孟诚，号见罗，丰城人，尚书李遂之子，进士，历任刑部主事、兵部郎中、广东佥事等职。后从山东起官，又调辽东开原，随即迁云南任参政，万历十三年（1585）十一月十九日以按察使备兵腾冲。

金腾兵备道，又名腾冲兵备道、腾冲道。成化二十三年（1487）十月二十三日，户部会各部都察院并漕运等官上呈漕运等事宜，奏言“请添设云南按察司副使一员，专管腾冲、金齿等处兵备”。弘治元年（1488）闰正月十一日，广西按察司佥事萧苍升任云南按察司副使，成为首任金腾兵备道。金腾兵备道一般由云南按察司按察使、副使兼任，此时正值边关战事紧急之时，李材是以云南按察使兵备腾冲，道署设于永昌。

李材到达永昌不久，即派遣通事（翻译）杨宽等人前往负固永昌东北有年的阿坡、都鲁二寨反复劝谕，而二寨依托澜沧江险隘，对此置之不理，反而当着杨宽等人的面，将五十余名良民斩首示众，制造出“僵尸载道，白骨盈途”惨象。身负考核吏治、主管刑法、兵备重任的李材闻讯之后，大为震惊，当即向云南巡抚刘世曾报告，檄调副总兵兼永昌参将邓子龙发兵进剿。

邓子龙整旅走右甸（今昌宁县县城所在地），声击董瓮（今昌宁县田园镇董翁）后，先令邹良臣、吴松率部驻扎于答丙（今昌宁县达丙），牵制亦登（今昌宁邑等）、亦林（今昌宁邑林），使三个寨子陷入孤立无援的境地，又令陈信、邓勇、万和、范进、邓廷锡等潜师进入阿坡寨，自己则乘着雨夜直趋南窝（今隆阳区老南村），裸体渡过怒江藤桥。

邓子龙得知哨官文清仁战死于险要之地，急令各头目架天桥、断槽险，致使匪众进退维谷，全部就擒。当此之时，永昌府同知宋儒力阻杀降，邓子龙安抚其众，为“正朔子粒民”，并为阵亡将士纪功。以后，力阻杀降的永昌同知宋儒离开永昌，士民遮送不绝。

就在邓子龙平定阿坡、都鲁二寨期间，萧蓒于当年十月七日终于兑现先前对邓子龙的承诺，完成《偃草坡记》的创作。《偃草坡记》写道，邓子龙在阿坡、都鲁二寨前线时，他于秋天得以再次前往姚关稽军兴饷，并与置身后方的永昌抚夷同知宋儒等人一起，以惊异的表情谈论断山偃草。宋儒在谈论到偃草坡时“跫喜”，即兴高采烈、手舞足蹈地对萧蓒说：

“帝德好生，臣德迈种。从欲以治，四方风动。惟君秉戎，惟余职抚。敢勒斯言，以造西土。”萧荐由此大受鼓舞，并说：“文事武备，司以从圣谟。其在惟怀惟明，二公诚不鄙乎予言，将悠焉游焉，德被而丰时是矣。”

《偃草坡记》在交代“著伟功，且风世”的创作宗旨以后，回顾萌发此文创作经过，追叙邓子龙三战三捷的功绩，末尾盛赞邓子龙智勇双全云：“邓公名子龙，字卿公，武桥其别号，江西丰城人。以布衣奋迹官，曾著勋巅海两浙、三楚间，功伟大都。公知理道，多智勇，故运之于武，审时量势，无往弗利，柄用固未涯。”文末落款：“万历十四年在丙戌冬十月七日。奉议大夫云南楚雄府同知蜀内江怀山萧荐撰。”

萧荐完成《偃草坡记》创作后，曾立碑以志，碑文立于大关关楼下。从此，断山也被人们称为偃草坡。后来，《偃草坡记》残碑被收藏于施甸县文管所内。

二十二、不与桃李争春风　撑住乾坤几霜雪

邓子龙与云南按察使李材、南京兵部车驾司员外郎马继龙（号凤麓）、云南按察司金沧道分巡佥事李士达（号信亭）等人于万历十四年（1586）春同游云南下关后，又同游宾川鸡足山。

唐朝天宝年间，宰相杨国忠为了邀功取宠，贸然发动征讨南诏的战争，致使二十万大军全军覆没。南诏国将唐朝将士安葬于西洱海的下关，名为万人冢。邓子龙在下关拜谒唐代战将合冢后，赋诗《题唐时合冢・下关》，对唐代南征战将马革裹尸，身葬蛮荒表示哀惋，又借公道的苍山之雪年年披

白照征魂，在寄托对于南征唐将的缅怀之余，期望如今的南征将士也会得到公正的待遇。诗云：

题唐时合冢　下关

唐将南征以捷闻，孰怜战骨卧蒙昏。

惟有苍山公道雪，年年披白照征魂。

鸡足山苍崖万仞，猿踞猱攀，翠微千里，高峻险拔，瀑布飞溅，邓子龙与友人登临鸡足山后，赋诗《游鸡足山随李见罗先生马凤麓公李信亭公游因中止口占》，描写鸡足山奇绝胜境，又以“按兵解甲且问道，叱咤英雄壮心歇”点明此次登临鸡足山，是在万里戎机的间隙里按兵解甲，以及叱咤英雄壮心暂歇之时。登临之时，又正值邓子龙高奏凯歌，斗志昂扬之际，无意间流露出“气吞五岳跨东海，欲挟苍山洗残雪”的勃勃雄心。诗云：

游鸡足山（随李见罗先生马凤麓公李信亭公游因中止口占）

滇西鸡足称奇绝，两度振衣竟成说。

云深面目望不真，怒叱山神虎冠裂。

按兵解甲且问道，叱咤英雄壮心歇。

气吞五岳跨东海，欲挟苍山洗残雪。

游览鸡足山之后，邓子龙又赋诗《遗题》，以“亦非大倥侗，亦非小鸡足”开头，反话正说，表明鸡足山是真正的大鸡足山，并以“飞仙立岭头，白云生在腹”“上如五老峰，下似开元瀑”等诗句，抓住鸡足山苍峰岩壁、玉龙瀑布等特点，并借用江西庐山东南五老峰，以及唐玄宗开元年间李白题咏过的庐山瀑布，即开元瀑布，来赞美鸡足山所特有的景致。《遗题》诗云：

遗题

亦非大倥侗，亦非小鸡足。

飞仙立岭头，白云生在腹。

上如五老峰，下似开元瀑。

我欲问周颠，何时罢戎服！

唐代诗人白居易《暮江吟》曾以“露似真珠月似弓”来描写晶莹剔透的露珠以及犹如弯弓的月亮，而在披星戴月、昼夜征战的邓子龙眼中，那轮弯弯的新月，犹如将军挥动马鞭击断的玉环，又如老将解甲归田高枕无忧时枕边的帐钩。邓子龙赋诗《晚行新月》云：

晚行新月

征鞭断玉环，踢起天边浮。

解甲思高枕，将来作帐钩。

与李材等人一起游山玩水之余，邓子龙又受邀拜访李材在永昌的住宅，看到李材，即李见罗先生院落中的虬枝盘旋、花团锦簇的古梅，不禁诗兴大发，赋诗《题梅》。《题梅》一诗首句打破七绝格律七言一句的格式束缚，变七言一句为两个三言句，以如银的花、如铁的干、如血的丹心层层推进，加以类比，形象地刻画出梅花从外到内的铁干银花及如血丹心。再以“不与桃李争春风，撑住乾坤几霜雪”之语极状梅花傲霜斗雪，撑住乾坤的高洁品质。诗云：

题梅

坐李见罗先生宅

花如银，干似铁，一点丹心红如血。

不与桃李争春风，撑住乾坤几霜雪。

万历十四年（1586）孟冬十月，邓子龙在姚关为其诗集

《横戈集》作序，后由标下镇抚沈元吉携回江西丰城誊抄，扉页署明"横戈集，豫章武桥邓子龙著，标下中军镇抚沈元吉"。《题梅》一诗在邓子龙收入《横戈集》时署有副题"坐李见罗先生宅"，而刊刻在清平洞石壁时却省略了这一副标题。

邵惟中，号缨泉，嘉靖十六年（1537）丁酉科举人，十年后即嘉靖二十六年（1547）丁未中进士，官御史，南京行太仆寺卿（从三品），后乞恩致仕归田，居于永昌跛罗村，即今施甸县仁和镇波罗村建有隐园。卒后葬保山城西北的石马山。

邓子龙曾与李士达、姜忻一起携酒拜访永昌退隐官员邵惟中，邓子龙由此找到《风水说》的创作契机，并与邵惟中一起，创作了多篇酬唱之作。邓子龙在《风水说》中，以精彩的笔触记述他阅兵五亭期间，与姜忻、李士达一起造访邵公隐园之山，众人动员他撰写《风水说》的经过："自苍山之西皆丛山叠嶂，另成一乾坤世界。山多石，嵯峨而产玛瑙，惟邵公隐园之山，草木殊异生，世传堪舆，能望云占烝，颇爱之，因阅兵五亭，拜邵公缨泉，即携酒同兵宪春宇姜公，信亭李公登亭远眺，一望千里，如在天上，俨然宾主。东南惟有青松白鹤牧唱，尘飞仙籁，郁郁佳城，因遂歌饮，更阑月来松上，欢然成醉，不觉灯火满村，露华在足矣，诸公欲予写风水说，聊以纪大概，其节目分源，关局向背，尤微矣哉。"

在《风水说》末尾，邓子龙以《题邵公隐园》一诗题赠致仕太仆寺卿邵惟中。诗歌先以"缨泉解带给茅庐，豸冠博乐烟霞里""仙风道骨不可得，青松白鹤同颜色""我来呼酒君莫索，君醉我歌非俗客"等语，描绘出超凡脱俗的隐士生活境界，赞扬隐园主人独善其身的操守，又以"童颜鹤发共欢笑，醉来一卧天地宽"的恬淡情趣。《题邵公隐园》诗云：

题邵公隐园

高园山脉云龙来，郁郁佳气天皇开。
东南一点太微起，千山万山一齐止。
缨泉解带结茅庐，豸冠博乐烟霞里。
枝头指处槟榔纹，切玉龙肝烹凤髓。
怒江沧江流东西，小保大保飞龙池。
夜呼木姑浴丹井，木姑朝云睡不醒。
时鞭卧佛谈真经，卧佛不起悲苍生。
六月六日千万家，村城火树高参差。
少年走马若白昼，红妆巧笑颜如花。
松间夜坐酒气寒，新生旗簇饯金盘。
童颜鹤发共欢笑，醉来一卧天地宽。
仙风道骨不多得，青松白鹤同颜色。
我来呼酒君莫索，君醉我歌非俗客。
一风一律不成体，念我边关楯磨墨。

邓子龙在诗中以“怒江沧江流东西，小保大保飞龙池”等语描绘出邵公隐园的地理位置居于怒江沧江之间，以及太保山(保山城旁)、少保山(施甸由旺)、九龙池附近。紧接以上一首古诗之后，邓子龙又向邵惟中题赠了另一首七律，在《横戈集》诗稿中，《题邵公隐园》及《赠邵公》皆无标题，标题为后人所加。《赠邵公》诗云：

五里连城山色好，高人寻胜卧高园。
亭亭华表来仙鹤，郁郁松阴伴主尊。
杯尽可呼池上酒，月明先到跛罗村。
醉来莫倦乾坤眼，芳草年年看子孙。

诗歌上半部着重描绘高人所居隐园山明水秀、仙鹤翩翩的美景，下半部描写主人“杯尽可呼池上酒，月明先到跛罗村”的桃花源般的生活。

邓子龙与永昌知府陈严之，字笔山，志趣相投，二人曾与楚雄府同萧苮一起同游断山。万历十四年（1586），永昌知府陈严之，即将就任按察司副使兼金腾兵备道，按照明代惯例，知府以上文官外赴新任都要赴京陛辞。

临别之际，邓子龙赋诗《赠永昌郡公陈笔山入觐三十韵》为陈严之壮行，诗歌以“三载哀牢苦万状，半肩图册朝神京”等语，追述自己与陈严之自万历十一年（1583），即癸未年相识三年以来在哀牢，即永昌一带肝胆相照，共同运筹帷幄，赏善罚恶，省运就籴，恢复疆土等战斗情谊，赞扬陈严之“素怀大义功名轻，谈笑碌碌三尺缨”的高洁操守。诗云：

赠永昌郡公陈笔山入觐三十韵

万历癸未初识荆，相欢握手倾生平。
眼空愀然论边事，慷慨将将非将兵。
授我三宜六慰策，期年悉扫如雷霆。
恢复疆土二十郡，运机帷幄皆纵横。
狡夷折关先报警，角巾野服呼登城。
九隆万姓受将命，虎符六尺孤忠诚。
怒江猛淋归瘴丁，木姑卧佛黄梁醒。
赏善计恶乖崖明，省运就籴文康平。
元均田公多政声，中廉张老称水晶。
素怀大义功名轻，谈笑碌碌三尺缨。
梁山虎头莫入梦，夹江白龟钟真英。
三载哀牢苦万状，半肩图册朝神京。
双节红旆对便殿，玉麟乌鹊高阳迎。

九重喜览动颜色，铨才开府来边庭。
自此南人不复反，乾坤金沙黄河清。

邓子龙的《题野烧》一诗，题咏的是滇西百姓以火炭烹制肉食独特手艺烧烤。诗歌描写炭火烘烤肉食时，那忽明忽灭的火星，宛如残缺不全的金环，又如疏星飘散，静观那明灭不定的景象，恍然犹如扑朔迷离的元宵夜景。诗云：

题野烧
或似金环缺，或若疏星散。
静观明灭时，恍若元宵晚。

二十三、城南新冢伤心处　洞口桃开五度花

自蛮莫思顺复叛后，孟养土司也再次依附缅甸。云南按察使金腾兵备道李材率游击刘天俸招孟养、蛮莫土司来归，在缅甸遣兵争夺蛮莫之际，合两土司兵击败缅众，杀缅头目大曩长，驱逐散夺。莽应里大怒，命缅甸将领驱象阵大举复仇，李材随即遣游击刘天俸率把总寇崇德等出威缅，渡金沙江，与孟养兵会遮浪，迎击缅军，大破其象阵，生擒绣衣缅将三人。前线形势瞬息万变，巡抚刘世曾、总兵官沐昌祚却急不可耐，匆匆以大捷奏闻，以致为震惊朝野的李材之案埋下伏笔。

巡抚刘世曾等人报捷，李材以征缅之功，于万历十四年（1586）六月奉旨擢右佥都御史，抚治郧阳，年底赴任，原云南右参议姜忻升任云南按察司按察使、金腾兵备。

姜忻到任一年以后，即与按察司佥事李士达、副使胡继新一起，于万历十五年（1587）孟冬为邓子龙树立《恤忠祠

记》碑。《恤忠祠记》详细追述邓子龙三战三捷，以及平定阿坡、都鲁二寨经过，并悼念阵亡将士。同时，邓子龙又在三月街上侧修建恤忠祠，并捐出俸禄百金，用以置买民田租谷六十担，以作为纪念有功亡兵及祠堂春秋祭田之用，并修建城隍、关圣、五显、旗纛诸庙宇。

然而，到达郧阳赴任后的李材，却因聚众讲学的癖好有增无减，以致酿成"郧阳兵变"。李材在郧阳派遣部卒为诸生作为徒役，本已引起士卒不满，又轻信诸生胡东韶等人之请，将参将米万春扫地出门，改参将公署为学宫，这一做法更加激起将士的强烈不满。在参将米万春唆使下，门人梅林等人于万历十五年（1587）十月发动"郧阳兵变"。

兵变开始，梅林等大噪而驰入城内，纵囚徒毁坏诸生庐舍，直趋军门，挟走赏银四千，仍汹汹不解。过了两天，李材又被米万春胁迫，隐忍更改军中不便十二事，并违心上疏，将兵变归罪于副使丁惟宁、知府沈熺等。丁惟宁不服，指责米万春，且激起告粮之军众喧哗于庭，米万春欲杀丁惟宁，丁惟宁越墙而走。

如果仅有"郧阳兵变"，李材之罪仍然不太大，万历十五年（1587）十一月初三日神宗皇帝降旨，仅夺李材俸禄半年，命其回籍听勘。而随着巡按云南御史苏酂万历十六年（1588）三月二十一日《勘劾李材破缅功次虚妄不可信者七》的题奏上达宸所，回籍听勘的李材罪加一等，随即陷入万劫不复的境地，致使远在滇西边关的邓子龙也被裹挟其中。

云南巡按御史苏酂，一贯喜欢标新立异。早在担任直隶巡按时就脱离实际奏言"议工役以节兵力，兵得番休，工无偏累，议选练以实军伍，就营中精择三千为家丁，而时练习之,议哨探以慎边情,破格示恩,另为优恤”条陈,兵部覆:“御史言是,惟选练一节,事关更置,宜行该镇会议”。

李材以郧阳兵变而回籍听勘四个多月后,巡按云南御史苏酂题奏《勘劾李材破缅功次虚妄不可信者七》,弹劾李材、刘天俸谎报战功,虚张功伐,斩馘不及千,破城拓地皆无验,孟密地尚为缅据等罪状。并奏言勘劾李材破缅功次虚妄不可信者七:

一、查前报,四寸内缅军数万见札遮浪,五月十七日,迤西、蛮莫合兵杀死者无算,随领部众至腾冲贡象归款,今乃云“向往未知”,至六月初五日即报缅军已到密堵。夫密堵,离腾越四十五程,去摆古约三十程,何往来不及一月也。

一、查,河瓦江在孟密南,威缅隔冈勒北,原非策应顺路道,臣李材向于永昌创院讲学,七月十七日乃其生日,游击刘天俸以初九日赴贺,府官悉与面见,日内发兵次日未尝离腾越一步,今乃云贼栅以阿瓦江为险,本道移驻腾越,刘游击进驻威缅,何也?

一、查,密堵正迤西,败缅之地原无城守,与遮鲁、博薛等处皆村寨,或傍密堵,或近蛮哈,相去远甚,缅军从在败归夷酋方来投报,今云七月初八日发兵东破遮鲁八城,十三日至密堵大战,当在何时也?

一、据报,破缅众万擒斩三千余级,炎瘴难运,标积听验,今查见级不满一千,其余俱称思化烧毁,夫首级未运,应在密堵,运回应在腾冲,思化江屯相去各数百里,未尝交战,何从被毁也?

一、据报,夺回夷民一千二百四十名口,生擒六百八十九名,今查夺回者未见,给还何部,生擒者未见,安插何所?诘之，第云各夷不肯解出，夫既系官兵夺回，何被各夷执留，明乎擒夺，原出各夷而安插，尽属饰说矣。

一、据报，遮鲁八城每城约兵二千，密堵精兵二三万，战象数百，乘胜追杀，尸横遍野，果尔则器械亦应山积矣，今查所获象二只，夷器六十三件而已，岂数万贼兵皆张空拳就死耶！

一、据报，连克八城，拓地千里，似皆归受约束矣，今查孟密为缅军屯据，蛮莫为思化驱略，三宣以外，尚未詘服，岂诸夷倔强，尚在数百里内而开拓顾逾千里乎？总繇道臣李材虚望骤跻，急欲以边功自见，抚臣且为所欺，而郡将又何论也？

针对苏酂纠劾李材七事，兵部于万历十六年（1588）四月初六日奏请究斥如律，神宗皇帝怒而降旨将李材逮问。《明实录·明神宗实录》记载："万历十六年四月戊午，兵部题，云南远在炎荒，诸夷杂处，自莽酋倡乱以来，增兵添饷，设险营城，通血脉于三宣，固唇齿于六诏，业不遗余力矣。用是蛮莫诸酋曩为缅贼所劫者，今皆合兵攻缅以树功，一时将吏宜奖录示，劝使之鼓舞向化已耳。乃原任按察使李材、副使陈严之等张星攘窃，饰虚为实，如勘臣苏酂纠劾七事，将何词以自解乎？请究斥如律！上怒其欺罔，命逮治材等，镇臣沐昌祚夺禄米一年，抚臣刘世曾斥，余依拟。"

同日，大学士申时行上奏，为李材求情，并进言若处分太重，谁复有血诚任事之人。神宗皇帝依然未允。《明实录·明神宗实录》记载："万历十六年四月戊午，大学士申时行奏，滇南功次，原系蛮莫罕送拒敌缅兵之功，事在土夷，宜从实奏报，乃刘天俸既贪其功以为己有，李材又张其功以报上官，陈严之附会饰虚，宋儒、陈克侯扶同结勘，罪诚不宥。至于刘世曾、沐昌祚，虽会本报捷，原请行御史勘覆。盖一时轻信之失，情有可原，罪当未减。臣又思云南万里，耳目难真，欲张其功固易于夸称，欲文其罪亦易于谤毁，先年因循养患，以致缅寇猖獗，近年选将用兵，擒获岳罕，边境始安。盖皇上委任边臣，展布之明效也。今处分太重，则土司有轻边臣之心，边臣遇事务为引避，谁复有血诚任事之人哉！臣等以为，李材、陈严之既已去位，即镌秩已不为轻，刘天俸辈行御史提讯，亦不为纵。"

神宗皇帝闻奏，龙颜大怒，当日降旨将原任按察使李材、副使陈严之、游击参将刘天俸逮下诏狱，并削巡抚刘世曾籍、夺总兵官沐昌祚俸禄一年。

以李材之案，邓子龙的好友陈严之受到牵连而蒙冤受屈，邓子龙摆酒送行，且赋诗《送别》以赠。诗云：

送别

秋风秋雨送秋声，江树河桥万里情。
碧水苍山对樽酒，骊歌深处落长城。

又

天涯五载共劳形，麈尾新收罢远征。
愧我三宣樽俎定，仗君六诏指挥平。
行将服阙还尸祝，政在人心有令名。
莫向秋江问诗社，月明春暖看潮生。

诗歌七绝以"碧水苍山对樽酒，骊歌深处落长城"，对某些人在凯歌声中自毁长城的行为表示谴责。七律诗则以"天涯五载共劳形，麈尾新收罢远征"表达与友人五年以来并肩战斗的情谊，以"愧我三宣樽俎定，仗君六诏指挥平。行将服阙还尸祝，政在人心有令名"，表达自己平定三宣实在不足挂齿，而友人的指挥却使整个云南得以平定，正如祭祀神灵的仪式即将结束而担任神职的人要被辞退一样，你也在边事暂时宁静之时被罢黜，确实令人痛惜，然而，你的政绩是不会被历史淹没的。

腾冲游击参将刘天俸逮下诏狱，邓子龙万历十六年（1588）春天奉命兼统腾冲营。临行之前，邓子龙前往郑家寨西侧小松林悼念首战偃草坡捐躯殉国的将士，吟诗《春日郊行》。诗云：

春日郊行

指敌西来不计家，蹉跎羞自老年华。

城南新冢伤心处，洞口桃开五度花。

偃草坡之战，明军牺牲将士数百人，邓子龙按照当地习俗为烈士实行火葬，用陶罐盛骨灰，安埋在郑家寨后山。

邓子龙《春日郊行》一诗，记述自己五年来舍生忘死，不计家庭，守卫边关，岁月蹉跎，不觉已是鬓发苍苍，而看到一冢冢城南新冢，总是令人伤心不已，只有洞口一年一度竞相开放的桃花，年年凭吊着不惧流血牺牲的英雄。《春日郊行》一诗不但被《横戈集》收入，还被题刻于清平洞石壁上，落款署名“邓子龙”。

第七章　兼统腾营

二十四、武桥兼统腾冲营　李材狱中奏论劾

万历十六年（1588）秋天，邓子龙在腾冲龙光台设立将台，准备率军西进。时至今日，腾冲龙光台大门右侧石壁上依然镶嵌着“万历戊子秋，邓总兵将台”石刻，万历戊子，即万历十六年。

初到腾冲，邓子龙即被腾冲城中之瀑叠水河瀑布的磅礴气势所折服。在此之前的万历初年，金腾兵备道罗汝芳曾赋《龙光台观瀑诗》云：“龙江漫讶草亭开，鹤驭遥从瀑水回。彩透虹霓天倒浸，碎敲琼玖雪悬堆。海门白昼双虬舞，雷鼓青霄万鸟摧。绝桥奇观应不偶，消尊胜赏为重来。”

罗汝芳，字惟德，号近溪，江西南城进士，嘉靖三十二年（1553）进士，历任宁国（府治在今安徽宣城）知府、东昌（府治在今山东聊城）知府、云南副使，万历五年（1577）正月二十三日就任云南布政司参政，署金腾兵备道，有征缅功。万历十三年（1585）二月初三日奉旨致仕。

邓子龙步罗汝芳诗韵，并以罗汝芳号“近溪”为诗歌取名，赋诗《龙光台次近溪韵》，暗示自己誓欲以罗汝芳这位江西老乡为榜样，在征缅之役中建功立业。诗云：

龙光台次近溪韵

龙光西射瘴云开，直道桥横瀑水回。
树脚踢开琼芷溅，石头打破雪花堆。
日收雨气千山霁，风送天声万壑摧。
洗甲金沙流中冷，诸夷知是将星来。

叠水河之西南有独山，明朝嘉靖六年（1527），永昌知府严时泰巡视腾冲，在峰顶建造一座观瀑亭阁，取名龙光亭。嘉靖十年（1531），吴璋撰写《龙光亭记》，内有“城西南二里许，有江号大盈，沿凤山麓左上，跨以桥名曰龙洞。跻者宛凭虚步霄汉，水声飒飒，行渐迩，响益震，逶迤数百步，危崖绝壁悬断，千尺霏雪下注，清泠沁人，虑澄襟涤，可愕可忻，恒若素练倚崆，晴霞覆岫。景腾者题为龙洞垂帘”等语。故而邓子龙的诗歌以“龙光西射瘴云开，直道桥横瀑水回”开篇，颔联“树脚踢开琼芷溅，石头打破雪花堆”，用力度十足的动词“踢开”“打破”，极状瀑布在树脚、石头之间所呈现出来的琼芷喷溅，雪花成堆的雄奇景象，颈联“日收雨气千山霁，风送天声万壑摧”，再以动感很强的动词“收”“送”，描写叠水河瀑布雨后初晴，云蒸霞蔚，天声如吼，摧开万壑的壮美景色，末尾以“洗甲金沙流中冷，诸夷知是将星来”结语，借瀑布如银的亮光、磅礴的气势言兵事。那如银素练，可供将士洗甲金沙，那锐不可当的气势，可让诸夷仿佛看到率军浩浩荡荡前来征伐的将星。诗歌形象鲜明，动感十足，用拟人和暗喻，活化出象征性极强的瀑布，表达誓死捍卫国土的坚定信念。

邓子龙兼统腾冲营后，李材案件一直悬而未决。万历十六年（1588）六月初二日，李材在狱中上疏《奏辩御史苏酂论劾事》，企图申辩，结果却适得其反。《明实录·神宗实录》

记载："万历十六年六月甲寅，原任郧阳巡抚右佥都御史今逮问李材奏辩御史苏酂论劾事。大略谓：臣任云南金腾兵备，见岳凤虽擒，缅贼犹肆，土夷孟养、蛮莫皆叛附之，岁为边患。臣思二酋不归，边无息肩之日，多设间谍，谕以祸福，令其诛缅自效。大朗长者，缅腹心也，散夺，缅官目也，二酋入间前来受计，既而缅贼果遣兵三万驻扎遮浪，前来报仇，孟养惶惧乞救，臣命游击刘天俸等领兵星赴会剿，乃有遮浪之捷。刘天俸初报获功数可盈万，生擒五千，值臣叨升郧抚，陈严之就近交代，理难久羁，不及候级到到矣。越月而巡抚刘世曾肖验情实，乃以上闻。将吏之结勘，抚臣之验奏，皆臣行后事，臣待罪家居，忽接邸报，按臣苏酂论臣欺罔，谓土夷合兵功，缅不属天兵。夫以夷攻夷，听我调度，即我兵耳。前者蛮莫叛三年，孟养叛三十年，一旦而为我杀缅，谁使之。陈严之乘破竹之势，收抚送速、遮些凡五十余处，皆二酋归附之余威也。若曰杀虏夷商，彼蛮江瘴毒千里，无人矧兵争之日，声息久传，夷商何为送死战场侧耶？臣先年叨任广东，以一道之力破斩海倭、山寇四千有奇，卒以忤时投闲畎亩，兹臣犹前志也。自甘枉死，能不令边臣灰任事之心哉！"

李材的奏辩不但不能为自己洗清罪名，反而使神宗皇帝更加愤怒，以不等到问理之日而先奏辩疏为由，降旨怒而切责李材"奉旨提讯，应候到日问理，何得辄先奏辩疏"，将李材案下移至所司，同时，对李材案的态度急转直下，越来越强硬。

万历十六年（1588）闰六月二十六日，南京湖广御史陈邦科奏言，金腾兵备被逮李材之冤，乞行勘问！神宗皇帝不许，仍夺俸半年。七月二十五日，刑部尚书李世达、都察院左都御史吴时来、大理寺左少卿李栋会审犯官李材等缅捷一事，奏言“李材、刘天俸因孟养之请援，即发兵以策应，壮土夷合战之力，败缅贼方张之势，设谋用间，以夷攻夷，其功良不可泯，但急于报捷，过于夸张。斩级擒生，原非实数，破城拓地，尤属溢词，志在贪功，迹涉虚伪，罪复何辞。至于杀夷割尸，罪在军士不肯首服，论惟轻惟重之议，故应以疑而宽，况外夷新附之初，尤当以功为主，李材、刘天俸当褫夺拟徒，陈严之、宋儒等当降级待用。”

这一审案结果更使神宗皇帝“怒其情词互异”，降旨革典诏狱镇抚司李登云等官，夺郎中、御史、寺正诸臣俸，令李材等从重拟坐。

以后几年，刑部曾拟李材等罪为“徒配”（即徒流），神宗皇帝仍然不允，“竟引官员说谎例拟斩”。

李材入狱五年，论救者五十余疏，始终未能改变神宗皇帝的强硬态度。直至孟养使者进贡，在夷文中为李材辩解，神宗皇帝降旨命人再勘，得出李材罪不掩功的结论后，李材才于万历二十一年（1593）六月初七日得以被释放出狱，戍镇海卫。

而在这时，邓子龙在几起几落后已经被罢职归籍一年有余了。李材的案件，很大程度上改了变神宗皇帝对征缅战事的态度，也影响了朝廷对缅防务政策以及邓子龙滇西军旅生涯后半期的升降与荣辱。

二十五、水陆并进平蛮莫　谤书四起罢机会

云南巡按御史苏酂在将李材、陈严之、刘天俸弹劾下诏

狱后，一时如沐春风，受宠若惊，遂于万历十六年（1588）四月十一日再次奏请在西南边疆推行以“并将权、省兵费、毋广边地、毋轻边任”为内容的一系列军政改革措施，并且得到神宗皇帝“诏依议行”的御准。苏酂奏疏内容为：

一、并将权。请于腾越置参将一员，统兵二千，为迤西等司声援，姚关、顺蒙各改守备一员，俱听节制。

一、省兵费。请命腾永、临安二参将所辖兵食随地取给，不烦远运。土司岁纳差发即令改米分贮，以充行粮。

一、毋广边地。请以户撒等田悉给陇川、猛卯等田，悉给多俺、盏西岳元等寨，悉归本酋；蛮夷祸本已伏，速应扶立罕送，俾之统集部落，招抚夷民，而参将驻兵遥为之势，一切远戍驿卒并皆报罢。

一、毋轻边任。请于金腾、临安精择兵备二员，金腾道并辖顺蒙。澜沧道移驻北胜，以便调遣而资弹压。三年一查核，一切擒斩，小捷不得要功混报。

明朝内部正在逐步改变对缅政策时，缅甸战争形势也在随时发生变化。此前，李材、刘天俸破缅，因归顺有功，原孟密思忠已升为宣抚使，猛哈思化升同知，蛮莫思顺升安抚使，随着李材、刘天俸获罪入狱，孟密思忠、思顺惧怕受到追责，便西奔缅甸，寻求避难。明朝廷便以思忠之母罕烘、思顺之母罕送各自代子领印摄孟密事，以为思忠、思顺回归留下回旋余地。然而，莽应里于万历十六年（1588）九月乘虚而入，再次入侵孟密。

大敌当前，罕烘不敌，遂率其孙思礼、思仁避守孟广，孟密宣告沦陷。同时，猛哈思化、思豪也因担心缅甸报复，率部乘隙争占蛮莫原思顺管领地界，思顺之母罕送因惧怕思化吞并蛮莫，只得携子往投腾冲，申诉思化侵凌之状。

兵备副使姜忻知道思化素称狡黠多智，便授令邓子龙迅速提兵入蛮莫，突然包围思化、思豪，以恢复蛮莫安宁。

刚刚进驻腾冲的邓子龙，踌躇满志提兵到达西南部二百余里的陇川，准备西征争蛮莫的孟密宣抚司土同知思化以收复蛮莫，而新任云南巡抚萧彦却力主招抚。萧彦，字思学，安徽泾县人，隆庆五年（1571）进士，万历十六年四月由贵州巡抚改任云南巡抚。

针对相机剿除占争蛮莫的孟密宣抚司土同知思化的建议，萧彦奏言，蛮莫乃罕送旧土，欲扶立罕送仍归蛮莫，应以招抚为主。兵部于万历十七年（1589）正月初十日将这一建议报请神宗皇帝御准，并向云南作出或以招抚为主，或即行挞伐，悉听便宜行之等覆示。《明实录·明神宗实录》记载："万历十七年正月戊午，云南孟密宣抚司土同知思化占争蛮莫，聚众暴横，抚镇官萧彦等欲相机剿除，乃称蛮莫乃罕送旧土，欲扶立罕送仍归蛮莫，以系夷心。兵部议腾冲以三宣为护卫，三宣与蛮莫为接壤，三宣安，内地得宁，蛮莫靖，外藩可固。令思化乘思顺奔窜之隙，凭陵蛮莫，势将不支，□□不兴问罪之师。如三宣动摇后益难制，尤不得不靖。震邻之难，惟兵加于播告之后，则出为有名，议定于询谋之间，则衅可永杜。至谓立罕送以系蛮莫，因可制思顺而遏孟密，此中俱难遥度，合咨抚镇官，严谕思化晓以顺逆，若能悔过效顺，即与休兵，若果稔恶怙终，即行挞伐，其一应调度兵饷及扶立罕送事体，悉听便宜行之。报允。"

得到神宗皇帝御准，萧彦便派遣永昌同知漆文昌驰往蛮莫，对思化进行抚谕。漆文昌，号对溪，江西新昌（今宜丰县）

泰和乡人，以举人授沅江知县，累迁永昌同知、广南知府、云南副使、贵州参政户部郎中，素以胆识过人著称。

漆文昌单骑入蛮莫，乘虚争占蛮莫的猛哈思化、思豪，看到漆文昌单骑而来，便匍伏听抚，自陈有助迤西杀缅功，今无所归，惠寄食于蛮莫，希望得到朝廷谅解。思化还带着金锅银甑等礼物，与漆文昌一起到达陇川，准备贿赂邓子龙，以争取宽大处理，却被邓子龙当堂叱退。

邓子龙集军陇川，本欲水陆并进，长驱直入蛮莫，以使天威动海涯。实现“先声夺宝井，浮筏断金沙。缅子传萎叶，夷人献谷茶”的战略构想，却以受招抚之议影响而裹足不前，不禁扼腕叹息，遂赋诗《欲灭莽闻谤中止》。诗云：

欲灭莽闻谤中止

万历戊子冬

水陆平蛮貊，天威动海涯。
先声夺宝井，浮筏断金沙。
缅子传萎叶，夷人献谷茶。
谤书罢机会，摆古走哒喇。

邓子龙所指的“谤书”，其始作俑者为云南巡按御史苏酂，其次为巡抚萧彦。正是此二人汰兵省将、力主招抚等奏疏，致使邓子龙水陆并进，平定蛮莫（蛮貊）的计划落空。即所谓“谤书罢机会，摆古走哒喇”。万历戊子冬，指的是万历十六年（1588）冬天。摆古，即缅都勃固。

针对西事告急，朝中文官却谤书四起，自己回天无力的社会现实，邓子龙仿佛看到一群饱思肉食、无所作为的猫，遂赋诗《见人养痴猫》以讽之。诗云：

见人养痴猫

西家有鼠穿我户，坏我巾箱增我怒。
呼童无计买邻猫，身短面长爪牙露。
主人偏爱喜且骄，以谓安眠无内顾。
惜其乳小日喂之，饱思肉食何曾捕。
夜静更残烛灭时，一遇鼠多无所措。
群鼠初疑后戏之，独走援床哮惊怖。
童儿争笑主无颜，养此痴呆两耽误。
若教冷眼少弃之，恐化鸱枭室家蠹。

“西家有鼠穿我户，坏我巾箱增我怒”，比喻一直在窥伺滇边，蚕食边地的莽酋。在万般无奈的情况下，主人只好从邻居家买了一只身短面长爪牙露的猫，以便捉拿老鼠。可是，这只猫每天饱思肉食，并没有真正发挥捉老鼠的作用，“夜静更残烛灭时，一遇鼠多无所措”。猫的懦弱，导致群鼠开始时还有点怀疑，后来则反过来戏弄猫，更加肆无忌惮，敢于独走援床，发出令人惊怖的咆哮声，以致受到童儿争相讥笑，主人颜面扫地。这种既费肉食，又耽误时间精力的养猫行为，形成“养此痴呆两耽误”的尴尬局面。但是，如果稍微冷眼放纵，那些猖獗的老鼠，恐怕要化作鸱枭，成为家室里蛀蚀器物的巨虫。

置身边关，看到本该在二月开花的海棠在十二月的寒冬时节开放，邓子龙不禁发出“干戈老天涯，短发上纶巾，夷方不共春”的慨叹，赋诗《十二月见海棠有感》。诗云：

十二月见海棠有感

其一

遐方故国各韶华，腊月先开二月花。

景物催人春色早，干戈何事老天涯。

其二

渺渺天涯七尺躯，盈盈短发上纶巾。

花开花落征袍色，自是夷方不共春。

第八章　革职提问

二十六、汰兵省将不问战　姚安兵变震朝野

自云南巡按御史苏酂弹劾李材谎报战功以后，明朝廷文武大臣围绕究竟是要强军固防，还是削兵守边的对缅策略发出截然不同的声音。此前，腾永募兵一万多人，岁饷银约一十七万多两，大理、鹤庆、蒙化、姚安、楚雄五郡等内地转运军需的百姓确实艰难，甚至达到邑无遗村遗户，不死而徙地步，邓子龙对此也感同身受，而关键问题是在面对严重边患，究竟该不该如苏酂奏请的那样并将权、省兵费。

苏酂奏请的并将权、省兵费等措施，不但过分低估了云南边关严峻的军事形势，而且过高估计了明军实力，他误以为战事已宁，不须再设重兵防守，便提出撤销顺、蒙等处参将，降低姚关等处军事级别等建议，又提出把参将手下原有的五千士兵汰兵省将为二千。云南米贵，为节省兵费，推行兵食随地取给，不烦远运，尽管一定程度上减轻运粮麻烦，却使长期耽于战事的戍边军队一时失去可靠的后勤保障，在浴血奋战之余，将士们还要分散精力自行筹粮。同时，这些措施在一定程度上也完全否定了邓子龙等数万将士浴血奋战，筑边固垒的战果。

悲哀的是，苏酇奏言的这些不利于边防的建议随即得到新任云南巡抚萧彦鹦鹉学舌般的积极呼应。万历十七年（1589）二月初六日，云南巡抚萧彦用更为简洁的语言，重奏四项措施，再次得到神宗皇帝御准。《明实录·明神宗实录》记载："万历十七年二月癸未，兵部覆云南巡抚萧彦条议四事：一并将权，当定将领体统节制，俾臂指可以相使；一省兵费，腾永兵粮，每年预发，饷银丰，则籴贮；一毋广边地，户撒等田还之陇川，猛卯等田给之多俺，盏西岳元等寨归之本酋；一毋轻边任，金腾、临安二道，假之便宜，宽之岁月，成功者加级，积劳者殊擢。报允。"

苏酇、萧彦的频繁上奏，导致省汰计划得以严厉推行，最终导致万历十七年（1589）三月的"姚安兵变"，致使邓子龙蒙受不白之冤而被革职提问，进入他军旅生涯中的第二个低谷时期。

腾冲、姚安两营素来不和，早在万历十二年（1584）即有互相攻打，焚烧民居事件。邓子龙兼统姚安、腾冲两营后，姚安、腾冲两营同聚陇川，以分牛肉而引发腾冲营骚乱。而这一骚乱在副使姜忻令木元瑞统摄腾冲营兵后，腾冲营兵已经得以抚定，并非兵变直接原因，最终导致兵变的还是姚安兵"索饷"。《明史》记载："及用师陇川，子龙故为低昂，椎牛飨士，姚兵倍腾兵，腾兵大不堪，欲散去。副使姜忻令他将辖之，乃定。而姚兵久骄，因索饷作乱，由永昌、大理抵会城，所过剽掠。"邓子龙在兵变两年后，即万历十九年（1591）元旦在起复西征家书中所云："其时，当事者见西南无事，即汰兵省将，以不问战矣。致那姚兵七个月不给工食，告示令之告归，不许将官阻抑，致兵鼓噪者。”[①] 明确把此次兵变的原因直接认定为汰兵省将，七个月不发军饷。

万历十七年（1589）初，驻军陇川的姚安、腾冲两营将士，奉命在守边之余抽调部分将士发哨进山，抚处孟密，并按照云南巡抚萧彦指令，开始在军中推行“并将权、省兵费”等军政措施。按照这些措施，腾越置参将，而姚关、顺蒙参将降格为守备，两营一万多人止可保留半数左右，这就意味着邓子龙副总兵也要面临降格或者外调，许多将士面临或被降格或解散归籍的处境，皆人心惶惶，加之推行“随地取给，不烦远运”的省兵费办法，也使长期依靠后勤运输的守边将士一下子乱了方寸。

按照旧例，月粮一斗，折银八分，时值三宣岁丰谷贱，发哨进山，抚处孟密的把总曾吉、胥朝等向邓子龙禀称：“各兵带米，则路远不便。若自行买米，未免骚扰夷寨。莫若依时价发银，各寨定买。”邓子龙与同知漆文昌商议后，决定统一购米，令夷兵搬运粮食，士兵到各寨时取食，又以留下余剩之银预作出山算补饷银，命将督饷接送同知漆文昌处，转贮腾越州库，同时取有库收见证。

这一权宜之计是邓子龙与同知漆文昌共议共见，邓子龙并没有中饱私囊，却引起部分兵士误解和不满，一时流言四起。忽然又有人听到汰兵省将很快实行，邓子龙即将被罢免，许多士兵也面临告归，加之士兵已经七个月没有工食，腾冲兵已经得以抚定，姚安营兵却于三月十六日开始气势汹汹索饷，邓子龙规劝无果，姚安兵奋臂大呼，到达教场，又擂鼓

① 邓子龙《万历十九年元旦起复西征家书》。

张帜，杀掠居民，抢夺马匹，且聚集四千之众，声言要赏。然而，黔国公沐昌祚的奏章，却把兵变缘由完全归结为邓子龙"姚兵久为子龙所骄"，以及"暨用师陇川，两营皆在，子龙故为低昂椎牛飨士，姚倍于腾"云云。

兵变一发不可收拾，乱兵围攻施甸富有的马官屯，杀八人，绑架三十人。永昌同知漆文昌、司理鲁克告诫他们不要乱来，乱兵却抽出佩刀，声称事出三日，再不发遣散经费，别怪我们用它来攻城夺关。

乱兵鼓噪至永昌，却发现永昌城大白天都是城门紧闭，便围住永昌七日，将用云梯攻城。被堵在城中的巡按御史杨绍程只好指派漆文昌出城解围。漆文昌单骑出城，散发些应急银两，又谕以祸福。乱兵以叛名已定为由不知所措，要求漆文昌做人质，护送他们出境。乱兵送回马官屯被掠二十人作为交换后，漆文昌被裹胁伴送出境。

这时，云南巡抚萧彦将邓子龙暂调澜沧道等候处分，命姜忻戴罪立功，又与曲靖兵备副使刘天衢、王桥，布政司戴耀、参议陆万垓、按察司副使黄思近、佥事何存教召开紧急会议，决定采取强硬手段处理这次叛乱。萧彦以羽檄急调附近寨兵三千人，北胜、浪蕖、云南县兵五千人守备永昌，调拨三季口粮散给乱兵，令其得粮后立即解散，令顺蒙参将刘招桂监督执行，不听令者斩。

乱兵从永昌至大理，所过剽掠妇女，前驱传呼前往集市准备酒食，有拒绝入内者，毁墙而入。乱兵从大理至澜沧，发现澜沧道所征调的夷兵渐集，开始稍惧，而数千为群，方行如故，四月，乱兵过了昆明城，屯于杨林与官兵相持。

胳膊拗不过大腿，在萧彦等人的精心布局下，杨林附近已经布下一张消灭乱兵的大网。土司知禄华诰斩杀乱兵五人后，乱兵以缓兵之计诈降，次日却分路突出重围，出宁州、武定、临安、云南、寻甸。官军开始合兵而围，大开杀戒，先战于土主山，再战于大河口。官方统计数据为斩首八十四级，捕获六百八十人，夺获民人三百三十人，马匹五百八十二只，宥余党许自新。而据邓子龙两年后的万历十九年（1591）元旦起复西征家书中透露，当时真实情况为："按院杨绍程、抚院萧彦，给各兵得路费，重即解甲卸刃，携妻子东归，并无骚扰。至杨林，见其路费、数年工食、妻子，贪心顿起，伏而尽杀之，冤声蔽天！ 二千非命，止以八十报朝廷，天下莫知也。"[1]

二十七、革职提问莫须有　据理力争明心迹

姚安兵变后，云南抚镇萧彦、黔国公沐昌祚等参劾副总兵邓子龙约束无术，酿成兵变，神宗皇帝于万历十七年（1589）六月初二日降旨"革子龙，以顺蒙参将刘招桂代之"。六月十四日，云南抚镇萧彦奏报兵变经过，神宗皇帝再次降旨："邓子龙提问，姜忻调用，文武官奖赏有差，见在乱兵分别拟罪！"可见，此次兵变后，除了邓子龙提问，姜忻调用以外，云南抚镇萧彦、黔国公沐昌祚等人却因祸得福，堂而皇之受到神宗赏赐。

在邓子龙被革职、提问，接受云南三司会勘期间，朝廷上下围绕姚安兵变展开溯源活动，并有人对"并将权、省兵费、毋广边地、毋轻边任"等奏议提出质疑。云南巡抚萧彦数次

① 邓子龙《万历十九年元旦起复西征家书》。

弹劾邓子龙，欲将全部责任推卸给邓子龙，以撇清自己，而不可忽视的是，兵变正是在他再次奏言“并将权、省兵费”等措施之后第二个月爆发。萧彦在万历十七年（1589）十二月十二日的奏疏中却巧舌如簧，将兵变缘由归结为兵多民苦，动于邪谋，攻击永昌军人深受永昌之民痛恨，奏疏云：“查得腾、永募兵增至一万有奇，岁饷银约一十七万有奇，于是有减兵之议，今除顺、临外，腾，永之兵尚六千，饷不下十万，至内地运饷之苦，又有不恶言者，大理、鹤庆、蒙化、姚安、楚雄五郡，邑无遗村遗户，不死而徙耳，客兵不除，本色不免，则五郡、永昌必不可苏，顷议留六千，则既举两营而留之，腾兵鼓噪，方藉姚兵为制，姚兵动于邪谋，空营而出，谕以犒赏，而悍者散，悍而狡者留，潜回者且伺吾消息以为动止，其包藏祸心视叛散者且甚，而永昌之民往往识其姓名，恨不剸刅其胸，此而复留，恐永昌之变不发于兵而必发于民。臣等乃量给路费以归之，欲留之而不可也。”①

同时，针对腾营见在募兵计二千二百余员名，姚营既空的实际，他别出心裁地想出了一个以二千名为率抡选新兵的“事体更新”办法，这些新兵来自招募土著、乡兵、丁壮等，并计划在最短的时间内，将这些土兵培训成边徼有制之兵。

云南巡抚萧彦在自圆其说之余，在奏疏末尾依然没有忘记借机抹黑邓子龙：“再照滇自有事以来，无不资力土兵，即如迤西之征，邓子龙攀花枝之战，赖此胜莨藁之兵冲锋，而其土司至今以将官掩功为恨，则土兵之于滇南，固未可外视之矣。”类似的话，明为强调征召土兵的重要性，却含沙射影指

① 《明实录·明神宗实录》。

责邓子龙在攀花枝之战中抢功而掩土司兵之功。

当然，对于云南巡抚萧彦等人盲目裁军的观点，也还是有一些头脑清醒的大臣提出异议，兵科左给事中胡汝宁就上疏提出兵变源于汰兵省费，强调“民出粟米以赡兵，兵出死力以卫身”是天经地义的事。其奏疏云：“腾姚诸营官兵，其缅贼就缚，岳凤迎降，皆克战之功，诚有功于滇西。近汰兵省费之议出，欲令数千之众撤于一朝，此兵之所以激也。应募而来，遽勒回籍，治生无策，安得不乱。滇产富饶，民出粟米以赡兵，兵出死力以卫身，似无用此过省为也。”①

万历十八年(1590)三月八日，正在接受审查的邓子龙对人生及功名有了进一步认识，遂给千里之外的大周、大同、大用、大冈等儿子写了一份情真意切的家书。告知近日有人以暧昧之事布散谣言，忽又罢职，现在忍气哀恳台阁，转请将功抵罪，冀开一线之恩，遂得终身之愿。并告诫子女“为臣不易”，汝弟兄在家耕种尽可活命，箱内书籍及纸包，切不可乱动，坟墓及住屋不可轻改。家书云：

字寄大周、大同、大用、大冈诸儿知悉：

自我督兵三十余年，离家一十余载，每历战场，冲锋打仗，但存“不怕死”三个大字，以效事君尽忠的心思，并不想升官肥己。兵丁月粮等项，照例给发，从无丝毫扣克。况身受国恩，更要以身报国。乃近日有人以暧昧之事布散谣言，忽又罢职。果能脱身归来，父子夫妇团聚一处，也是快乐境界。但边患未平，贼势猖獗，还要想一日起用，把这般叛贼党羽尽行剿灭，使边疆永息干戈，我即死于沙场，亦甘心瞑目。

① 《明实录·明神宗实录》。

现在忍气哀恳台阁，转请将功抵罪，冀开一线之恩，遂得终身之愿。恐忌者多阻，竟不得做一个好男子的事，可惜！可惜！汝弟兄同母汪太太们在天地祖宗前替我焚香默祷，恩从天来，功由己立。倘一朝还我原官，桑时集事，此去进剿，断不负四十年前志向。

良十、旺八甘心劳苦，并不多事。汝叔维新，口口声声要想邀功做官，年来并无大功劳，我不敢存点私心，欺人耳目。近来他也晓得，为臣不易，心地渐渐明白。汝弟兄在家安分，若所得我起用，逢人万不可夸功。家信亦不必将常琐碎事告我，写得平安两字就好了。汝祖坟上时常往视，叫看坟人加意照管。亲戚来往，茶饭好好款待。有人来讨信到营投效，如无知识之冒官等，劝他在家耕种，不必出来，徒吃苦处。

我箱内书籍及纸包，切不可乱动，就有虫伤，亦不必打开，万一我尽忠，就把书箱纸包烧灰。书籍是兵书，纸包是诗稿，切勿遗落人间为口舌。

汝弟兄在家耕种尽可活命，大同、大用虽读书聪明，不会兵法，一知半解就要出来妄试，恐误大事不少，你不如烧去干净，免我耽心，诗稿更加无用之物。

竹厨里黄布包袱内，有我像一副，四十岁所画，现在须眉还不十分更改，好好藏着。坟墓及住屋不可轻改，风水多是天定，勿丧善以欺天。《雪心赋》内云“积善必获吉迁，积恶还招凶地”，又云“欲求腾公之佳城，须积叔敖之阴德”。汝弟兄等能积德感召，凶地且能转为吉地。我从前替人看地，总以是语劝人。我怕汝弟兄惑于风水之书，任意更改坟墓住宅，故谆谆教之。

我精神大健，饭量酒量为常。月俸尽可够用。告汪太太们不必挂念。汝弟兄能遵我教，便是好子弟。将此书装裱一轴，钉于务本堂壁上，朝暮讲一遍，切勿弃之，千嘱！万嘱！

万历庚寅三月初八日武桥书[1]

为了澄清莫须有罪名，邓子龙又于万历十八年（1590）四月撰写题为《罪人邓子龙揭恳恩台酌法原情，怜功豁罪，以明心迹，以存大体事》的申辩书，恳请当道者酌法原情，怜功豁罪，以明心迹，以存大体。

针对乱兵诬陷邓子龙克扣腾冲月米，邓子龙声言，虽然没有满足发哨进山，抚处孟密的把总曾吉、胥朝等人依时价发银，各寨自行买米的要求，却与同知漆文昌商议，统一购米，令夷兵搬运粮食，士兵到各寨时取食，又以留下余剩之银预作出山算补饷银，命将督饷接送同知漆文昌处，转贮腾越州库，同时取有库收见证。

针对诬陷邓子龙收受思化金锅、银甑贿赂，邓子龙辩驳说，万历十六年（1588）十月内同漆同知入陇川城驻扎，思化此以为见礼，乃夷人俗例。当同漆同知当堂叱之，当令思化之子同陇川宣抚多思顺领出，取有印信领状，已经通行呈明，在卷可查。若谓子龙私受，乞行多思顺并行漆同知及李通事见在可证即明。

针对克扣边赏功赏的诬陷，邓子龙辩驳说，边赏皆系赏万历十一年十一月内冲锋之兵，其黎京桂在磨乃场招之本姓苑顶名王大用，不在经战有功数内。该三道预出告示，于两月之前分别冲锋第一等某某该银若干，第二等某某该银若干，第三等某某该银若干。随委巨津州知州吕坚、永昌府推

---

① 毛静《邓子龙传》，学苑出版社，2015年5月第1版，160—161页。

官刘征,临营依次唱散,已经造册,申缴三堂,各司道经委查盘六次。苟有不平,何不喧告,岂特七年之后也。

针对姚营几名家属叫嚷领不到每季解到月粮定额,邓子龙辩驳说,姚营每季解到月粮,即同解官当堂原封令把总凿分,委官唱散。一少分厘,即行捆打,人共知之。

针对有人攻击邓子龙藉口王尚书而生怨望,邓子龙申辩:“子龙何人?而敢藉借为口实!一介微贱,蒙加衔世袭,已为过分,而敢复有觊觎之念!”

针对有人告发邓子龙挖人坟墓,坏人风水,邓子龙申辩,这里又不是我们将要叶落归根的故乡,开挖别人坟地是图个什么天长地久呢?即便有此事,怎么我立案以来没有一个被挖了祖坟的人闻讯赶来申诉控告,而任由乱兵信口开河?

针对暧昧之说,邓子龙申辩说,奉命入滇,即弃妻子,七载西征万里之外,身寄矢石,暂死沙场,生若浮云。虽续娶家眷二房,年俱在二十上下,皆凭媒聘娶,今皆生子,同其父母回籍。况亦不关边务,暧昧之词与此次兵变哗呼又有何关?

最后,邓子龙承认自己对部下钤束不严,尤其是把总胥朝等对士兵苛刻大过,士兵积忿有日,邓子龙屡屡鞭责不改,致有乘风告归,不愿恋伍,阻而激成鼓噪。

邓子龙在《参后申辩书》末尾“万历十八年四月某日具”这一落款日期后面有一小注:“此李材忌功诬陷之事,不发粮,激变军心,而归罪他人,可恨可恶”,这一小注也许冤枉了李材,因为根据邓子龙万历十八年(1590)除夕之夜撰写的起复西征家书中“致那腾兵七个月不给工食,告示令之告归,不许将官阻抑,致兵鼓噪者”的说法,姚安、腾冲兵领不到工食开始于万历十七年(1589)三月“姚安兵变”之前七个月,即万历十六年（1588）八月左右，在这一时间内，苏酂等人奏请在西南边疆推行并将权、省兵费等军政改革措施已经四个月左右，而李材已下诏狱四个月，邓子龙对李材是否在狱中诬陷自己也因山遥路远而难以判断，而从实际情况看，不发粮而激变姚安军心导致姚安兵变的，主要责任应在云南巡按御史苏酂、云南巡抚萧彦等人身上，而不应归咎李材。具有讽刺意味的是，巡抚萧彦在姚安兵变后，以功升任右副都御史抚治郧阳，接替李材原来的位置。苏酂在云南接二连三奏言新政后升任大理丞，幸好在万历二十年（1592）被御史李天麟弹劾贪婪成性而斥为编氓。

二十八、持水鞭山醉风月　天涯总是羁縻客

邓子龙经四府提问后，仅被指控“钤束不严”之罪，便得以过着持水鞭山、吟风弄月、日醉数斗的逍遥自在生活，频频游历名山大川、名胜古迹，常常借古讽今，以物喻人。

在宦海之中沉浮，邓子龙有时感觉自己犹如一件不因冷落或者被重视却依然威风八面的屏风一样，以此表达不以物喜，不以己悲的乐观心态。《题旧屏风》云：

题旧屏风

用尔能严内外，孤帷冷落堂中。

年少无人粉饰，尚禁八面威风。

与《题旧屏风》异曲同工的，还有邓子龙创作的《题苍石屏风》。诗歌巧借苍石屏风以石山造就的坚硬质地，以及顶风冒雨，斑痕依旧的顽强生命力，赞扬坚如磐石的坚定信念。诗云：

题苍石屏风

本是石中石，生成山上山。

任教风雨恶，不改旧时斑。

明朝初年，朱元璋实行文武并重国策。而自正统年间土木堡之战五十万大军全军覆没，随军出征勋贵武将战死殆尽，明英宗被俘虏后，文官逐步掌控军队军纪、后勤、评功等权力，以致出现明朝中晚期文武官员关系彼此攻讦、难以共容的局面，加之邓子龙屡次受到文官的排挤、打压，他便赋诗《过打牛坪》《见人养痴猫》等，暗讽饱食终日，费粮费时两耽误的文官。

漾濞县城西三十余里处的太平铺和顺濞河之间有个地名叫打牛坪，相传武侯南征，值立春日，鞭牛于此。打牛坪之名由此而得。邓子龙路过打牛坪，赋诗《过打牛坪》，认为耕田者是牛，食物者却是马，辛劳的耕牛应受尊重，自己愿意卖刀以买牛，而牛因恐惧而发抖，又怎么忍心将其鞭打，借以暗讽明朝文武官员同朝不同命的社会现实。

过打牛坪

耕田乃是牛，食物乃是马。

卖刀欲买之，觳觫安忍打。

塔山，位于漾濞县东山。邓子龙途经塔山，赋古体诗《驻山塔》，在描写“塔高如星宿”“沧江如蚯蚓”的环境之后，勾勒出一幅兵粮运夫的血泪图。

驻山塔

山塔高如天上宿，沧江如蚓在山麓。

瘴雨蛮烟半拥车，青山白云俱在足。

征人莫唱边关曲，驮马羸羸运夫哭。

邓子龙还在《过哀牢祠》一诗中，通过追述哀牢国时期妇人沙壹捕鱼于水中，触沉木怀孕，产子男十人，从而得名九隆的传说，发出“独怜征战地，岁岁草生生”的慨叹。

过哀牢祠

哀牢前属国，山川尚有灵。
水池分冷热，金井幻阴晴。
此日鱼还见，封神识汉名。
独怜征战地，岁岁草生生。

拜谒武侯祠后，邓子龙赋诗《过吊武侯》，对诸葛亮七擒六出，寡欲清心尽瘁刘备家族，最终却只赢得三国归晋的结果表示惋惜，并以日夜流淌的沧江之水来形容诸葛亮的遗恨，以寄托自己忠心耿耿为国征战，不要成为徒劳之举的希望。诗云：

过吊武侯

寡欲清心尽瘁休，七擒六出报炎刘。
两朝天意虽归晋，恨锁沧江日夜流。

在《再过沧浪江记事》一诗中，邓子龙又回顾多年征战历程，怀古思今，表达“攻心攻技总非非”的无奈。诗云：

再过沧浪江记事

万历十一六月期，孤军深入滇之西。
莽酋猖獗恃象马，火龙霹雳皆烟飞。
六慰三宣破肝胆，八百一统称华夷。
期载功成拜司下，苍崖绿水仍依依。
江流不断怀诸葛，铁柱横斜忆尉迟。
惟有青山笑今古，攻心攻技总非非。

沧浪江，这里指的是滇西的澜沧江，诗歌追述“火龙霹雳皆烟飞”的三战三捷以后，赢来“六慰三宣破肝胆，八百一统称华夷”的大好局面，自己本来盼望早日功成身退，拜谒司下，却以苍崖绿水依依不舍而未竟。看到滔滔江水，不禁使人想起三国时南征的诸葛亮，再看看唐朝年间打败吐蕃而树立的铜标铁柱，又不禁使人想起勇武善战的尉迟恭。如今，诸葛亮已经故去，尉迟恭也不在了，眼前只剩下茫茫青山笑看古今，所以，无论是诸葛亮的“攻心”，还是尉迟恭的“攻技”，至此都已显得不合时宜。

永昌有易罗池，池中央有喷珠泉，喷珠泉上建有湖心亭，又名龙泉亭，邓子龙在永昌期间，曾整饬湖心亭，且取屈原《楚辞·渔父》“沧浪之水清兮，可以濯吾缨”之意，将其命名为濯缨亭。戎马倥偬之余，他常常与友人一起醉卧其间，且赋诗《湖心亭且醉行》。诗云：

湖心亭且醉行

龙池清浅亭亦孤，钟声塔影如西湖。
红妆绿树照水面，垂杨古木仍森疏。
人生宦迹几有百？天涯总是羁縻客。
功成求退退无策，欢容笑口不多得。
怒发冲冠天地侧，长啸一呼山月白。
醉来且酌相知杯，桃花琥珀同颜色。

《湖心亭且醉行》分为三首七言绝句，第一首绝句描写湖心亭附近泉水清澈，以及犹如西湖一般的景致。第二首绝句，抒发羁縻天涯官宦功成无退策的苦闷心情。第三首绝句，记述每每与相知的友人醉卧湖心亭，以致醉眼看花，桃花琥珀颜色相同，抑或怒发冲冠，拔剑而起，长啸一呼，山月变白。

邓子龙还游历了永昌城北卧佛寺，且先后赋诗《游卧佛寺》《题永昌城北卧佛寺》等，在仕途受挫之际，面对社会人生、出世入世等问题进行深入思考。

在《游卧佛寺》中，他以“入此则为静，出门还是忙”等语，对出世、入世的人生状态进行精辟概括，又以“落寞世情薄，崎岖宦路长”表达对人情冷暖、仕途坎坷的感叹。诗云：

游卧佛寺

云岩呼卧佛，万虑觉虚妄。

入此则为静，出门还是忙。

落寞世情薄，崎岖宦路长。

临池见泡影，皤然乃羲皇。

《题永昌城北卧佛寺》则把睡卧的佛像作为切入点，他大彻大悟似的，劝告横卧于白云虚无缥缈蓬莱仙境中的卧佛，在这个四海苍生苦困多的年代，你应该站起来多多保佑那些多灾多难的四海苍生，不要天荒地老在此一卧不起，无所作为。诗云：

题永昌城北卧佛寺

神仙渺渺蓬莱岛，天际白云虚杳杳。

四海苍生苦困多，何须卧此乾坤老。

第九章 立功自赎

二十九、重新起用对簿间 又向西来补破船

云南原任巡抚萧彦升任右副都御史巡抚郧阳后，河南安阳进士吴定于万历十八年（1590）三月接任云南巡抚。吴定到云南就任不久，边关形势再度险恶起来，即行便宜事起用邓子龙于对簿间。

此前，孟养之密堵、送速二城不从缅甸，莽应里于万历十四年（1586）怒而拔之。云南金腾兵备李材命副使陈严之将其收抚后，孟养酋长思威去世，朝廷命思威族侄思远为孟养新酋长。万历十八年（1590）秋天，缅甸莽应里为报密堵、送速之怨，开始进兵孟养，攻破孟养属地孟拱，孟养宣慰思远率其子思昏急奔盏西。缅甸即以堵罕在孟养、瓮罕（一作曩瓮）在孟拱分别建立伪政权，并步步逼近陇川。

正在对簿公堂的邓子龙接奉巡抚萧彦立功自赎的命令后，于八月初九日奉命西行，他带着几名随员，从永昌跨越潞江，翻越高黎贡山古道前往腾冲。一路上先后赋诗《九日西行口占记别》《渡潞江》《宿分水岭》《中秋龙川驿》《过乱箭哨》等。

秋风萧瑟，菊花盛开，邓子龙告别友人之际，赋诗《九日

西行口占记别》云：

九日西行口占记别

万里秋风一线长，浮尘身外悉茫茫。

得逢笑口皆消受，何处黄花非故乡。

又

呼吸乾坤一梦长，百年幻泡总茫茫。

离情莫谓黄花瘦，海阔天空尽醉乡。

菊花，又称黄花，曾被历代文人赋以操守高洁、品格坚强等美好形象。南宋诗人郑思肖《寒菊》一诗中有“宁可枝头抱香死，何曾吹落北风中”之语，邓子龙历经磨难，又以戴罪之身奉命西行，自然联想到枝头抱香死的菊花，同时夹杂着一些凄凉与伤感，遂描摹秋风为“万里一线长”，感叹浮尘身外的渺茫。在这尘世难逢开口笑、举目无亲的世界，他感觉只要是开口笑的菊花，都将被视为亲如故乡的美景，即“得逢笑口皆消受，何处黄花非故乡”。

邓子龙从永昌西行，渡过怒江（即潞江）时，赋诗《渡潞江》，首先感叹潞江古渡的瘴疠之毒、行路之难，而正是这样艰险的古渡，却是历次征战的必经之地。置身于此，不免要发出“征旆几时还”的质询。诗云：

渡潞江

潞江名瘴渡，炎凉行路难。

绊马揪头草，撑舡贯耳蛮。

烧田收白骨，开路破青山。

伤心虚岁月，征旆几时还。

渡过潞江，邓子龙跋涉高黎贡山分水岭古道，汗流浃背之际，到达高黎贡山脊之上的分水岭。

分水岭，又名分水关，三国时期，诸葛亮在此留下一夜修筑城池的传说，以后逐步形成古道驿站。邓子龙在分水岭停下鞍马，做好夜宿准备。举目四望，云树万山低，道路趋还下，人烟避更稀，侧耳倾听，野猿山鬼所悲吟、厌倦者，无非鼓角与旌旗。此情此景，令邓子龙再次发出“何年罢征战，民免竭膏脂”的慨叹，期望尽早结束战乱，减少战乱给人民带来的苦难。《宿分水岭》一诗云：

宿分水岭

停骖分水岭，云树万山低。

野猿悲鼓角，山鬼厌旌旗。

道路趋还下，人烟避更稀。

何年罢征战，民免竭膏脂。

在扛抬家丁王廷受、刘庆，以及仆人旺七、旺八等陪同下，邓子龙从高黎贡山分水岭向西北行，途经新安哨，然后到达高黎贡山主脉西侧的太平铺。

太平铺设有烽火台，附近虎啸猿啼，百鸟鸣啭，长满古木苍藤、奇花怪草。邓子龙来不及停留，一路沿着高黎贡山古道西下，依次经过小歇厂、竹笆铺、茶庵等古道驿站，转眼间到达高黎贡山西麓的龙川江峡谷。

龙川江峡谷之上，一座铁索桥横跨东西，名为龙江桥。龙江桥在元末明初为藤桥，明朝弘治年间，金腾兵备道赵炯始修铁索桥于上流，明朝嘉靖十年（1531），金腾兵备道潘润仿照霁虹桥之制建铁索桥于桥街，并在桥街南北分别建起房屋二十间进行租赁，同时将龙川江巡检司从桥东迁移至桥西半里处，从而形成龙川江关，又名龙关，龙关与其西北角的橄榄坡一起，逐步形成内引外联的龙川江驿站，又名龙川驿。

邓子龙跨过龙江桥铁索桥，向西跋涉江坡古道，过了龙川江关，当晚住宿于龙川驿。时值中秋节之夜，邓子龙抬头东望，但见一轮皎洁的圆月高悬在高黎贡山（高仑）山脊的灿烂星空，映照着空寂渺茫的龙川江峡谷，阵阵清凉的秋风轻轻拂来，一种难以名说的家国情怀从心中油然而生，遂赋诗《中秋龙川驿》。诗云：

中秋龙川驿

仗剑南征已七年，功成冠盖尚依然。
几思东去归衰马，又向西来补破船。
金甲可销酬白酒，银河愿泻洗腥膻。
何堪万里清秋夜，坐对高仑月自圆。

清秋之夜，邓子龙独坐驿站，对着高黎贡山上那轮圆圆的明月，回想仗剑南征七年以来的漫漫征途，几经沉浮，不禁感慨万千，他多么希望由此东去，回归故乡与家人团聚，却又因边关战事所系，不得不再次忍痛割爱，向西而来去补那艘破船。他多么希望能把金甲销毁熔化，去换几壶白酒畅饮一番，又是多么希望天上的银河，犹如瀑布一般倾泻下来，将战争烽火留下的腥膻洗涤一空。

次日拂晓，邓子龙踏着薄明的晨曦，继续向西北行进，在橄榄坡，邓子龙回眸一望，只见一轮旭日冉冉升起，将金色的霞光柔柔铺洒在柔软如絮、雪白似银的江峡朝雾上，仑山、江峡、云雾、朝霞，共同编织成一幅万里虹山的美丽图景。

经过橄榄坡、赤土铺、甘露寺等地以后，邓子龙即随到达地名颇具意蕴的乱箭哨。乱箭哨，在今芒棒镇郑山社区小八湾一带的赤土山西麓，为古道哨卡，其东有甘露寺，其西有板厂。

自幼与弓箭形影不离的邓子龙，置身于古道上的乱箭哨，不禁心生好奇、浮想联翩，并由乱箭哨之名得来的传说兴起，借用汉将军李广夜射石虎能进镞，次日再射却射不进去的典故，揭示出生于忧患，死于安乐，以及一鼓作气，方可取胜等哲理，感慨真正的英雄屈指可数，以此激励自己，此次西征定要马到成功。诗云：

过乱箭哨

昔有夜师无部位，默遇枯庄发万弩。

笑汉将军射石虎，屈指英雄何足数！

邓子龙从乱箭哨经板厂，过芹菜塘、玉璧坡等地，转眼间到达腾冲，开始进入备战状态。此时，由于朝廷对他的任命尚未正式到达，云南巡抚吴定与黔国公沐昌祚已派遣其他将领进行战略性防御。

三十、夜战宵征忙里事　西征路上寄家书

万历十八年(1590)十一月，西线战事更加紧迫，莽应里派兵大举进攻孟广之际，代领孟密司印驻于孟广的原孟密宣抚使思忠之母罕烘被迫携思忠之子思礼、思忠之妻甘线姑等人逃到陇川，其侄思仁奔向雅益，丙测奔工回，孟广从此宣告沦陷。

邓子龙闻报以后，不顾六十一岁高龄，毅然开始整旌旐，呼旧卒，置新袍，驾长驱西征，并赋诗《闻报》。诗云：

闻报

放开肝胆且由他，世事轮回若转车。

白发斗忙闲进酒，青山笑老且看花。

百般到底从容是，万事皆因急遽差。

夜战宵征忙里事，汉唐今已属谁家？

除夕之夜，邓子龙正沉浸在“白发斗忙闲进酒，青山笑老且看花”的情景里，忽接前方警情忙碌于宵征夜战，并发出“汉唐今已属谁家”的质询。出征之际，邓子龙又草就起复西征家书，叙述了姚安兵变始末，以及当事者推担主将、诬捏多端等行径。信中云：

别汝母子黔阳州中，不觉离家十载。向在金齿开城筑寨，统兵驻姚关，伏险隘诱缅，细弱以示，其素骄乃入。一战攀枝花，斩其首恶数百级；断绝猛波罗桥，溺死数万；又伏兵起，追至喳哩江，溺死十万。自此，诸夷不敢犯边，潜海岛，愿以子为质。

其时，当事者见西南无事，即汰兵省将，以不问战矣。致那腾兵七个月不给工食，告示令之告归，不许将官阻抑，致兵鼓噪者。按院杨绍程、抚院萧彦，给各兵得路费，重即解甲卸刃，携妻子东归，并无骚扰。至杨林，见其路费，数年工食、妻子，贪心顿起，伏而尽杀之，冤声蔽天！ 二千非命，止以八十报朝廷，天下莫知也。

乃见事体重大，即与杨院云，若不推担主将，恐将来天下有言也。诬捏多端，致提问。会四府拘案，一一与我无干，止以钤束不严，以坐我殃。然天理以待，持水鞭山，吟风弄月，亦不知在患难中，日醉数斗耳。

正欲东望，勿有西贼寇边者，报数十万，如入无人境，其懦哉束手。军门总府上公司道忙迫，即题复原职。随就命，整旌旄，乃呼旧卒，置新袍服，驾长驱，是万历十八年除夜时也。

忆当时姚关破缅，有陈信、邓勇、邹良臣、吴松，今皆得实职不随矣。共患者，滇千户熊应爵也。同随排患难者，阮风、周六也。扛抬者，王廷受、刘庆也。受鞭仆，旺七、旺八也。今复原职者，醉而不知，是十九年元旦也。周二回报以慰。①

邓子龙的家书回忆了他被革职提问的前因后果，其中的“推担主将”，“诬捏多端”，明确指出姚安兵变后对自己的问责完全是个别人凭空诬蔑、捏造所致，经四府拘案后，自己仅被指责“钤束不严”，从而得以过上了持水鞭山，吟风弄月，日醉数斗的诗仙、酒仙一般的生活。

邓子龙书信还告诉家人，自己本来考虑回江西丰城老家与家人团聚，却又临危受命，带着云南千户熊应爵、阮风、周六，扛抬家丁王廷受、刘庆，以及代主受鞭刑的仆人旺七、旺八等，于万历十八年除夜整旌旄，呼旧卒，置新袍服，驾长驱。

半个月以后，时值万历十九年（1591）元夕，即正月十五日元宵节，已经到达前线的邓子龙又赋诗《西征寄子》，寄托对家人的思念。诗云：

西征寄子

时万历辛卯元夕

西边仍告急，三聘整旌旄。
耻颜呼旧卒，无意著新袍。
倦展擎么手，羞磨带血刀。
功成不受赏，先寄我儿曹。

“西边仍告急，三聘整旌旄”，说的是西事告急之际，自己被三聘整旌旄。然而，由于姚安兵变导致自己被革职提问，

① 邓子龙《起复西征家书》。

如今再上战场,心理上难免有一些阴影,以致自己"耻颜呼旧卒,无意著新袍。倦展擎么手,羞磨带血刀"。而作为军人,守边固土是义不容辞的职责,邓子龙不敢有丝毫懈怠,仍然义无反顾,披甲上阵,并表示"功成不受赏",只是愿意把出征之前的所思所感"先寄我儿曹"。儿曹,指邓子龙的几个儿子。

面对缅甸大举侵入陇川的危机,兵科给事中薛三才于万历十九年(1591)正月五日上疏"核禁卫之赏,严边将之罚",奏言"邓子龙以忿恚激变"皆勘问逾年未报,应行催结。二月十九日,巡抚云南都御史吴定及镇守云南黔国公沐昌祚又奏言叛夷思个构缅入犯滇西,孟广已失,官军所遣把总刘朝因寡不敌众而退守后方,边裔诸夷力不能支等情形,神宗皇帝于二月二十七日发布诏谕,以邓子龙先年破虏有功,谙熟夷情,准免勘问,管事立功。

邓子龙复出后,苏酂、萧彦等人力主的并将权、省兵费、毋广边地、毋轻边任等措施,已导致边防力量空虚,兵部于当年三月不得不采取"立赏格、解储银"等一系列补救办法。立赏格,许能生擒莽应里、思个等者重赏,斩级每颗银十两,获间谍奸细亦同,生擒战象一只赏六十两,杀死则折半,策反间谍并进行成功破敌者加赏。同时,将四川库储银十万两速解云南,用来配备作战物资,以解前线燃眉之急;再由南京户部动支库银十万两增补,并敦促云南前线和后方赶紧开垦屯田,精练士卒,劝谕土司军民捐资助购以补充战备。

邓子龙率军进驻南甸(今梁河县)罗卜思庄,严阵以待,以遏制缅军的强劲攻势。然而,战事开始以后,以戴罪立功身份督战的黔国公沐昌祚却分寸大乱,最终又因中缅军之计,纵敌逃脱之罪被逮问。

沐昌祚系朱元璋义子、西平侯沐英后裔,自沐英跟随傅友德平定云南并奉旨镇守云南后,其沐氏子孙世代镇守云南。沐昌祚自万历十八年(1590)八月被巡按云南御史杨绍程弹劾贪纵不法而被朝廷下诏切责后,即陷入众多言官喋喋不休参劾之中,奉旨以戴罪立功身份深入御缅第一线督战,他仍得到“镇臣不得以被论推托,致误边计”的圣谕。

万历十九年(1591)二月十九日,兵部题奏:“孟广孤悬,实为三宣门户,今据镇守云南黔国公沐昌祚及抚臣吴定等疏称,叛夷思个勾引缅贼,拥众犯侵迤西,其孟养土官思远节经报急,先遣把总刘朝前去声援,势大不敌,缅贼进攻孟广等处,诸夷力不能支,纷纷求救,永腾震动,为恶匪浅,宜令镇抚臣,许以便宜从事,移驻有警近地督率催调,镇臣不得以被论推托,致误边计。上令该镇守巡抚官悉心筹画,相机援剿,以靖地方!”

兵部似有先见之明般督促黔国公沐昌祚这位“镇臣”,“不得以被论退托,致误边计”,并得到神宗皇帝“悉心筹画,相机援剿,以靖地方”诏谕,而黔国公沐昌祚似乎未能理会这一诏谕的内涵,几天后再次提出暂免提问被劾左右,候事宁定夺等条件,以致又一次被言官指责为忘公而急私。当年闰三月初五日,科臣题参云:“今缅贼内侵,孟养失守,镇臣不急为地方立功,而乃请为免罪,何其忘公而急私也!亟宜调度兵马,削平缅乱,不得因言退托并乘机渎奏,候事宁之日,将原参人犯奏请定夺。”兵部及神宗皇帝同意这一题参后,巡抚吴定又于闰三月十五日弹劾黔国公沐昌祚在正月十九日移镇征缅之前夜,将罗列其罪名的造板榜撤去。神宗皇帝降旨："沐昌祚着策励省改，立功自赎。"

万历十九年（1591）五月八日，兵部尚书兼都察院右副都御史、总督陕西三边军务的魏学曾奏请宽限并陈筹边之计，疏请绝款贡专修战御，尽宥云南前后获罪等官，邓子龙看到魏学曾奏疏，仿佛千里马遇到伯乐，感慨赋诗《见魏中丞疏有感》云：

见魏中丞疏有感

谁言万里问边情，白骨征魂瘴未平。

却笑因人成战将，黄金应可买时名。

万历十九年（1591）五月，莽应里率堵罕、瓮罕、思个、贺正等，分领猛别、阿瓦、洞吾各路缅军，大举围攻蛮莫。代守蛮莫的思化告急，巡抚云南都御史吴定急檄参将邓子龙麾兵疾进。邓子龙率部抵达南甸罗卜思庄，并派哨探侦察，报告缅军有二十万之众。缅军后退，思化回到蛮莫后，邓子龙荣立犄角之功。

六月二十一日，兵科给事中张应登转奏永腾等处听选教谕揭帖，建议皇帝下令将腾越参将进驻陇川，以控制六慰，震慑缅甸："缅罪当征，陇川最大，北接金腾，南通缅甸，西傍迤西，东邻木邦，宜移腾越参将驻扎彼中，筑城屯田，团练卿兵，以联络诸夷，控制六慰。"张应登的奏疏并没有引起朝廷足够重视，邓子龙虽然未能移驻陇川，却得到原籍在邓子龙早年征战地广东归善的陕西巡抚都御史叶梦熊上奏保荐。叶梦熊上奏竭力保荐邓子龙以后，兵部于七月初三日覆巡抚陕西都御史叶梦熊荐举将领等官云："西镇邓子龙方立功云南，候事宁酌量叙用。"

七月二十七日，神宗皇帝降旨，命邓子龙充为事官，调管金山参将事。三天后，又命曲州清浪参将王一麟为云南腾冲参将。而在正式诏命没有下达到边关之前，邓子龙仍如鹰隼一般，以高度的警觉，率部守卫边关。

八月十四日，奉旨“策励省改，立功自赎”的黔国公沐昌祚又被巡抚云南都御史吴定弹劾为“悖戾偾事”，“近罕处之子贺正勾引缅军作乱，经部题准购得首级者破格升赏，昌祚已督责将官约刻日进兵，忽飞递密帖，内称此系籽粒良民，勿取后悔。贼亦于黄旗上写‘籽粒良民’四字应之，诸将遂尔退师”，也就是说，沐昌祚被自称系“籽粒良民”的缅军欺骗后下令撤兵而纵敌逃脱，吴定弹劾沐昌祚的“专擅之罪”，并建言“镇臣须选勇略武臣暂摄而定，亦自乞去位”。

无独有偶，继巡抚吴定之后，兵科署科事给事中王德完又于八月二十日上疏弹劾沐昌祚跋扈骄蹇等种种恶状，建言“宜仿肃皇帝逮治沐朝弼故事，令昌祚安置南京，使其子继父爵，或优以藩王之例，解其兵柄，即采抚臣议，别遣忠勇大将为总兵摄之，仍令昌祚胄子送国学读书，数年后始听归滇，庶处置得宜，足服其心也”。兵部覆称：“昌祚罪既浮于朝弼，法当严于逮问，如科臣、抚臣所云，亦裁抑保全之道也”，神宗皇帝不再袒护沐昌祚，降旨将其革去服色，听候处分云：“昌祚骄恣玩法，屡戒不悛，着革去服色，听候处分，其首恶李时孝等，着锦衣卫差官较挐解审问，余党听抚按官提究”。

在此次战斗中，沐昌祚、邓子龙等皆以戴罪立功身份深入前线，而巡抚吴定等似乎在隔岸观火，吹毛求疵，由此注定了战事不能取得决定性胜利。就在这时，邓子龙又接到东征丁苴、白改十寨等处匪患的命令。

三十一、东征设立新平县　西征斩酋名丙测

在沐昌祚被革去服色，听候处分之时，刚奉旨酌量叙用的邓子龙，又因云南中部丁苴、白改十寨等处匪患肆虐而奉命东征。

丁苴、白改十寨等处在今云南玉溪市新平县一带，地处临安府、南安州、新化州之间的高山密林深箐之中，一直是百年逋寇出没之地。此时，啸聚于高山密林深箐的匪众以普应春、霸生等人为首，四处剽劫村寨，流毒州县。万历十九年(1591)八月初二日，云南巡抚都御史吴定奏请大发土汉官兵，令杨威攻其东，邓子龙攻其西，并移檄元江土舍那怒擒解逋逃，毋令窜匿。

万历十九年(1591)十月，邓子龙率部挥师东进，征讨丁苴、白改十寨等处，以为从此告别滇西，顺道回到清平洞，遂赋诗《别清平洞》《别姚关》《别朝天洞》等，表达对于滇西征战岁月的缅怀。《别清平洞》《别姚关》《别朝天洞》等后被收入《横戈集》，且镌刻于清平洞、朝天洞等处石壁之上。《别清平洞》诗云：

别清平洞

开尔清平记六年，许多盘错破中坚。
梅根挂壁全无土，石乳为门别有天。
释子好看池上树，莽生休据洞前田。
我去莫教棋石烂，看山亭上月常圆。

诗中首先追忆自万历十三年(1585)春开辟清平洞至万历十九年(1591)以来，在六年征战岁月中，跌宕起伏的遭遇，

犹如盘曲交错而破其中坚的清平洞一样。再看看洞内的梅树，根须悬挂于无土的悬壁之上，一块巨大的钟乳石形成天然石门，隔开了一片别有洞天的世界。自己唯一的期望，就是在离开清平洞后，负责看护清平洞的僧人们认真看管好池上的树木，鲁莽的后生不要占据洞前的春秋祭田，那块曾与自己形影不离的棋盘石坚如磐石，那座留下自己许多诗梦的看山亭，永远可以仰望到圆圆的明月。

《别姚关》一诗以“攀枝花鸟惊遗镞，偃草坡猿泣败髅”回顾惊心动魄的三战三捷的惨烈程度，又以“千载有谁评战迹，血桥关树总悠悠”等诗句，高度概括三战三捷的不朽业绩以及重大历史意义。诗云：

别姚关

缅夷倾国海西头，喳哩江空象断流。
地险一时成瓦解，天骄一万尽冰销。
攀枝花鸟惊遗镞，偃草坡猿泣败髅。
千载有谁评战迹，血桥关树总悠悠。

《别朝天洞》一诗从开辟朝天洞起兴，表达“遐方少肉食，城市多炎凉”的感悟，以及自己在戎马倥偬之际对于世态炎凉以及人生得失的超脱心态。诗歌先以五言律诗开篇，又以七言绝句收官，并以“百年快活早回首，浮生事业空忙忙”这种看破红尘的心态来宽慰自己，以“鱼鼓简板醉且去，不管宇宙成沧桑”表现傲岸不羁、超脱无我的思想。诗云：

别朝天洞

鸿濛迷古洞，自我开天荒。
不生近城市，乃生在遐方。
遐方少肉食，城市多炎凉。

炎凉不足笑，得失原相忘。

百年快活早回首，浮生事业空忙忙。

鱼鼓简板醉且去，不管宇宙成沧桑。

挥师东进丁苴、白改十寨等处后，邓子龙与杨威形成东西夹击之势，取得节节胜利。针对匪众长于弓弩，而不知火器特点，邓子龙立鸣鼓营，麾师进击，并以大炮轰击，声震山谷之际，明军势如破竹，先后破敌军山，平核桃箐，焚毁白改寨，又扫平麻栗湾，斩首一千二百级，招降六千六百人，并斩其首领普应春。

战斗取胜以后，邓子龙于万历辛卯季冬廿三日，即万历十九年（1591）十二月二十三日在鸣鼓营题写"鸣鼓营碑"，叙述此次战斗的辉煌战绩。碑文云：

破敌军山　平核桃箐

焚白改寨　扫麻栗湾

擒斩万计

万历辛卯季冬廿三日也

钦命挂印总兵丰城邓子龙立

邓子龙题写"鸣鼓营碑"以后，朝廷在鸣鼓营碑一带设立云南新平县，这是继他早年创设江西铜鼓营而设铜鼓县以后，朝廷所设的另一个县。时至今日，邓子龙题写的鸣鼓营碑依然矗立在新平县的新平公园内。

平定丁苴、白改十寨以后，六十二岁的邓子龙于万历二十年（1592）初重返形势大变的滇西战场。

此前，缅甸莽应里入侵孟密，孟密宣抚司思忠、思顺西奔缅甸避难。明朝廷便以思忠之母罕烘、思顺之母罕送各自代子领印摄事。万历十六年（1588）九月，缅甸莽应里再次入侵孟密,罕烘不敌,率其孙思礼、思仁避守孟广。自思忠投缅去世,其遗孀甘线姑即与其弟思仁关系暧昧,思仁多年欲娶甘线姑为妻不可得。万历十八年(1590)十一月,莽应里进占孟广,思仁逃至雅益,甘线姑跟随罕烘逃到陇川,思仁欲迎回甘线姑,便从雅益率兵进入陇川,被陇川宣抚使多思顺阻截,罕烘、思礼等又被转移到芒市,思仁空手而返,恼羞成怒,遂与丙测一起密谋,于万历二十年(1592)春叛归缅甸,并引导缅军进攻孟养、蛮莫。

邓子龙返回滇西,经过精心部署,一举击退缅军,并斩其渠首丙测。

邓子龙复出以来,不但在东战场取胜,而且在西战场也立下战功,从而使素怀卫国戍边远大志向的邓子龙,自然而然地联想到目光敏锐、搏击蓝天的雄鹰,并以《题画鹰》一诗表达出他誓守边关的坚定信心和顽强意志。《题画鹰》诗云:

题画鹰

疏竹淡,远山青,独立一个鹰。

双眼顾定乾坤,两足罩住冈陵。

任从四面风波,霎时间万里程。

邓子龙笔下的这只孤鹰,在疏竹淡、远山青的苍茫环境中傲然独立,以炯炯有神的眼睛“顾定”乾坤,以硕大无朋的两足“罩住”山冈丘陵,警惕地守护着乾坤大地。只要四面风波一起,霎时间就能展翅腾飞万里之程。

重返战场的邓子龙再立新功不久,即迎来了万历二十年(1592)的中秋节,在这中华民族传统的团圆节日里,邓子龙在边城腾冲度过了别具风味的中秋节。

这时,永昌抚夷同知漆文昌、腾越州牧余懋学为邓子龙在腾冲城东南郊外满金邑修建的腾冲万华馆正式落成，漆文昌也接到擢升广南知府的诏谕，邓子龙便与腾越州知州余懋学一起，在万华馆为漆文昌饯别。漆文昌欣然撰写《万华馆记》，描写万华馆的美景，抒发轻别击缶，慷慨抚剑，激烈酣歌的满怀豪情。邓子龙感慨万千，赋诗《写友扇》，赞扬自己与漆文昌的深情厚谊。诗云：

写友扇

木落天空秋气清，风波万里一毛轻。

主人自有沧浪趣，肯向王孙说宦情。

次年季春之吉，经历邓嵩将漆文昌撰写的《万华馆记》镌刻成碑文，并立于万华馆内。由于万华馆及《万华馆记》碑刻在清朝初年遭到破坏，《万华馆记》也出现了多个版本。

第十章 罢职归籍

三十二、百战归来鬓白发 千金散尽余青山

自从被云南巡抚吴定起用于对簿间以后，神宗皇帝先后数次发布诏谕，为邓子龙恢复职务。万历二十年(1592)七月，神宗皇帝发布命邓子龙充为事官，调管金山参将事诏谕，十月十二日再次发布命邓子龙以征剿云南丁改等十寨功，命其复副总兵，仍管金山参将事诏谕。然而，身处边地的邓子龙接奉圣谕须待时日，加之他接奉诏谕之后，莽应里以摆线等人为使节，由孟养携贝叶缅铎潜入内地，企图招降陇川、干崖、南甸等土司，被当地官员勒令出境。莽应里又于万历二十年(1592)九月命阿瓦、孟养举兵进犯蛮莫，代守蛮莫的土同知思化被迫出奔陇川等练山，致使邓子龙不得不马上披上战袍，率军一路疾驰等练山，会合思化之兵，与屯驻遮敖的缅军隔江对峙，并陷于作战僵局之中而难以脱身，故而推迟了离开滇西赴金山就任的时间，最终遭到云南巡按御史冯应凤以莫须有罪名加以弹劾。

万历二十一年(1593)二月，云南巡按御史冯应凤上呈《陈地方紧急军情并述边警始末疏》，以似是而非的理由，弹劾邓子龙夸大军情、久扎不战、纵缅脱逃、虚报军功、讳拒差

官、拖延哨探、党结思化、潜通囊瓮、听贼出入、巧言饰过及情词反复如同儿戏、贪官恋位、拥兵自雄等“十可疑”。

冯应凤(1543—1604),浙江绍兴人,字邦瑞,号明阳,万历元年(1573)举人,万历八年(1580)进士,历任江西永丰县知县、陕西道监察御史、云南巡按御史等职。

冯应凤在奏疏开篇即为自己言之无据的说辞进行狡辩,声称“臣奉命以巡按为差,原有专责……虽若出于人言传闻而实有可察之情状,虽若止于一时动静而实基他日之利害者,臣又不得不与闻也”,言下之意,他所怀疑的十点,虽然有捕风捉影之嫌,却是巡按专责促使他不得不上奏,即使怀疑错了也情有可原。冯应凤又以“臣闻”“据称”“或谓”等真假难辨的词语,引出一系列道听途说的所谓“问题”,提出空穴来风的所谓“十可疑”。正文里既说邓子龙“出卖思化”,又说邓子龙“党结思化,要挟钱粮”,既说邓子龙“与缅军勾结,久不出击”,又说邓子龙“坚拒和谈,逞其快意,欲与缅决战”,真是前言不搭后语,漏洞百出,不堪一驳。

奏疏的第二段文字,以“夫缅之为滇患也已久,然以北虏、南倭视之,直狐鼠已耳”开篇,在大前提上即错误地估计缅甸战役的形势,由此可见冯应凤此疏立论之荒谬。且不说此前邓子龙等人屡经十年征战尚不能平定边关,在邓子龙离开滇西以后,缅甸战事依然不断升级。在万历二十三年(1595)三月初九日兵部尚书石星的题奏里,就有缅军“构兵三宣,几沦为夷壤”之说。正是基于对缅甸形势的错误估计,冯应凤很难理解“自该将改金山备倭之命至,而缅警又自此渐急。至十一月云贼扎遮敖,欲打蛮莫。不旬日,又报击退缅贼,逐出三日程。至今正月,又报贼复添兵入遮散,大扎蛮莫，而漫散入三宣地面”等瞬息万变的军情。从而以“动止瞬息变幻，自来端倪不可寻，而今为甚。臣请陈其概”从而水到渠成似的引出所谓“十可疑”。

可疑之一，夸大敌情，虚张声势。面对瞬息万变的战场动态，邓子龙的前后报告当然会略有不同，冯应凤却指控邓子龙：“初曰孟艮驻兵象若干，再报阿瓦从孟密欲窥陇川，再则报缅从西路欲打蛮莫，其他七路、五路、三路，倾国数十万之说不一而止。总之，了于遮敖一营而已。夫初张许大声势，而收束仅仅一营，此其可疑者一 。”

可疑之二，久扎不战，倏尔对贼交锋。邓子龙率军疾驰等练山，会合思化之兵，与屯驻遮敖的缅军隔江对峙数日之后才开战，这是久战沙场军人特有的沉着冷静，冯应凤却指控邓子龙：“夫遮敖去等练山甚近，久扎不战，已非兵情之常，遮敖之外有蛮莫河，河外有那么江。及贼退而走扎沙洲，以船为倚，则其忽到遮敖，不知何日渡江渡河，或从别路入也？曾不先机探堵，倏尔对贼交锋，可疑者二。”

可疑之三，战前移书兵备副使张文耀声称五日退敌，及至等练，敌却不战自退。事实上，邓子龙率军在等练山隔江对峙数日之后，即率军出击控哈，战斗从十月二十五日战至二十七日，斩敌首百余级，所以，不战自退之说为子虚乌有。冯应凤却指控邓子龙：“夫其来也若移山海，其去也若逐飞鸟，难其词，易其力，可疑者三。”

可疑之四，指责邓子龙遮敖一战功级之数屡别。“乃该将自报曰杀贼数百，移报知府漆文昌，曰百余，功止小捷。及以公文报功，则曰五十五颗。一战而功级之数屡别，可疑者四。”根据战场常识，将敌首完全砍下加以统计是不大可能的。初报为概数，而最终以文件呈报数为准，这一点应该无可厚非。

可疑之五，拒绝差官核实军功。奏疏称："本官至腾永，遣牌陇川之遮广城，该将执其牌送还曰：'贼已杀退三日程，不必来矣。'夫将官有功，多欲自见，即有罪，亦不得讳。乃不令委官一到军前，可疑者五。"这一点看来就是恃才傲物的邓子龙得罪冯应凤的关键所在，而实际上邓子龙说的是实话，你先派武定推官陈治道核实战绩，敌人都已经杀退了，你来又能看见些什么呢？

可疑之六，该将之传探不用之外夷，而密布之内地。"夫臣之委官无论已，三衙门正关兵务，而不容一耳一目之睹听也，谓之何哉？自来贼临境上，则勤塘报，设烽燧，以时传探。该将之传探不用之外夷，而密布之内地，可疑者六。"也就是说，冯应凤派去的委官等都被邓子龙拒之门外，却将传探之人密布内地。邓子龙的这一做法，不正好符合冯应凤及时向自己报告的心理吗？不知又为何受到怀疑。

可疑之七，为思化的求援书不送兵备道而送邓子龙衙门，邓子龙转呈迟滞，有出卖思化的可能。"向传缅犯，惟一路为真。谓与思化有仇，欲擒思化而食蛮莫也，则切肤之灾，莫如思化。乃兵兴以来，竟无一字告援于兵道，而万分紧急之状，止达该将衙门而已"，"贼退之后，始有请调土兵之文"。思化的求援书直接送前线邓子龙衙门，路程近，同时更利于邓子龙及时救援。事后，邓子龙没有食言，又及时送求援书达上司衙门，以便存档。

可疑之八，邓子龙出捣既苦无路，而缅入若履坦途，与囊翁往来不绝。邓子龙率军出击控哈后，明军把总李朝、邱顺战死，缅军才连夜驾舟逃逸，退屯沙洲。明军奋而追杀，却因黑夜误入泥淖而被缅军以火铳杀伤多人。由于明军无船，不得不与缅军隔江对峙数日，缅军又于万历二十一年(1593)初增兵进入遮放、蛮莫，渗透入三宣地面，被邓子龙率部击退。故而冯应凤由此猜测邓子龙与缅将有暧昧关系。

可疑之九，挖象坑而未起作用。冯应凤认为“去年贼由遮放而走，今犯复从遮放而入，无别路抄袭也。其走也，既觉有埋伏、有象坑而去，乃复来投井，势必成擒矣”，而邓子龙告诉他，那是缅军入侵时“登时填平象坑过之”，冯应凤却以为缅军无此能力，并就此提出质疑：“且掘坑为阱，必令贼不知而坠其中。此以阴设，彼以明填，则乌用此妙计为战？”

可疑之十，听闻思仁投敌是因为邓子龙捆打所致，奏疏云：“边衅之起，明起于思仁之入夷而勾兵修怨，祸连不解。但其逃也，不止于谋娶婶母之败露。将官巡行三宣，今日捆，明日打，其所以捆打之故尚未可知，而思仁且畏且激，于是乎归缅之心始决。说者谓，思仁又思化之婿，其夫妻素不相谐，故出其妻，谋娶其婶，思化欲甘心于仁有日矣。故思仁一逃之后，首在报复思化，而兵聚于一路，此人人所知也。该将历历初报俱指思仁，故抚镇报警之疏，亦明执为属夷复雠。因臣有激逃之批，遂更其说，曰：‘猛乃欲往食蛮莫’，而绝口不言思仁矣。讳言于激逃鼓衅之夷，而掩过于指鹿为马之智，可疑者十。”这一听闻之说，更是不足为据，冯应凤却以假当真，大行污蔑之道。

邓子龙素来不善仰人鼻息，且对功名利禄看得很淡，只因战事拖累而滞留战场，实则并非贪官恋位，冯应凤却据道听途说，用连他自己都不敢相信的话，进一步含沙射影弹劾邓子龙纠互思化，要挟内地，借缅为衅，复留永腾，贪官恋位，拥兵自雄等罪名："若据道路传闻，人言腾沸：有谓该将纠互思化，要挟内地，不许执库藏空虚之说以阻兵者；有谓该将力排款议，务实已言，而故扬张文耀抚谕缅人为失策者；有谓该将嫌金山兵少势危，故藉缅衅以图复留永腾者。臣未敢遽信。思化虽夷中之豪，终慑于先年受围之图，况利害切身能勿号吁？直其过为张皇，或出于指使，不敢不从则有之，而听子龙之纠互，或未也。金山之命，出自朝廷。代领腾，腾久有新将，即借缅为衅，岂能攘为己物？"

冯应凤在罗列邓子龙以上几个所谓可疑罪状后又层层加码，表面上是为了肯定邓子龙东征丁改首功，真实目的在于指责他西筹缅券的失策："该将东征丁改，本是首功，臣不敢蔽；西筹缅券，未为得策，臣亦不敢讳。"冯应凤看似为邓子龙开脱，强调应宽其文法："时在用人，正须宽其文法，以责展布。无论缅犯之真与否，即该将弄假成真时，不得不认真迎敌，可苛求之哉"，真实目的却是为了端出"此人尤不必留"的险恶用意："前此子龙不先有，后此子龙不长生，岂无运筹收虏、以计安地方其共人哉？若只如目前遇敌不支之状，尤不必留也。"

冯应凤奏疏透露，他在与邓子龙几次交往中曾受到冷遇，这本是前线军情紧急以及邓子龙素来孤傲性格等因素所致，冯应凤却挟私报复，以"巡按为差，原有专责"为由，借"在事两年，近且临代"之机，以荒谬的立论、漂浮的证据，凭借传闻而实有可察之情状，将不可靠的情报奏报皇上，以此争宠邀功，作为即将升职的政治资本，同时希望作为皇上降旨复查的依据："得于耳目所诸闻者，不敢不预闻之皇上，总为他日勘报地耳。伏乞敕下兵部,通行复查!”

山高皇帝远,御览了冯应凤捕风捉影的奏疏后,神宗皇帝将信将疑,而对于几起几落的云南副总兵官邓子龙最终还是失去了信心,遂于万历二十一年(1593)五月三日降旨将其罢职归籍。①

邓子龙接奉圣谕,五味杂陈,赋古体诗《感怀即事》,以表达满腔热血化作一盆冰水的失望心情。诗云:

感怀即事

乘兴作泡影,化物成生灭。
尘沙飞九霄,幻劫乃那越。
了哉悟此空,对景渺无说。

邓子龙从边关回到永昌(今保山),重游易罗池湖心亭,挥毫留下了一副正气凛然、千古传唱的对联,高度概括了邓子龙身经百战而又两袖清风的十年滇西军旅生涯:

百战归来,赢得鬓边白发;
千金散尽,只余湖上青山。

三十三、边庭见说还多事 谁许将军解战袍

从三战三捷到革职提问,又从复出西征至罢职归籍,邓子龙在滇西的十年征战生涯可谓波澜起伏、荣辱兼备。邓子龙被罢职以后,许多正直大臣及当地军民,从国家大局及私人感情出发,无不为之深感惋惜。

马继龙,保山市隆阳人,字云卿,号海樵,明嘉靖丙午举

① 《国榷》卷七十八,万历二十一年五月丙辰条。

人，官南京兵部车驾司员外郎，是邓子龙好友。在《慰留邓武桥将军》一诗中，他高度赞扬邓子龙“万里驱兵入不毛”，在“横溪毒水瘴烟高”的恶劣环境中，“风霆一鼓空蛮垒，雷雨千山洗贼巢”的不朽功勋，并以“众口任教谗薏苡，南人直解颂功劳”之句，强调在邓子龙屡遭谗言的情况下，南方官绅士民只懂得为他歌功颂德。如今，边庭依然多事，谁会允许他解掉战袍呢？诗云：

慰留邓武桥将军

万里驱兵入不毛，横溪毒水瘴烟高。
风霆一鼓空蛮垒，雷雨千山洗贼巢。
众口任教谗薏苡，南人直解颂功劳。
边庭见说还多事，谁许将军解战袍？

无独有偶，曾在云南任监察御史和兵备副使的杨寅秋，与邓子龙曾联袂立下丁改之功，事后致信云南兵备副使张文耀，也曾极力为邓子龙“自负贪功”等罪名进行辩护，并对“以无踪影之事，操文法而诬其后”的做法嗤之以鼻。杨寅秋在致云南兵备副使张文耀的书信里写道：

得手札，知莽酋请好，或是罢兵息民一机，不胜慰念。弟向者答干之役，常仰屋私叹抚苗易、抚人心难。昨从新化来，益讶人藏其心，谁非隳功败成者，使人咋舌。如“邓将自负枭雄，贪功念急”，谓操权术，不善居功则可，乃冲锋先登，谁能掩之？而纷传损军千余，意若复以割尸抵级反之者，不知损姚兵耶？损土军耶？宁有是夜损军千余、横尸遍野，次早尚能先登破寨耶？此不独排邓，直欲败公事。此小丑，即大捷不足称奇。又近在腹里，弟身入贼巢，众口一词，议论尚纷乃尔，况欲勋于缅甸迤西，数千里外，自古未有牵制于中，而能决胜于外，大敌在前，吾辈不难身殉，独人心摇摇，左画圆、右画方，以无踪影之事，操文法而诬其后，此豪杰之所为解体丧气也。当事初意尚锐，目击事势摇乱，似不得不敛手退舍，故弟亦愿老丈审时度势，绸缪其牖户，鞭挞恢复之举，且需后图，不审老丈云何？①

心底无私天地宽，邓子龙脱去战袍，带着邹大绶等几名部下，旺八等家丁，恋恋不舍地告别永昌，结束了长达十年的滇西征战生涯，于当年七月回到家乡江西丰城。

邹大绶，丰城四坊黄塘（今秀市黄塘）人，是邓子龙的发小，多年来忠心耿耿跟随邓子龙南征北战，万历二十一年（1593）七月跟随邓子龙回到江西丰城以后，不时拜会邓子龙。回想在三十多年的征战生涯里，邹大绶与自己同进退，共生死，功不可没，邓子龙挥毫向邹大绶题赠“随战功勤”匾额，并赋诗一首相赠，诗云：

邹生大绶诚青年，随予血战身披坚。
调弓理箭能控弦，嗟尔功成不受赏。
且随老将归田园，再来南北扫烽烟。②

诗歌表面是在赞扬邹大绶披坚执锐，跟随自己身经百战，如今功成身退，不受封赏，归隐田园的豁达情怀，实际也是用以自况，委婉地表达此次归隐并非征战生涯的终结，以后定然还会有“再来南北扫烽烟”的机会。

邓子龙梦中依然杀敌，而边庭依然多事。邓子龙被罢归，直接导致边关战局风云突变。陈用宾担任云南巡抚以后，缅军号称三十万大军入侵滇西，陈用宾告急，神宗皇帝许

① 杨寅秋《临皋文集》卷三《答张芝阳兵宪》。
② 同治《丰城县志卷十·武职·邹大绶》。

以借川省库银十万两充饷，并敕该抚按并力协济，一度收复蛮莫，后来，陈用宾在腾越州西北至西南关隘处构筑八关留兵戍守，募人至暹罗约夹攻缅，以后又筑平麓城于勐卯，大兴屯田，才逐步遏制住缅甸进一步吞没内地三宣的势头。木邦在宣慰使罕钦去世后，其叔罕烇继任，曾联合暹罗（今泰国）进攻缅甸，却被缅甸于万历三十四年（1606）六月出动三十万众进行报复，木邦告急于永昌，当事者不为请救，木邦最终被缅甸占领。

万历二十一年（1593）下半年以后，邓子龙以"百战归来，赢得鬓边白发；千金散尽，只余湖上青山"的超脱心态，在故乡江西丰城东门建元戎第，日以诗书自娱，与祝世标、照尚文等多有唱和，然而，随着日本入侵朝鲜，老骥伏枥，壮心不已的邓子龙食不甘味，而朝鲜战事的爆发再次为邓子龙赢得了复出机会。

第十一章 援朝抗倭

三十四、有战必回再抗倭 露梁津上洒碧血

日本侵略朝鲜，意在侵略中国。这场战争的发动者是日本关白丰臣秀吉(1537—1598)。早在担任织田信长家臣时，丰臣秀吉就曾经建议“臣借军之威武……进军朝鲜，席卷明朝四百余州，以为皇国之版图”。统一日本后，丰臣秀吉企图先征服朝鲜，再征服中国、印度，以建立一个亚洲大帝国，遂于万历十九年(1591)正月以西日本诸大名为主，征兵二十多万，以宇喜多秀家为元帅，小西行长、加藤清正为先锋，九鬼嘉隆为水军指挥官，准备入侵朝鲜。当年六月，丰臣秀吉向朝鲜国王李昖致函称：“吾欲假道贵国，超越山海而直入于明，使四百州溶化我俗，以施王政于亿万斯年。”

朝鲜国王李昖拒绝了日本国要求后，丰臣秀吉立即以朝鲜拒绝借道攻明为由，挥师渡海，侵入朝鲜，并采用“陆海并进”“以强凌弱”“速战速决”的策略，于万历二十年(1592)四月十四日首先在朝鲜釜山登陆。

战事初开，朝鲜汉城、平壤、会宁等地相继被日军攻下，朝鲜急切向中国明朝廷求援，并计划迁都北京。中朝之间山水相依，唇亡齿寒，且朝鲜又奉大明王朝为宗主国，朝鲜有

事，等于中国有事，神宗皇帝派出七万明军支援朝鲜。

明军在李如松率领下入朝参战后，先后收复平壤、开城，并且进攻汉城，日军攻势顿挫，加之朝鲜全罗道左水军使李舜臣经过一系列反击，控制了制海权，日军无法运粮，岸上储备粮又被李如松烧毁过半，日军被逼于万历二十三年（1595）三月二十九日由汉城撤退至朝鲜南部的釜山，退守庆尚、全罗两道沿海城市，并遣使至北京议和，企图以缓兵之计，利用谈判之机构筑倭城，以作防备及储粮之用，集结力量卷土重来。

此战之后，李舜臣以战绩突出被朝鲜国王李昖封为二品正宪大夫、三道水师统制使。而在中日谈判破裂后，丰臣秀吉又于万历二十五年（1597）二月陆续增兵十四万、战舰数百艘发动第二波对朝鲜的攻击，并利用反间计，诬陷李舜臣放走日军，阴谋篡权。朝鲜国王李昖中了奸计，将朝鲜水师统制使李舜臣下狱后，朝鲜水师战败，日军重新夺回制海权，且来势汹汹。

朝鲜国王李昖不得不再次向中国求援。明朝廷大学士张位、沈一贯于万历二十五年（1597）二月十四日上奏神宗皇帝，建议设官经理朝鲜。神宗皇帝从保全属国角度出发，认为此为长策，但希望等到朝鲜力能自立以后，官兵即当撤还天朝，不利一民一土。此议一出，朝鲜以开城、平壤不足为固等理由予以婉拒，神宗皇帝遂命兵部左侍郎邢玠为兵部尚书兼右副都御史，总督蓟辽、保定军务兼理粮饷，经略御倭援朝事宜。

邢玠（1540—1612），字搢伯，一字式如，号昆田。山东承宣布政使司青州府益都县（今山东省青州市）人。隆庆五年(1571)进士,初授密云知县,继为御史、巡抚等官。万历二十二年(1594),以南京兵部侍郎总督川贵军务,处置播州杨应龙之乱。次年回朝,加右都御史。万历二十五年(1597),升任兵部尚书兼蓟辽总督,率师开始援朝之战,以功累加至少保兼太子太保。

邢玠就任援朝总督,开始调兵遣将,三员大将各建旗鼓,麻贵将骑兵,刘綎将蜀兵,陈璘将广兵,在陆地上形成掎角之势,屯守成首尾之形,而周于德统领的水兵,却仅能担负扼守天津锁钥畿甸重任,防御进攻系统仍显得捉襟见肘。

万历二十六年(1598)四月初一日,兵科右给事中侯庆远题奏,建言特设水师大帅,简取精锐,直指朝鲜。在内阁首辅王锡爵、次辅张位等力荐邓子龙后,兵部于四月初二日奏请命邓子龙戴罪管水营副总兵事,这一奏请最终得到神宗皇帝御准。奏疏云:"'征倭之兵水陆共九万余,钦限五月终旬抵朝鲜矣,三帅陆地并驰已成鼎峙之势,各营副协亦不乏人,独水营虽有周于德总之,然协守未备,终非完局,顷取到听用原任副总兵邓子龙惯习水战,宜令戴罪管旅顺廿□寺处水营副总兵事,责选精坚统领出洋,便宜扫穴截粮,扼冲邀击,与陆兵互相夹持,其管领水兵游击沈茂,陆斗优于水战,宜改从陆用之,所领水兵,即以付之邓子龙,亦一便也。'从之。"

革职原任副总兵邓子龙由于惯习水战,至此奉旨管水营副总兵事,选精坚统领出洋,便宜扫穴截粮,扼冲邀击,与陆兵互相夹持,共同御敌。援朝总督邢玠在建议朝鲜国王起复李舜臣,重振朝鲜水军之余,也为国内征兵犯难,他于五月初三日奏言:"'往岁救援朝鲜,经略宋应昌督兵七万有奇,今倭兵不下十余万,而前督臣抽调各兵总计不及三万,欲再行召募，恐乌合之众，教习为难，事定之后解散不易，议选调川东施州卫八司、酉阳石砫土司、邑梅平茶二长官司、湖广永顺保靖土司兵一万名，不足再于叙、马、泸道属土司土妇奢世续下选补，分为三营，令参游吴文杰等三员各领一枝，而以临洮大将刘綎统之，以川东副使王士琦监之，并用府佐吴良玺、李培、汪京三员随营查督，然土兵必须土官随行，如无土官必不可入选，行分作三截，将官专管约束，文官稽查虚冒，更请将刑部尚书萧大亨速补本兵，以便调度。'章下所司。"

万历二十六年（1598）四月，邓子龙领家将邓维新、邓钦等赴浙江舟山，接管了游击沈茂的三千一百名水兵，训练半月后北上自津京过山海关，在渤海登州补充大将军、佛郎机、霹雳虎、蹲子母炮及火箭千百筒等弹药，七月初八日抵达天津大沽口。在大沽口又收编了直隶水兵三千，经过一番整合编队，横渡渤海，沿着辽东半岛过鸭绿江口入朝。渡鸭绿江时，有物触舟，取之，乃沉香木一段，似人头，邓子龙命家将收藏。

邓子龙起复后，接手的都是陌生水兵，一时难以驾驭兵将，须加以整顿，加之山遥路远，入朝之初，即被兵部赞画主事丁应泰、兵科都给事中张辅之弹劾行动迟缓，不见踪迹。

明军分批入朝之初，日军却异常安静，各种奏报令总督邢玠担心假捏传播，奏请对军情大者日报："皇上一疑则各部必然掣肘，部堂一疑则督抚必然掣肘，请今后倭情容臣小者类报，大者日报，不动则不必报，果撤兵返旆，巨细即报，不拘五日之期，总之今日当严整兵粮为三年计，万不可希侥幸，图节省。"神宗皇帝表示决不中制，亦不为浮言所惑，中外各该衙门都要协心共济，以图成功探报，但求的确，不必拘定日期，同时，“命南北兵如数召募，将官务要同心共济，不得分彼此异同，游客诸人假托谈兵惑乱军事，在京者厂卫巡城缉拏，在外者各该御史及管关主事访察，不许潜踪出入。”[1]

十月三日，总督邢玠令刘綎、陈璘攻击日军，但开战时刘綎失约未至，导致失利，明军死伤甚多，陈璘不得不自焚其船四十三艘，以免资敌。

十月四日，陈璘又率水军夜攻，刘綎陆军又未到达配合作战，导致陈璘再次失利，互相责备。

十月十二日，邓子龙率浙、直水师到达古今岛基地，与陈璘部、朝鲜水师统制使李舜臣会合，并协调刘綎、陈璘的关系。

中朝联军军力空前增强，日军渐渐被压缩至朝鲜南岸一线负隅顽抗，随后，刘綎在陈璘配合下，频频向驻守曳桥的日军主力发起攻击，迫使日军撤离曳桥，向光阳龟缩。十月二十二日，陈璘、邓子龙向南海日军水军发起攻击，歼敌千余，烧毁敌船四十多艘，致使南海沿岸各据点倭寇水军再也不敢轻易出海。

十月下旬，日军已只剩濒临朝鲜南海岸的蔚山、泗川、顺天和南海岛四大据点，而且分别被明将麻贵、董一元和刘綎包围，海上还有陈璘、邓子龙和李舜臣的水师随时邀击。侵朝日军渐渐进入山穷水尽的绝境，却仍作困兽之斗。驻守蔚山的倭将加滕清正与前来救援的立花宗茂协同，先以夜袭，再以假营伏兵等方式，将围攻蔚山的麻贵击退。而驻守泗川已被明将董一元打出城堡的倭将岛津义弘则趁着明军发

---

① 《明实录·明神宗实录》。

生火药库爆炸事故全军乱成一团的机会，奋力发起反攻，重新夺回了泗川城堡。只有驻守顺天的小西行长，在刘綎和陈璘、邓子龙、李舜臣的水陆两面扼制之下丝毫动弹不得。

就在这时，日本关白丰臣秀吉八月即病死的消息传到朝鲜，日军内部一片恐慌，小西行长等人急欲回国参与权力纷争，计划率部从沿海倭桥、泗川、南海、固城各据点向巨济岛集结，搭乘岛津义弘的水师战船回国。中朝联军识其诡计，便迅速部署兵力调整，决心在露梁津海峡设伏，以期全歼日军。

露梁津海峡在庆尚南道顺天府莲台山和南海岛之间，两岸悬崖峭壁林立，水道狭窄而水流湍急，却为西路顺天日军、中路泗川日军到达对岸马岛回国的必经之路。总兵官陈璘决定派遣副总兵邓子龙率兵千人，乘坐三艘大型战规，与朝鲜水军统制使李舜臣为前锋，在十一月十八日前抵达露荣津海峡设伏，随后以第二梯队、第三梯队投入战斗，阻击日军。

部署完毕，邓子龙部潜伏露梁津海峡西口的左侧，李舜臣部潜伏于右侧的南海观音浦，十一月十八日夜半时分，岛津义弘率水师五百、士兵万余救援小西行长，战斗在露梁津海峡打响。时值邓子龙六十八岁生日，他显得格外激动，率领一千余名将士英勇作战，截断日军归路，并与阻击日军前部李舜臣部密切配合。

十一月十九日凌晨二时许，日军完全进入中朝联军伏击圈，一时火炮齐发，万箭嘶鸣，数十艘日舰着火，惨叫声响成一片，日军舰队被挤压到观音浦方向后，潜伏在这里的李舜臣伏兵杀出，日军左冲右突，无路可退，遂掉转船头，双方战船交杂相错，一片混战。

邓子龙年事已高，本不必冲锋在前，他却不听旁人劝说，一味地带着一队唬船冲锋在前，五更时分，与敌交锋，众唬船俱略退，只有邓子龙唬船依然冲锋在前，英勇杀敌，与胶着在一起的日军展开肉搏战，江水为赤。忽有火箭误将邓子龙战船点燃，日军乘机将战船围住，战船受到重创，进了半仓水后，日军蜂拥登船，邓子龙在挥剑砍杀中身中六枪，不幸壮烈牺牲，残暴的日军还割下了邓子龙的首级。朝鲜水军统制使李舜臣赴救邓子龙，亦英勇牺牲。时为万历二十六年（1598）十一月十九日，公元1598年12月16日辰时。

三十五、赐荫厚恤吞河岳　庙祀朝鲜千秋颂

邓子龙的牺牲十分悲壮凄惨，这一点可以从其侄儿旺八写给邓子龙家人的一封书信里看出。书信表明，邓子龙牺牲时身中左腿一枪，右腿二枪，小肚一枪，左手一枪，胸前一弹，总共六枪，不但随身携带的金银财宝、战甲、战刀、玉杯、银盘、铺盖全被倭寇所掠，首级也被倭寇割去。书信写道：

小的旺八跪禀太太、二叔、三叔前：

老爷遭此大变，奈何，奈何，原箱五只，未打贼时，老爷亲自检过，寄于古今岛，令原标下令陈爷标下徐把总同李高男受二看守，后老爷升天，陈爷说二叔未到，将原箱同八、九、十月俸银一并收入内贮，等候月余，尚未验发，不知何意。兼又刑爷未发勘合路费等项，故致不得起身扶柩到京，陆路只有五千，小的与周二官会尽心，不必挂虑。小的命也险些丧了，得周二官船来救了。此处各衙门告状多难为周二官，又不知二叔何月起程，今到何处。今专为赠荫事体，良十同万舅先

归，禀上太太，乞吩咐二叔、三叔，凡百事体良十尽知，可唤商议。趁此机会，不可省费，用心图之，以显老爷平生忠义，当垂之后代，英雄事体多端，容小的归家面禀。

老爷原随身银六十二两，金子十三两一钱，银花、银牌二十余两，玉杯四个，银荔枝杯二个，小银杯三个，银盘一个，穿衣、铺盖，双刀倭刀三把，甲二身，俱在高丽船上，通被倭子拿去。建七、雅四、丑仔俱阵亡。

老爷于二十六年十一月十九日辰时，殁于朝鲜国南顺天府南海鹭梁岛地名，身受左腿一枪，右腿二枪，小肚一枪，左手一枪，胸前一弹。当日收尸，身装内用绵子三斤，白布短衫一件，白土绵绸长衫一件，蓝丝绸长衣一件，绿大花缎子衣一件，蓝大花缎子衣一件，大绿缎衬摆一件，大红缎圆领一件，金线乐天巾一顶，白布袜一双，朝鞋一双，红缎褥子，红纻丝被，白棱布、对红布枕头，高丽花席，外殓白布，三个金箱，犀带一条，油杉板。

生于辛卯年庚子月丙辰日壬辰时，殁于万历二十六年戊戌十一月十九日辰时。嘉靖三十七年岁次戊午中式武举。[①]

邓子龙牺牲后，陈璘于十一月二十日、二十一日率部在南海、曳桥、乙山等地打扫战场，肃清残存日军，使这次战役先后共击毁敌船四百五十余艘，歼敌近万，取得空前胜利，朝鲜全境光复。

可是，刚直、廉洁、孤傲的邓子龙，牺牲之后迟迟未得扶柩至京，其侄儿旺八写给邓子龙家人的书信提及，邓子龙牺牲后，陈璘将邓子龙的五只箱子同八、九、十月俸银扣留月

① 邓子龙《横戈集》。

余，加之路费未发，故而迟迟不得起身扶柩到京。邓维新、良十、旺八给邓子龙家人的书信还提到，由于邓子龙生前向部下借钱，邓子龙牺牲后，他们纷纷来讨债，扶柩而归的邓维新只好四处告状讨路费。书信写道：

愚叔维新小的良十、旺八叩首百拜太太及二叔、三叔前：

自江省别二位至京，到天津，一路平安。周六别，始知老爷此转做官，其心性甚别，不听旁人一言；甚清，不要分毫，他一人主意行事。又手不能写，浙营千、把总，无一人听他，其兵心甚服，不要兵中之钱，无钱用，与俞千总借用，至拾月十二到汛地，十一月十七到顺天地方，十八三鼓发兵至十九天明。

老爷不听人说，只要冲锋杀贼。其五更唬船先到对敌，贼势甚大，众唬船俱略退，老爷只管冲进，斩级不知多少，但见水为赤，因放火箭燃烧自己之船，贼船始围住老爷船，船一边重创，进半仓水，贼乃上船相杀，不幸老爷阵亡。丑仔见兄维四俱阵亡，彼时只得我一只唬船到才救，救出旺八，复后众船寻老爷尸，得袁州二兵收回，但无首，得原于鸭绿江所捡沉香首以代之，当即我禀明陈爷，即讨船送回古今殡殓。

今老爷死了，俞千总又取银七八十两外，众千总共要一百六七十还人，此系老爷借他们银用，兵中不取一毛，今老爷只有四十九两四钱币张，口粮今俞千总执去了。今我发张聪等二三人，往刑老爷处告状讨路费，扶柩而归。良十先发上京，或回接二叔、三叔来，愚叔在后各处告状，家中可带盘缠来接老爷棺柩，准在二十七年正月尽，方在朝鲜起身，三、四月方得到京。此处幸喜愚叔与良十、旺八在此，不然老爷柩亦难得回，只此直报。

外，门下把总王应奎、万国贤，哨官李高，兵丁邓德、孙天吉俱被贼杀死了，余俱好，只是无钱粮，不知后来何如。曾审四字，拜兄长博八知之，我在此地平安无事，只在来年二、三月内到家。只此。

万历二十六年十二月十三日，周二平安报。

邓子龙的遗体被找到以后，与李舜臣遗体一起运往古今岛殡殓。因邓子龙头颅被倭寇劫走，家人旺八等只好以一段邓子龙生前在渡鸭绿江时拾得的沉香木雕刻为首代之。

然而，在邓子龙英勇牺牲后，兵科给事中徐观澜居然指责他漫尔逗留，御史于永清也弹劾他行贿大学士赵志皋。大学士赵志皋怒而上奏反驳，要求告老回籍，神宗皇帝覆奏曰："情词愤激，殊可恻然，但言官风闻论事，已置之不必深辩，国步多艰，宜倍加调摄，稍可即出佐理，以副眷怀！"

万历二十六年（1598）十二月，神宗皇帝颁赐邓子龙及其妻汪氏及邓子龙父母、祖父母诰敕各一，褒美有加，追赠邓子龙左军都督、上柱国、金紫光禄大夫。诏书云：

敕左军都督上柱国金紫光禄大夫邓子龙

奉天承运，皇帝制曰：

国威覃布，尚勤鼙鼓之思；武备勤修，永重干城之选。尔云南永昌等处地方副总兵署都指挥使事邓子龙，材勇著闻，革铃娴习；戎行振饬，见知士伍无哗；军政修明，因见附循有素。捐躯为国，可谓忠矣。欣逢庆典，宜焕温伦；兹以覃恩，赠尔左军都督上柱国、金紫光禄大夫，锡之诰命。於戏！策幕府之勋名，祗承休会，俺天家之光宠，勿替成劳。万历二十六年十二月之宝。[1]

万历二十七年(1599)正月,朝鲜国王李昖出席邓子龙丧礼,并向邓子龙行致祭礼。

二月十三日,邓维新和旺八从朝鲜古今岛启程,护送邓子龙遗体回国。

九月初九,神宗皇帝又根据兵部奏疏,以东征功成大赏文武诸臣,副参邓子龙等十三员,坐营方时新等八员,各赠官赐荫厚恤其家,诏赠邓子龙都督佥事(正二品),世荫一子,庙祀朝鲜。

至此,邓子龙的英勇事迹终于受到中朝君主一致褒奖,邓子龙在天有灵,定会含笑九泉。

邓子龙功勋卓著,彪炳史册,其膝下五子承先启后,建立功勋。长子邓文光,升任百户后跟随邓子龙视察途中卒于贵州铜仁。次子邓大周(1579—1644),郡庠生,徙居丰城城中元戎第。三子邓大同(谱名邓启亨)(1582—?)。四子邓大用(1584—?)。五子邓大冈(谱名邓世忠)(1586—1652),字景长,号元真,万历四十年(1612)中壬子科乡试武举,后为江西勤王军百户,升守备、浙江游击将军。

邓子龙当初因其兄邓子麒早故,自己的儿子尚幼,遂以其侄儿邓大继(1568—1619)袭荫为千户,升游击将军,邓大继后从刘铤征后金努尔哈赤,与刘铤等阵亡于萨尔浒。跟随邓子龙从征的五弟兄,邓勇,官至参将,邓维新,千户,邓钦、邓胜、邓继皆升任百户。邓子龙子孙袭替不绝,满门忠烈、举族干城。

---

① 《邓氏九修族谱·诰敕》。

附 录

一、邓子龙年表

明朝嘉靖十年(辛卯,1531),一岁

十一月初六日即庚子月丙辰日辰时,邓子龙生于江西省中部丰城四坊长宁乡落星桥邓家,今丰城市杜市乡茂溪村委会狮子邓家村。

嘉靖十一年(壬辰,1532),二岁

八月十五日午时,邓子龙元配汪孟秀出生于丰城县汪家村。

嘉靖十二年(癸巳,1533)至嘉靖十八年(己亥,1539),三岁至九岁。

幼年失怙,由婶母抚养,生活贫困,仍在家读书习武。

嘉靖三十五年(丙辰,1556),二十六岁

赋诗《磨剑口占》,抒发凌云壮志。

嘉靖三十六年(丁巳,1557),二十七岁

从罗洪先游玉笥山明月祠,梦掌中丘分字,作《游玉笥山和罗念庵先生韵》,立定弃文从武志向。

嘉靖三十七年(戊午,1558),二十八岁

考中武举,破樟树巨贼有功。娶汪孟秀为妻。

嘉靖三十八年(己未,1559),二十九岁

为江西抚、按二院选取,以小旗之职领江西客兵入闽抗倭,作《提兵入闽》。七月二十五日,在泉州府澳头、彭厝等地的抗倭战斗中,斩二名倭寇首级,生擒一名。

嘉靖三十九年(庚申,1560),三十岁

四月十八日,斩一名倭寇首级,二十一日,斩一名倭寇首级。

嘉靖四十一年(壬戌,1562),三十二岁

七月二十日,亲斩一名倭寇首级,升世袭总旗,驻守南昌卫中所。

嘉靖四十二年(癸亥,1563),三十三岁

四月,率部前往清远、英德等县,平定卓文昌等匪患,赋诗《爬江血战》以纪其事。

嘉靖四十五年(丙寅,1566),三十六岁

二月,前往翁源、河源等地征剿号称红头将军的匪首凌珠、官祖政等,并亲擒官祖政,斩敌二十六名,蒙巡按监察御史覆实造册送部,奉勘合升南昌卫中所试百户。

隆庆三年(己巳,1569),三十九岁

正月,广东总兵官郭成选调邓子龙至标下,前往广东沿海抗倭平盗。

六月二十六日,随闽广水师征战曾一本于潮阳莲澳,曾一本被擒,歼敌万余,邓子龙赋诗《东海血战》。

七月,以在征剿海盗曾一本及征剿海丰、平山、东洲坑等处倭寇之功,蒙广(东)、福(建)纪功,御史覆实造册送呈兵部,奉勘合议升世袭实授百户。

十月,在于竿塘海洋等处亲斩真倭首级二颗,报验明白,

蒙巡按监察杜御史覆实造册送部,奉勘合议升世袭副千户。

隆庆四年(庚午,1570),四十岁

五月,邓子龙在海丰东海滘抗倭,又在归善县平海千户所海面擒倭寇二名,招降三十二名。

十一月,庆贺四十岁生日,有画家为其作肖像画一幅,寄回家中收藏。

隆庆五年(辛未,1571),四十一岁

五月,征剿东莞、沥源倭寇,亲斩首级二颗。

七月,奉调张元勋部,从征岭西从化山匪唐亚六,斩敌三人。

八月,从新会水陆哨攻破云乡匪巢,擒匪首阿元、黄亚二,斩敌一人。

十一月十六日,在城头张弓射箭,用药箭射死光头倭寇六名,随即单骑出城冲阵,再次射杀倭寇一名。

十二月初四日,乘胜追击,在那西营(今海南儋州)与敌大战,斩敌三人,夺回被掳百姓数百人,受到两院荐奖。

隆庆六年(壬申,1572),四十二岁

正月初,在广东新会县东南潮连巡检司外海擒杀海盗首领薛希贤及其党羽。

正月二十五日,击退突袭新会、古劳、古博的千余名山匪,斩匪首郭、王二人示众,部斩三十九颗,乘胜直捣敌巢,夺回被携百姓三十八人,受到两广军门都御史殷正茂奖荐。随即奉大帅张元勋之命北上藤洞、九迳等地,擒获陈金驾、罗绍清、黄高晖等山匪,三巢十寨十三村诸匪尽平。

万历元年(癸酉,1573),四十三岁

邓子龙继续跟随总兵张元勋讨平岭东惠州一带的巨盗

蓝一清、赖元爵、李清潭。

六月，在新宁海宴擒斩流寇六十名。

八月，征岭东惠州山匪，擒斩四人，部斩二十名，由此受到巡抚江西右副都御史凌云翼以及巡按江西御史燕儒宦会荐。

万历二年（甲戌，1574），四十四岁

十月，蒙委奉靖、宁、武等县缉剿盗匪，马上擒获匪首李清潭等解报。

万历三年（乙亥，1575），四十五岁

二月，邓子龙奉诏命升授江西抚州地练兵把总，续奉抚按荐升鄱阳湖守备，改驻余干康郎山。

万历四年（丙子，1576），四十六岁

二月十九日，亲督兵船，在康郎山附近四山塘水城截获强盗傅十一等人。

七月，江西巡抚潘季驯到达江西，经江西军门都御史杨保荐，邓子龙被委以前往宁州征剿流寇的重任，他随即从康郎山驻地到达宁州。

八月初二日，邓子龙赋诗《联宁州陈云浦韵》。

八月，邓子龙以三日兼行五百里的速度，追至湖广浏阳、长沙等处，擒获叛首吴子明、张足伍，再追至湘东，将王有约、詹少峰等十九名叛乱头目一网打尽。

十一月十五日，江西巡抚潘季驯奏请为邓子龙加衔改注，调任铜鼓石守备。

十二月初六日，兵部同意江西巡抚潘季驯奏请。十八日，神宗皇帝御批不许徒以建议了事。

万历五年（丁丑，1577），四十七岁

四月，以在江西宁州平乱之功，神宗皇帝赏赐邓子龙银十两。

十月，擒获宁州之乱的罪魁祸首李大鸾。

同年冬天，邓子龙在江西宁州铜鼓石仙羊寨赋诗《游仙羊寨》，并题刻石上。

万历六年（戊寅，1578），四十八岁

春天，邓子龙在海盐赋诗《春舟遇雪·万历六年代将海盐》。

四月，邓子龙督兵在湖广蒲芹缉获案匪周乌峰、吴奉展解报。

七月二十七日，经江西巡抚都御史潘季驯保荐，邓子龙奉旨荣升江西都司署都指挥佥事。

八月，就任江西都司署都指挥佥事。

万历七年（己卯，1579），四十九岁

任浙江都司署都指挥佥事，带管嘉湖、宁绍二处参将事，驻扎海盐、舟山等处，巡历海上。因浙江海防之功，得到朝廷赏金，作《春舟遇雪》。

二月十二日，次子邓大周出生。

冬，新任铜鼓守备王接武筑铜鼓新城完工，特邀邓子龙回铜鼓参加竣工典礼。

万历八年（庚辰，1580），五十岁

任浙江都司署都指挥佥事，闰四月二十七日，抚臣刘斯洁弹劾原任铜鼓石守备邓子龙肆虐从怨，神宗皇帝降旨革浙江都司署都指挥佥事邓子龙任，下巡按御史问。邓子龙回到铜鼓石，作《阵法直指》等。

万历九年（辛巳，1581），五十一岁

三月十八日，神宗皇帝驳回江西巡按陈世宝“犯官邓子龙赃罪，应徒赎革任”疏言，下达懿旨：“子龙既智勇可用，无重情，着纳赎还职，遇缺推用。”

八月，推补湖广郧阳都司，到任管事。

十一月二十二日，奉敕就任湖广五靖参将。

十二月十八日至二十二日，擒获五开款恶胡国瑞并姚朝贵、王仲贤等七十四名解报，平定五开兵变。同月，又领贵州巡抚、右佥都御史王缉宪牌，擒拿叛恶杨栋解报。

万历十年（壬午，1582），五十二岁

四月，奉湖广巡抚陈省等人奖荐，兵部覆议，邓子龙领受皇帝赏银二十两。

夏季，五开叛卒伏诛。于绥宁长安堡阅兵，游绥宁云雾山、靖州飞山等处，赋诗多首。

十月十五日，三子邓大同（谱名启亨）出生。

十一月二十九日，五靖参将邓子龙在贵州省余庆县马溪乡为其祖父邓金树立“敕赠镇国将军邓金真七府君之墓”碑记，上下题款为“钦差分守湖广黎平五靖等处参将江西丰城县嫡孙邓子龙泣血，万历十年念九吉旦立”。

同年，邓子龙在贵州黎平皮林山题写“过化”石刻。

万历十一年（癸未，1583），五十三岁

正月二日，缅甸莽应里命岳凤、罕虔破姚关，焚施甸。二月，攻顺宁，寇猛淋（龙陵镇安），杀官军，剽焚为烈。守卫猛淋的明军指挥吴继勋、千户祁维垣等六名官兵战死。莽应里攻破盏达，盏达副使刀思定求救不得，兵败城破，妻子族属皆尽。

闰二月十一日，邓子龙奉旨改调永昌参将，募兵防御缅甸莽酋。

三月，蒙湖广巡按监察御史涂杰（南昌人）奖荐银二十四两，又蒙贵州军门都御史刘庠（湖广钟祥人）奖励银十二两。本月内奉兵部勘合覆议，招抚黎平府属西山羊洞叛夷归顺，奉钦赏银十两，钦遵祗领讫，又蒙湖广抚按抚化天柱所生苗归顺奖银二十四两。

四月二十六日，率部离开湖广，前往云南就任永昌参将。

夏天，由贵州入云南，渡过盘江时，赋诗《渡盘江吟（癸未年夏）》。

五月十七日，提兵三千入永昌。

十月二十二日，钦奉敕书一道，钦遵领事讫。

十一月初二日，遣兵分道断桥。初三日率部与敌血战于姚关断山，即偃草坡，大获全胜后遣兵追至湾甸攀枝花。战事结束，在乌龟山题写“烹象处”石碑，署款“万历十一年擒缅象千余，烹以饷士，武桥豫章记”。

十二月二十日，耿马罕虔构缅内犯，邓子龙在湾甸关前江边等处生擒罕虔、招对、捧罕、招托、景宗才、莽班内关等八十二名，斩获首级三百九十六颗，获得湾甸州印信一颗、战象二只、战马五十匹、牛四十只、器仗刀枪三百零八件，俘获敌属三百三十名口，招抚男女夷民三千三十四名。

万历十二年（甲申，1584），五十四岁

二月初二日，兵部覆云南屡败莽酋斩获功，抚臣刘世曾升右副都御史照旧，巡抚总兵官沐昌祚赏银币，邓子龙升一级，与傅宠、姜忻各赏银有差。同日，邓子龙四子邓大用于辰时出生。二月十一日，邓子龙率部攻捣耿马老巢三尖山，生擒敌首罕金等三十八名，斩获首级五百四十一颗，俘获敌属一百名，夺获战象十四只、战马三十四匹，器械一百三十二件。

春，邓子龙班师回姚关，赋诗《再捣耿马老巢三尖山班师》。

三月十二日，兵部覆刘世曾言，耿马罕虔附莽有年，弄兵无忌。今参将邓子龙擒敌八十二名，斩级三百九十六，俘获贼属三百余，战象马牛殆百，其生擒敌人相应处决枭示。报可。

四月初五日，奉旨升实职一级，与傅宠、姜忻各赏银二十两，蒙部咨原系南昌卫副千户，今该升正千户。

五月二十六日，湖广巡抚李江奏报，此前参将邓子龙等协剿恶苗金道侣、王伽俄等功。兵部覆如议，命赏李江等银币有差。

六月初二日，云南巡抚刘世曾弹劾参将邓子龙、游击刘綎驭军不肃，致两军互有杀伤。兵部覆，二将屡立战功，未经叙录。乞宥其小过，责以同心，旨从部议。

七月八日，神宗皇帝针对邓子龙、刘綎二将屡立战功，未经叙录一事发布诏谕，命巡按官于矿课银内动支五万两，查犒先后有功军士。

九月初二日，岳凤被磔于京。

九月初五日，以擒岳凤罕虔功，邓子龙、刘綎各加副总兵职衔，照旧管事，各升实职二级，世袭传宠。

十一月二十一日，邓子龙奉旨："邓子龙、刘綎各加升副总兵职衔，照旧管事，仍部咨职系正千户，今升指挥同知。"

万历十三年（乙酉，1585），五十五岁

春，副总兵邓子龙开清平洞，并题写"清平洞"碑刻，署款“万历十三年春,豫章邓子龙开”。同时,邓子龙在姚关筑城设关。

二月二十七日,录云南平莽酋功,参将邓子龙优叙。

三月十七日,邓子龙奉旨加升副总兵职衔,照旧管事,仍升实职二级世袭,赏银三十两,纻丝三表里。

十一月十九日,云南参政李材升为本省按察使,备兵腾冲。

万历十四年(丙戌,1586),五十六岁

二月,筑姚关等城哨竣工。永昌郡守陈严之,字笔山,楚雄府同知萧莃,与邓子龙游断山。萧莃目睹战后三年坡岗草莽,尚偃不兴,向邓子龙表示“余当为公记之”。

春,邓子龙与兵备副使李材、南京兵部车驾司员外郎马继龙(号凤麓)、云南按察司金沧道分巡佥事李士达(号信亭)等人同游云南下关后,又同游宾川鸡足山。先后赋诗《题唐时合冢·下关》《游鸡足山随李见罗先生马凤麓公李信亭公游因中止口占》等。

三月,云南巡抚刘世曾上呈奏疏,为悔过归顺的孟连长官司护印土舍刀派真,以及在招抚刀派真过程中发挥重要作用的副总兵邓子龙请功,神宗皇帝御准,赏赐刀派真、邓子龙等人银两。

六月,邓子龙升署都指挥佥事,在姚关撰写《邓子龙请封供状书》,请求朝廷依照惯例,对其祖父母、父母、妻室赐予封赠。内有“恳请给诰命号纸,以膺世袭,应合封赠祖父母、父母并本官妻室姓氏名讳分别存故,合就呈报”等语。

七月十二日,邓子龙五子邓大冈(谱名世忠)于丑时出生。

七月二十日，邓子龙整旅走右甸（今昌宁县县城所在地），声击董瓮（今昌宁县田园镇董翁）。

孟冬十月，邓子龙在姚关为其诗集《横戈集》作序，后由标下镇抚沈元吉携回江西丰城誊抄，扉页署“横戈集，豫章武桥邓子龙著，标下中军镇抚沈元吉”。

十月七日，楚雄府同知萧荐兑现春天与邓子龙的承诺，完成《偃草坡记》的创作。

万历十五年（丁亥，1587），五十七岁

孟冬（十月），赐进士出身奉议大夫云南按察司分巡金沧佥事关西信亭李士达撰文，赐进士出身嘉议大夫整饬金腾兵备云南按察司按察使南昌春宇姜忻书丹，赐进士出身中宪大夫云南按察司分巡金沧副使余姚云屏胡维新篆额，树立《恤忠祠记》碑记，追述邓子龙三战三捷，走右甸，声击董瓮，平定阿坡、都鲁二寨史实，并悼念阵亡将士。

万历十六年戊子（1588），五十八岁

三月二十一日，巡按云南御史苏酂勘劾破缅功次虚妄不可信者七。

四月，腾冲游击参将刘天倖以谎报战功罪被逮捕下诏狱，副总兵邓子龙兼统腾冲营。

秋，邓子龙在腾冲龙光台设立将台。

冬，邓子龙统军前往陇川，准备水陆并进，讨伐占争蛮莫的猛密宣抚司土同知思化，却因当道力主以招抚为主，便驻师陇川。邓子龙扼腕叹息，赋诗《欲灭莽闻谤中止》。

万历十七年（己丑，1589），五十九岁

二月六日，兵部覆准云南巡抚萧彦汰兵省将条议。

三月，姚安兵变，声言要赏，且聚众至永昌。

三月十六日，黔国公沐昌祚奏报云南腾姚两营兵大哗于行间。

六月初二日，云南巡抚萧彦等参劾副总兵邓子龙约束无术，酿成兵变。神宗降旨革邓子龙任，以顺蒙参将刘招桂代之。

六月十四日，巡抚萧彦奏报姚安兵变经过。神宗降旨："邓子龙提问，姜忻调用，文武官奖赏有差，见在乱兵分别拟罪。"

十月，邓子龙在贵州偏桥卫马溪屯为其祖父邓金之墓买得祭祀用田八十亩，交与回龙庵代看祖茔僧人徐真坚等守之。

十二月十二日，云南巡抚萧彦等奏言，腾（腾冲）营见在募兵计二千二百余员名，姚（姚安）营既空乃事体更新之会，亦以二千名为率抡选新兵，俱尽土著，不足则选之乡兵，又不足则选之地方之军民，又不足则选之附近之丁壮，腾营改补土著。并含沙射影攻击邓子龙在攀花枝之战中掩土司之功。

万历十八年（庚寅，1590），六十岁

三月八日，正在接受审查的邓子龙致函远在故乡的妻子儿女。

四月，邓子龙撰写《罪人邓子龙揭恳恩台酌法原情怜功豁罪以明心迹以存大体事》，为自己辩诬。

秋天，孟养思个叛乱，正在对簿公堂的邓子龙奉新任云南巡抚吴定请命邓子龙立功自赎。邓子龙踏上西征之路，从永昌渡潞江，越高黎贡山分水岭前往腾冲，一路感慨万千，先后赋诗《九日西行口占记别》《渡怒江》《宿分水岭》《中秋龙川驿》《过乱箐哨》等。

万历十九年(辛卯,1591),六十一岁

春正月,缅甸寇永昌、腾越。

元夕,即正月十五日元宵节,邓子龙赋诗《西征寄子》。

二月二十七日,邓子龙以先年破虏有功,谙熟夷情,奉旨准免勘问,管事立功。

七月初三日,兵部覆巡抚陕西都御史叶梦熊荐举将领等官奏疏云:“西镇邓子龙方立功云南,候事宁酌量叙用。”

八月初二日,丁改等处匪首普应春、霸生等剽劫村寨,流毒州县,巡抚吴定请发土汉官兵,令杨威攻其东,邓子龙攻其西,而移檄元江土舍那怒擒解逋逃,毋令窜匿。诏从之。

十二月二十三日,邓子龙平定丁改等处匪患,在云南新平题写鸣鼓营碑刻。

万历二十年(壬辰,1592),六十二岁

春天,孟广土官思仁叛归缅甸,率军进攻孟养、蛮莫,邓子龙率军将其击退,斩其渠丙测。

七月二十七日,神宗皇帝命邓子龙充为事官调管金山参将事。

七月三十日,神宗皇帝命王一麟为云南腾冲参将。

八月十五日中秋节,由永昌抚夷同知漆文昌、腾越州牧余懋学为邓子龙在腾冲城满金邑修建的腾冲万华馆正式落成,时值同知漆文昌被擢升广南知府,邓子龙、余懋学在万华馆为漆文昌饯别。临别之际,漆文昌撰《万华馆记》,由经历邓嵩镌刻碑文,于次年季春之吉树立馆内。

九月,缅甸攻蛮莫,思化奔等练山,邓子龙救之,击缅于遮放。

十月十二日,以征剿云南丁改等十寨功,参将邓子龙复副总兵，仍管金山参将事。

十月二十五日至二十七日，邓子龙率部复大战于控哈，失利，把总李朝、邱顺战死。

十一月，缅军从遮放退走。

万历二十一年（癸巳，1593），六十三岁

二月，云南巡按御史冯应凤弹劾邓子龙夸大军情、久扎不战等“十可疑”，致使邓子龙失去神宗皇帝信任。

五月三日，神宗皇帝诏命云南副总兵官邓子龙罢职归籍。

七月，邓子龙解甲归田，作《赠邹大绶》诗。

九月二十八日，朝廷以张一坤为云南按察使，备兵腾冲。

十二月，莽应里败永昌参将王一麟于等练山。

万历二十二年（甲午，1594），六十四岁

在家赋闲。邓子龙在故乡江西丰城东门建元戎第，日以诗书自娱，与祝世标、照尚文等多有唱和。

万历二十三年（乙未，1595），六十五岁

在家赋闲。

万历二十四年（丙申，1596），六十六岁

在家赋闲。

万历二十五年（丁酉，1597），六十七岁

日本丰臣秀吉于万历二十五年（1597）二月遣兵十四万再侵朝鲜。

万历二十六年（戊戌，1598），六十八岁

四月初一日，兵科右给事中侯庆远题奏，建言特设水师大帅，简取精锐，直指朝鲜。

四月初二日，兵部题称：“顷取到听用原任副总兵邓子

龙，惯习水战，宜令戴罪管旅顺廿□寺处水营副总兵事，责选精坚，统领出洋，便宜扫穴截粮，扼冲邀击，与陆兵互相夹持，其管领水兵游击沈茂，陆斗优于水战，宜改从陆用之，所领水兵即以付之邓子龙，亦一便也。”从之。

五月，邓子龙领家将邓维新、邓钦等赴浙江选练水师。随即北上自津京过山海关，渡鸭绿江入朝。

十月十二日，邓子龙率部在朝鲜顺天海面与陈璘部、朝鲜水师统制使李舜臣会合。

十一月十七日，中朝水师部署阻截日军小西行长于松岛。

十一月十八日，时值邓子龙六十八岁生日，夜半时分，战斗在露梁津海峡打响，邓子龙率一千余名将士截断日军归路。

十一月十九日辰时，邓子龙在朝鲜国南顺天府南海鹭梁津壮烈牺牲。同时，朝鲜战将李舜臣阵亡，此战击毁敌船四百五十余艘，歼敌近万，战斗取得空前胜利，朝鲜全境光复。

十一月二十六日，朝鲜国王对邓子龙殉国致哀。

十二月四日，兵科给事中徐观澜等弹劾邓子龙生前“漫尔逗留”。

十二月，明廷赐予邓子龙诰敕，褒美有加。

万历二十七年(己亥,1599)

正月，朝鲜国王李昖出席邓子龙的丧礼，并向邓子龙行致祭礼。

二月十三日，邓维新和旺八从朝鲜古今岛启程，护送邓子龙遗体回国。

三月，朝廷命明军班师回国。

四月二十五日，神宗御午门受俘。

夏季，邓子龙遗体归葬丰城。

九月初九日，邓子龙牺牲一年后的重阳节，神宗皇帝根据兵部奏疏，以东征功成大赏文武诸臣，副参邓子龙等十三员，坐营方时新等八员，各赠官赐荫厚恤其家。诏赠邓子龙都督佥事，世荫一子，庙祀朝鲜。

二、邓子龙公文选录

（一）邓子龙请封供状书

本院案验准

兵部咨前事，备行江西都司札卫，即将邓子龙供由造入诰命号纸，钦遵袭替、施行等因，奉此，查得邓子龙历戎二十余年，大小七十余战，血战五阵，身被石矢三十余伤，擒斩功次俱系亲斩，节蒙纪功官并奉兵部覆勘明实，奉旨升指挥同知世袭，所据供报生擒斩首功次、职级缘由，奉勘合有据，今本官呈恳请给诰命号纸以膺世袭，应合封赠祖父母、父母并本官妻室姓氏、名讳分别存故，合就呈报。为此，今将取到本官备细履历、功次、职级、供由，理合开坐造册施行。须主册者，计开：

供状人邓子龙，年四十八岁，系云南永昌等处地方管参将事副总兵、署都指挥佥事，原籍江西南昌府丰城县民籍，由武举，自幼习学骑射、韬略。嘉靖三十七年蒙江西抚按二院选取，领兵大破剧贼有功，蒙荐赴福建军门，冲锋随征澳头、彭厝等处地方，于三十八年七月二十五日亲斩贼级二颗，生擒一名。三十九年四月十八日亲斩真倭首级一颗，二十一日亲斩真倭从贼首级一颗。四十一年七月二十日，亲斩真倭首级一颗。报验明白，蒙巡按监察陈御史覆实造册送部，奉勘合升世袭总旗，驻南昌卫中所，又蒙两广军门都御史吴选取，征剿德庆、罗旁，开山伐木立营，擒斩瑶贼有功，地方安静，又剿清远、英德等县贼首卓文昌等，亲斩贼六颗。

四十五年二月，火征翁河二源等处地方，亲擒经奏大贼首官祖政，亲斩首级二十六颗。报验明白，蒙巡按监察王御史覆实造册送部，奉勘合开升南昌卫中所试百户。

隆庆三年正月，蒙郭总兵选取军前，征剿海贼曾一本。二十三日，于梅溪地方亲斩贼级二颗，二月初六日，征剿海丰、平山、东洲坑等处倭贼，亲斩首级八颗，生擒一名。十一日，大陡驿亲斩首级一颗。本年六月二十六日，闽广会征广东澄海、高州、电白、赤水港，福建竿塘海洋等处。七月初三等日，在潮阳连澳海面亲斩贼级五颗，报验明白，蒙广(东)、福(建)纪功，王御史覆实造册送部，奉勘合议升世袭实授百户。

本年十月二十五日，于竿塘海洋等处，亲斩真倭首级二颗，报验明白，蒙巡按监察杜御史覆实造册送部，奉勘合议升世袭副千户，到任支俸外。四年五月内，东海滘亲斩真倭首级一颗，平海地方亲擒真倭二名，计招生倭三十二名。五年五月征剿东莞、沥源倭寇，亲斩首级二颗，七月征剿从化山贼唐亚六，亲斩贼级三颗，八月内委管新会水陆哨，即破云乡贼巢良村，立营在牛山栏坑，亲擒贼首一名阿元，在老树尾等处亲擒贼首一名黄亚二，斩首一颗，部斩颇多。十一月十六日，倭贼攻犯新宁县城，当时药箭射死光头倭贼六名，单骑出城冲阵，亲斩真倭首一颗，十二月初四日追至那西营大战，亲斩真倭首级三颗，夺回被掳数百名口，俱经报验明白，蒙两院荐奖。

六年正月，潮莲、天海擒杀首恶薛希贤等党从颇多，本月二十五日，山贼千余突犯新会、古劳、古博，督兵出奇冲阵，亲斩贼首郭、王等首级二颗，部斩三十九颗，捣巢夺回被掳男妇三十八名口，蒙两广军门都御史殷奖荐。本月十八日征剿藤洞、九迳贼巢，亲擒经奏贼首黄高晖，亲斩贼级四颗，生擒二名。郑庚长、伍亚奴部斩颇多。又蒙巡抚都御史殷、巡按监察杨御史奖荐。

万历元年六月，在新宁海宴地方擒斩流贼六十名颗，八月内又征岭东惠州山贼，擒斩贼级四颗，部斩二十名，蒙江西巡抚都御史凌，巡抚江西燕御史会荐。

二年十月内蒙委奉靖、宁、武等县缉剿盗贼，马上擒获贼首李清潭等解报。

万历三年二月内奉钦依升授抚州地练兵把总，续奉抚按荐升鄱阳湖守备。

万历四年二月十九日，亲督兵船在于四山塘当阵擒获盗强傅十一等人赃解报，蒙江西军门都御史杨保荐。本年七月委剿宁州流寇，督兵在湖广连界大沩山冲破黄竿坪贼巢，生擒贼二名卢本江、吴未保。八月内追至湖广浏阳、长沙等处，亲擒贼首一名吴子明，部斩贼首王有约、詹少峰等十三名颗解报，俱蒙纪录在部，蒙江西军门都御史潘奖荐，奉钦依改授宁州守备。

万历五年四月内奉钦赏银十两，蒙江西监察张御史奖荐，本年十月内擒获贼首李大銮、罗保解报纪录，蒙江西军门都御史潘保荐。

万历六年四月内督兵湖广蒲芹地方，缉获案贼周乌峰、吴奉展解报。本年八月内升江西都司，又蒙改调浙江都司佥书，带管嘉湖、宁绍二处参将，防汛巡历海上。

万历八年六月，追论铜鼓石守备，回卫。复蒙圣旨："邓子龙智勇有用，所犯又无重情，仍还职，遇缺推用。"

万历九年八月内推补郧阳都司，到任管事。蒙兵部勘合，奉钦依推升五靖参将，领敕本年十一月二十二日到任，擒获五开款恶胡国瑞并姚朝贵、王仲贤等七十四名解报，俱蒙纪录在部。本年十二月内奉贵州军门都御史王宪牌，擒拿叛恶杨栋解报。

万历十年四月内奉湖广军门都御史王、陈奖荐，奉兵部覆议，奉钦赏银二十两，钦遵祗领讫。

万历十一年三月内蒙湖广巡按监察涂御史奖荐银二十四两，又蒙贵州军门都御史刘奖励银十二两。本月内奉兵部勘合覆议，招抚黎平府属西山羊洞叛夷归顺，奉钦赏银十两，钦遵祗领讫，又蒙湖广抚按保荐，抚化天柱所生苗归顺，奖银二十四两。

本月二十一日奉兵部札付，为地方夷情事题，奉圣旨改调永昌参将，遵依于本年四月二十六日到任，本年十月二十二日钦奉敕书一道，钦遵领事讫。十一月初二等日，缅贼拥众数万，大犯姚关、攀枝花，本职遣兵分道断桥，与贼血战，射死马上穿红大头目十余名，除杀死、烧死、溺水死者数万，斩获首级一百八十八颗，生擒二十四名，擒获生象五只，斩象一只，器仗、刀枪、牌铳等项共七百一十五件，战马十匹，牛一十五只。

十二月二十等日，耿马军虏构缅内犯，本职于湾甸关前、江边等处生擒罕虔、招对、捧罕、招托、景宗才、莽班、内关等八十二名，斩获首级三百九十六颗，获得湾甸州印信一颗。战象二只、战马五十匹、牛四十只、器仗刀枪三百八件，俘获贼属三百三十名口，招抚过夷民男妇三千三十四名。

万历十二年十二月十一等日，攻捣耿马老巢三尖山，生擒贼首罕金等三十八名，斩获首级五百四十一颗，俘获贼属一百名，夺获战象十四只、战马三十四匹、器械一百三十二件。

前后三战擒斩贼级造报名颗，俱解纪功官验明讫。本年四月初五日，奉钦差巡按抚云南等处地方赞理军务兼督川贵兵饷都察院右都御史兼兵部右侍郎刘案验，为缅贼拥众内犯，仰仗天威，官兵连战大胜，飞报捷音事，准兵部咨前事，内开“邓子龙伏兵左右，遣士断桥，出谋制胜，似应加升职”，奉圣旨邓子龙升实职一级，还与傅宠、姜忻各赏银二十两。蒙部咨原系南昌卫副千户，今该升正千户，钦遵外，本年十一月二十一日又奉巡抚军门都御史刘案验“为仰仗天威，计擒岳、罕，俘斩缅寇，荡平耿、陇，恢复藩篱，查叙有功人员，恳天恩俯赐优录，以彰奇绩，以励后効事”，准兵部咨前事，内开“邓子龙忠勇绝伦，谋猷出众，督部将而号令惟严，平诸夷而盛名远震”，奉圣旨：“邓子龙、刘綎各加升副总兵职衔，照旧管事，仍各升实职二级世袭，赏银三十两，纻丝三表里。蒙部咨职系正千户，今升指挥同知。”奉此又奉总兵沐案验，亦同前事。

万历十三年三月十七日，奉兵部札付：“为仰伏天威，计擒岳罕，俘斩缅寇，荡平耿陇，恢复藩篱，查叙有功人员，恳乞天恩俯赐优录，以彰奇绩，以励后効事，备札仰职遵照”题，奉圣旨："邓子龙加升副总兵职衔，照旧管事，仍升实职二级世袭，赏银三十两，纻丝三表里"，谨遵朝阙谢恩，于本年三月十七日到任祗领讫。切照本职奉旨升授实职指挥同知例，应贴黄颁给号纸，以俟袭替，且职又叨历任边寄，已蒙浩荡天恩，荣逾涯分，惟祖父母、父母并本职妾室俱未请授封赠，亦有见奉事例，合行并请以霑盛典，为此备其供由，所供是实。

计开：一应合封赠祖父母本职妻室姓氏名讳：

已故

祖父邓金，未仕

祖母黄氏，系南昌府丰城县民人黄太嫡女

父邓华，寿官

母李氏，系南昌府丰城县李震嫡女

见在邓子龙，功升南昌卫指挥同知世袭，见任分守云南永昌等处地方管参将事副总兵，署都指挥佥事

妻汪氏，系南昌府丰城县民人汪天所嫡长女

万历十四年六月日供状

（二）邓子龙被参后的申辩书

罪人邓子龙揭恳恩台酌法原情，怜功豁罪，以明心迹，以存大体事。

子龙督兵三十余年，动循纪律，近因衰病，钤束少疏，致兵偶尔呼噪，蒙两院以制驭失宜参论，罪焉敢辞！伏读《大明律》一款，"武官定罪，须要论功"。子龙待罪永昌七载，其西征缅夷三载，姚关等处功次，已经三堂题叙，不敢复言。即往岁建功闽、广、江、楚，征剿山贼、海寇、倭夷，亲经血阵冲锋七十余阵，身被三十余伤，亲擒经奏巨寇三十余名，亲斩三百

有奇，部斩不计。俱蒙各省题叙，纪录在部可查。古人不以二卵而弃干城，子龙愧非其人，伏乞垂怜。今虽有可究之罪，平时稍有可纪之功，法外推恩，曲赐矜宥，匪直子龙镂刻二天，而疆场战将大体亦藉保全万一矣。

两院参论，敢复何辞！但就中事情，多出悍兵不情之口，若止据其叛口无诞之词，可怜血战苦将心迹不明，死不瞑目。谨摘其一二哀控恩台，乞高明怜而察之。计开：

一、据悍兵之口，谓子龙扣克腾兵月米。旧例，月粮一斗，折银八分，时有贵贱不同，因冬发哨进山，抚处猛密，当据把总曾吉、胥朝等禀称："各兵带米则路远不便，若自行买米未免骚扰夷寨，莫若依时价发银，各寨定买"，即令夷兵搬运，我兵到便取食，余剩之银，出山算补。当解督饷同知漆文昌处转贮腾越州库，取有库收见证，并未敢入私囊，当其时以为权宜，此漆同知所共议共见者也。

又谓受思化金锅、银甑。万历十六年十月内，同漆同知入陇川城驻扎，思化此以为见礼，乃夷人俗例。当同漆同知当堂叱之，当令思化之子同陇川宣抚多思顺领出，取有印信领状，已经通行呈明，在卷可查。若谓子龙私受，乞行多思顺并行漆同知及李通事，见在可证即明。

又谓扣克边赏功赏。夫边赏功赏者，例赏经战有功之人也。万历十一年十一月初三等日，木战姚关、湾甸、耿马、三尖山之兵，原止有三千，乃陈信、邓勇、邹良臣等旧时所管辖之兵，其黎京桂在磨乃场招之本姓并顶名王大用，不在经战有功数内，既无受赏，安知克减！况功赏三道于两月之前，奉三堂明张告示晓谕，若冲锋为正、为从，一级该银若干，为正该银若干，为从该银若干，当委顺宁府通判熊梦祥临营逐名喝给，苟有不明，当时岂无哗而待今日也。边赏皆系赏十一年十一月内冲锋之兵，该三道预出告示于两月之前，分别冲锋第一等某某该银若干，第二等某某该银若干，第三等某某该银若干。随委巨津州知州吕坚、永昌府推官刘征临营依次喝散，已经造册申缴三堂，各司道经委查盘六次。苟有不平，何不喧告，岂待七年之后也。

又，姚营每季解到月粮，即同解官当堂原封令把总凿分，委官喝散，一少分厘，即行捆打，人共知之。若有一毫苟且，两台岂不风闻，奚待今日出乎妒妇之口以塞责也。

又谓藉口王尚书而生怨望。文臣武臣，原不相同。子龙何人？而敢藉借为口实！一介微贱，蒙加衔世袭，已为过分，而敢复有觊觎之念！

又加之挖人坟墓。非为家乡住宅、坟墓，挖之果何为者？若然，岂无人告发也？

况子龙奉命即弃妻子，七载西征万里之外，身寄矢石，誓死沙场，生若浮云。虽续娶家眷二房，年俱在二十上下，皆凭媒聘娶，今皆生子，同其父母回籍矣，况亦不关边务，暧昧之词，与哗呼何与焉！

但束兵把总胥朝等苛刻大过，积忿有日，子龙屡屡鞭责不改。致有乘风告归，不愿恋伍，阻而激之，即成鼓噪。子龙钤束不严，罪复何辞也！其余皆将讐口推搪抵塞之辞，不辨自明矣。

伏乞明台垂察，怜而豁之，俾子龙心迹少明，即欲以斧钺无憾也，为此激切具揭。

万历十八年四月　日　具

李材忌功诬陷之事，不发粮激变军心而归罪他人可恨可恶。

三、姚关碑记选录

（一）姚关偃草坡记

萧荐

姚关者，永昌东南二百里隘塞处也。偃草坡者何？副总兵武桥邓公既成战功之三年，坡岗草犹偃仆。予游而异焉，故记之以著伟功，且风世也。

永昌为滇西边郡，控制诸夷，叛服靡常，自古忧之。而夷所入，由陇川、盏达、南甸经腾冲而来为正道。乃若间道，则由芒市入猛淋，由孟定入姚关，可袭永昌，而回视腾越，固囊中物，以故姚关称隘塞云。

缅大酋莽应里据摆古，睥睨滇内地。会华人岳凤夺陇川，与耿马酋罕虔等皆附焉。嗟风扇乱，以万历壬午冬入寇。曩所设耿、姚、淋诸官军，咸震恐莫能当。

维时督抚中丞重应刘公、总戎黔国沐公、方岳南昌姜公、永昌太守八闽陈公[1]相机控御，令不得大逞。顾思将领日亟亟，越岁癸未，皇上从中丞请，擢公参将镇永昌，以当诸道。

适兵宪俞洲傅公[2]以迪简来，公主即移师姚关观变，喟然曰："缅丑率姚象野掠，此可以计破。吾惟督姚，则他方可响应。"乃日夜修战具。比岳、罕遣腹心至，阳附觇我虚实。

---

① 督抚中丞重应刘公、总戎黔国沐公、方岳南昌姜公、永昌太守八闽陈公：指的是云南巡抚刘世曾、黔国公沐昌祚、监军副使姜忻、永昌太守陈严之。

② 适兵宪俞洲傅公：监军副使傅宠。

公即惴惴深相诘，而匿锐示弱，以骄其气。

冬十一月，果大举，突喳哩江。夫喳哩江者，界木邦而近姚关者也。公时往松坡，向所乩我者复诡来松坡告变，以尝我。公乃益为绐语[①]答之，贼且谓松坡走姚关必三日，计公至而吾得志矣，气益骄。讵知公取径道，束装渡潞，风驰抵姚，仅仅一日。

乃公兵复三路遏其后，公自将出关外迎之。乃望见贼辄麾兵退，复从道旁乘遗米以啖贼。是旧于所道尝我者返，谓贼曰："吾固习知官民怯，弗足畏。"贼信之，盛气而来。公不与战，且退且引。至今偃草处，耸嶂深涧，古木郁森。公从山巅建大将旗，鼓铳炮震，架桥飞渡，首斩衣红衣巨酋一人。贼大惊，相率仰攻，既弗克。而所恃象复旋上旋下，弗获进尺寸。乃提火龙冲之，山高风火，黑烟蔽空，象奔矢翔，贼伤甚众，尚骄悍不肯屈。凡三日殊死战，而贼始溃走。向所仗岳三面起，遮击追逐，直抵攀枝花，俘斩无算。卒之旧所尝我者亦膏白刃。而罕虔势蹙，谪谒拜其弟，捧罕竟成擒焉。

虔子招罕，复聚众据耿马三尖山，冀复骋。公又躬率兵捣巢，系族以归。是后也，中丞公移镇近地，壮猷督奋，聿来旅旌云：方岳整戎临关；兵宪公修武密书；陈郡公策罕制胜以待。未几，陇川岳凤怵慑魄，而缚来降，西戎以宁。中丞公列功状于朝，晋公今秩，暨诸部下功赏有差。

逾年甲申，中丞公上议建城置所，设署营以北干城，不佞莅承修之役。城在关内十里许，赖岳公偕宪使三公，陈郡公经度劳来，而公复多所综指。丙戌春二月，始克讫工。

---

① 绐语：绐（dài），古同诒，意为欺骗、欺诈、疑惑。绐语即欺诈之语。

予乃为姚关游，公跃马而至，相与睹坡岗草之风凄恤，及窥山水涧，类多残颓剥骼。公愀然泣下，举杯酹城。予叹曰："师行横草，其尔尔，乃若比及三年，尚偃不兴，兹非蹂踏多而杀风烈烈重哉，异矣，异矣！余当为公记。"

无何，予还威楚，弗及为。迨其秋，予来稽军，兴诸饷，值公有阿坡之役。阿坡盖负固永昌东北有年，廉访使剑江李公侦得其实，俾公以单师擒之。会抚夷二守江、宋公临戎其所。谈偃草事甚异，趣余，余前诺。余曰："君子德风，风行孔氏有言，盖德耳。乃今兵除，偃尚若此，草偃则何以说？禧！斯亦可以观德乎？盖天地大德，曰维生生。昭以日月，渥以露霖。又必风雷震之荡之，百物生焉，而德乃大。惟兹西夷，僻阻一隅，风教所及，倏从倏违。狂焉欲逞，自戕厥生。声罪致讨，至公无私。桓桓虎臣，奉扬天威。出师徂征，如丰如雷，阴壑幽穴，罔不从糜，一德流行，理故然者。震荡既定，照临润滋。时乃天道，百物用熙。是故五气时叙，庶草蕃庑。箕畴足征，天人攸宜。卓彼武桥，尝闻道于君子之门矣。其闻于言，谓不津津合哉！

乃宋公翌喜曰："帝德好生，臣德迈种。从欲以治，四方风动。惟君秉戎，惟余职抚。敢勒斯言，以造西土。"予曰："文事武备，司以从圣谟。其在惟怀惟明，二公诚不鄙乎予言，将悠焉游焉，德被而丰时是矣。"是为记。

邓公名子龙，字卿公，武桥其别号，江西丰城人。以布衣奋迹官，曾著勋巅海两浙、三楚间，功伟大都。公知理道，多智勇，故运之于武，审时量势，无往弗利，柄用固未涯。标下之士，若指挥张光胤、陈韬、陈一龙、赵凤翱、周文臣，镇抚沈元吉，千户万邦宪、濮承勋，把总陈信、邓勇、邹良臣、吴松、刘一清、范进、周文伟、万和、杜亮、卢惟风、郑奉翼、丁大用,哨官余胜、胥朝、胡子胜、王文、祝明、叶午福、鄢希、李兴辈,咸积邮劳以俾午功,得附书。

万历十四年在丙戌冬十月七日

奉议大夫云南楚雄府同知蜀内江怀山萧莳撰

(二)恤忠祠记

赐进士出身奉议大夫云南按察司分巡金沧佥事关西信亭李士达撰文

赐进士出身嘉议大夫整饬金腾兵备云南按察司按察使南昌春宇姜忻书丹

赐进士出身中宪大夫云南按察司分巡金沧副使余姚云屏胡维新篆额

抚、镇建恤忠祠者,乃纪将兵冲锋陷阵,平缅夷,定湾、耿,复诸郡,开西南太平阵亡死事之巅末也。

粤自王靖远麓川之役,因循百年,蕞尔缅丑,突起洞吴,据得楞摆古城,势渐猖獗。宣慰中惟木邦罕拔雄为滇国西南大藩屏,缅阴结为蚕食诸慰计,既吞三宣,号召诸土司、州、府附矣,乃诱拔掳之。尽有西南土宇,逼邻内治仅一线。中国不以问,缅始矫轻,僭称王,蓄异志。莽瑞体子应礼愈骄逞。木邦部耿马罕虔者,五子皆剽桀不可制,以四女谋婿威远、大侯、镇康、湾甸之州官。耿马又全滇诸路之总会,由威远可出沅江,大侯可出楚雄,镇康出蒙化、大理,湾甸出永昌。陇川有岳凤者,三子亦称桀,而陇可出腾越。

万历十一年,应礼以凤夺陇,欲据腾;虔夺木邦,欲据永,并出诸府。拔子罕进忠畏缅奔内,虔构缅追之,以尝中国。

癸未正二日，破姚关，焚施甸，攻顺宁，寇猛淋，杀官军，剽焚为烈，恃象马所向无前，益轻中国矣，始谋五路寇全滇。当事者征罗雄、沾益等处数万兵戍险隘，民遭毒虐惨于敌。

督、抚刘公世曾计曰："安得智勇将以戡之？"

直指董公裕曰："非邓将军不可也！"

将军功闽、广，平五开，有智勇声。疏公名于朝，特敕公来守永昌。

公知缅惟象恃，曰："吾有其具也。"

携部兵三千，弃妻子，兼程来至，批舆图，对督、抚曰："凤贼虽剧，僻西隅，惟耿马乃缅贼入寇之停驿，居腹心，牵制全滇。虔子婿众且骄，得虔，则凤为囊中物。"

众愕然，曰："兵寡，安有是望哉？能不失故物，足矣！"

公曰："兵贵精，众寡在将耳。"

于五月十七日入永昌。时昌人内困于城守，外扰于戍役，望公若云霓。公至，辟四门，撤城守，曰："我在，何必尔！"斩武定剽民者，戍役皆股栗，尽撤之。

谒神告庙，每垂涕。三日，出南城，指关誓曰："不复三宣诸郡，不擒罕、岳诸夷，不平西南一统，不复入此关！"

至姚，见白骨暴榛莽，与士卒断发誓曰："与汝三千人来八千里，以赤心同死生，虽寇数百万，乌合何足惧？断不共此天！"

洒泣激扬，人皆拔剑扼腕，欲一战。

初会，当事者指进忠为兵端，议归缅，可已衅。

公曰："使缅既得忠，复求大理，可乎？复求滇省，可乎？头可断，进忠必不可与。堂堂中国，不能为内奔者作张主，何以威远？"急追之还。

有谓："景宗真为奸贰，当绝之，以杜窥测。"

公曰："机在心，不必阻内附。"竟纳之为心腹，出入不问。

公因之往喳哩江，审要害，筑营垒，列烽堠，筑坚营于关中。以把总陈信为前部，军关外，以吴松、范进、胥朝、余胜等副之；以邹良臣为左部，军摆跨，以叶武等副之；以杜亮为右部，军茨竹坪，以千户万邦宪等副之；邓勇统奇兵，绕出猛波罗，截归道桥。置粮于锡窝银，又置于猛堆营，又置于猛波罗营。并旗鼓。令守者："贼到，勿与战，且走。"云屯星列，若张罝[1]然，惟睨之待也。

缅统阿瓦、洞吴、猛鳖、猛密、蛮莫、陇川、武章、雍会、光脑诸路兵数十万自西来，以弟景迈莽应龙统车里、八百、孟艮、孟琏、耿马诸路兵数十万自东来，约会宗真于姚关，期十一月初三入施甸，初六破永昌。

侦报日数至，公知矣。乖语宗真曰："吾何有于缅众哉？惟虑象耳！"

宗真问："红笼中为何物？"

曰："却象者！"

宗真且心喜曰："象，何物也？可以纸笼制哉？"

公又曰："据汝说，贼尚远，吾且往筑松坡营。"

旋返当甸，日令兵士取大竹各五尺。宗真问故，曰："取水也！"

公取道西山，用巨缆连竹渡江，一昼夜即抵关。

贼见诸营不整，笑曰："吾固知汉兵怯，已弃粮走矣。"随轻骑争先来。初二日，渡猛波罗，公把酒赋诗，不问。平旦，

---

① 罝：音 jū，捕捉兔子的网。

缅临关,公令前军偃旗搦战,先设沟垒险,至晡时,缅不能进尺寸。缅正饥渴,公亲挥中军指挥赵凤翱、杨鹏翔、陈韬、张光胤,令左右伏兵大张旗鼓,火龙尽发,杀声震天;火箭中象,象奔,伏弩齐发,红衣数头目俱落象,翼兵冲击,缅大溃,斩首千余,尸横满山,血流满涧,余顺坡草奔戾下,至今草生不上指。后萧大夫睹之,作《偃草坡记》焉。追至攀枝花,夜战,贼败争渡,邓勇已绝桥,投尸水中者如蚁,水为尽黑矣。残夷奔命,岳凤子曩乌带伤狼狈而西。

公谓众:"西贼已败走,东贼尚雄炽,宗真虽阵死,渠魁罕虔尚未获,力取必费手。"度罕虔欲得进忠为缅功,计召宗才曰:"惜尔兄不在,无可语虔者,此兵端本自罕进忠,若能说虔,我愿缚进忠以罢兵,即奏虔为宣慰。"宗才语虔,虔犹豫,闻公已缚进忠于辕门,始令子招罕伏险为后援,欣然纠缅军象马趋湾甸。正月二十日,伏而起擒之,斩首八百余级,湾甸平。

虔子招罕闻之,集八德、猛库、猛猛、混僻、孽赖诸部兵,守险愈坚,收妻子于三尖山。周围削壁,上有粮水,汉孔明止至无粮山,王靖远至回龙,举弗能克,招自恃居铁城,必无患矣。初,公擒虔,得余党,悉给米以释之,且慰云:"罪在得虔,不及妻子也。"佯收兵还,伏险者闻之,懈。遣邹良臣率进忠绕喳哩,进孟定,伪张旗鼓攻八德。八德系耿马之老巢,伏贼闻,弃险趋救之,招势孤,退守三尖山,公得长驱至山麓。贼扎妻子、象马于后山,前与我兵对。呼招降,招坐笑自若,谓官兵飞亦不能上。公令邓勇袭锡展,援后山上,以大炮为期。后山火龙发,象马自蹂乱。贼属坠崖者若空中落叶然。前兵上拥,擒招罕,俘斩数千类,耿马平。

声震诸夷，岳凤父子降。猛猛、猛撒、孟琏、车里、孟艮、八百尽称贡。幅员数千里，羁縻百余年，皆响应于三战。使公迟一月至，昌必破，诸路乘胜指沧洱，腾在席卷中，虽孙吴复出，无能为矣。三战之功，岂其微哉！夫留进忠者，断也；愚宗真者，间也；委粮者，诱之也；释获者，安敌心也；绕八德者，攻其救也；袭锡展者，乘无备也。皆公之法也。设镇姚、镇安之城所，耿马、猛撒、猛猛安抚司，喳哩巡检司，出公之建。白城隍、关庙、五显、旗纛诸庙宇，开清平、朝天、万仞诸洞，阅武诸台、火器诸库、报功泉开创，皆功也。赈木邦、镇康、湾甸之归夷，起厉坛、义冢、祭田之岁租，此皆德也。功德盛矣，公不居。

惟沈仲富、石老三、张仁甫、吴金富、张秀云、李三、吴佑、乐明、严三省、杨忠、饶太为国事而死者，请祀之。三堂檄曰“恤忠祠”。旌曰“捐躯殉国”。若崇公像而祀之者，被功德者，不容已之至情也。公惟知精忠翼运而已，伟略匡时而已，壮志吞缅而已，何有于一祠？士达分宪署永昌，偕守备道春宇姜公忻同决战事，视姚关，走松坡，观营阵之盛迹，赏服之无已，为同心祠，以识一时之盛，嘱士达为《恤忠祠记》，敢直书其事如右云。

阿坡、都鲁二寨，西入昌城仅百里，东连顺宁，南抵施甸，北达永平，林木森翳，漕道峻险，国初至今未能下，卧榻之旁有此不宾之蒲久矣。近贼首莽裕、莽霸思以董瓮、亦登、亦林为党羽，时肆剽掠，招纳流亡，仇劫南窝、枯柯等寨。见罗李公材饬金腾兵，奉督抚议，檄公剿之，公于十四年七月廿日，整旅走右甸，声击董瓮。令邹良臣、吴松营答丙，牵制亦登、亦林，彼三寨以绝援。先令陈信、邓勇、万和、范进、邓廷锡等潜师入阿坡，公雨夜趋南窝，裸体渡藤桥，闻哨官文清仁死于险，急令各目启秘缄视，始知架天桥、断漕险。贼塞，退无所恃，走无所归，悉就擒，遂抚其众，为正朔子粒民。因有阵亡者，并得叙之。

万历十五年孟冬吉旦。

四、邓子龙腾冲遗韵

邓子龙驻守滇西十年，前期驻姚关清平洞，以三战三捷而使诗词格调昂扬，自万历十六年（1588）兼通腾冲营后，一度被革任提问，随即复出西征，其中不乏持水鞭山，吟风弄月之作，也有慷慨燕歌及讥讽时弊之作。由于他在滇西的深远影响，他的部分题刻被后人以集字题刻的方式流传下来。

（一）《万华馆记》碑文

邓子龙以姚安兵变而被革职提问后奉命起复西征，在东征西讨之间，不知不觉迎来万历二十年（1592）中秋节。时值永昌抚夷同知漆文昌、腾越州牧余懋学为邓子龙在腾冲城东南郊外满金邑修建的腾冲万华馆落成，漆文昌又被擢升为广南知府，邓子龙与余懋学在万华馆为漆文昌饯别。多年来，永昌抚夷同知漆文昌与邓子龙肝胆相照，风雨同舟，临别之际，漆文昌撰《万华馆记》，描写万华馆美景，抒发轻别击缶、慷慨抚剑、激烈酣歌的满怀豪情。次年季春之吉，经历邓嵩镌刻《万华馆记》碑文，并将其树立于万华馆内。

从南明永历七年（1653）钦命游击胡鲤撰写的《万华馆常住田碑记》可知，万华馆建成六十多年后，不但保存完好，而且在万华馆基础上建造圣殿，把三家村等地田地作为万华馆常住田，内有“是馆创自武桥邓公，其时因关圣帝君屡显灵异，福佑疆围，故建圣殿，立圣像以崇报祀”等语。而自清朝初年以后，万华馆却不幸遭受破坏，漆文昌撰写的《万华馆记》碑记也被丢弃在万华馆遗址旁荷花塘里，以致成书于光绪十三年(1887)的《腾越厅志》，成书于民国年间的《永昌府文征》所收录的《万华馆记》，皆与原碑存在很大出入。20世纪80年代，腾越街道满金邑赵从义从荷花池中将《万华馆记》残碑挖掘保存，为重新解读《万华馆记》碑记提供了珍贵依据。为拍摄电视专题片，作者曾聘请几名男子将残碑重新搬动拼合起来，拍照摄像，认真考证、勘误。

万华馆地处“腾越二吴”故居所在地满金邑，四周田畴秀丽，池清花妍，莲盖田田，敷华灼灼，馆内有亭，有池，有圃，有石，有竹、木、花卉、禽、鱼，有奇峰、藻野、秀田，可谓集“万华”于一隅，这也正是万华馆取名之缘由，漆文昌却以先抑后扬的手法，认为这些美景“皆不足以当万华”，遂由代表离愁别恨的古道起兴，由主客关系生发感慨，“寄慨于馆之所客”，铺陈出“春华”“秋华”的诸多表现，感叹自己与邓子龙都不过是人世间的匆匆过客，把对人生无常以及对离愁别恨的感叹都寄托在万华馆之上。

引入主客关系后，漆文昌以排山倒海的气势，层层递进的排比句铺陈描写万华馆的春华与秋华。春华，即“客有锦幨翠旌、长缨丽服而过斯者”，“客有轻别而击缶，慷慨抚剑，激烈酣歌，怀古而过斯者”。秋华，即“客有瘠马敝裘，危冠空履而过斯者”，“客有重别而越乡兴思，怨离赠恨，伤世含毫而过斯者”。正是如此多姿多彩的春华与秋华，才足以表现出邓子龙、漆文昌、余懋学等人轻别击缶，慷慨抚剑，激烈酣歌的满怀豪情，以及重别而越乡兴思，怨离赠恨，伤世含毫的肝胆柔肠。当春华散绮，秋华播芬之时，以往俯今，以今俟后，以新乘旧，以旧闻新，以歌成泣，以泣复歌，所谓别虽一绪，事乃万族，就成为万华之寓言。文章末尾笔锋一转，指明所谓“万华”，实则不在万华馆，而在辚辚萧萧的车马过客身上，并希望客寓斯馆者能够收万华于万一，这就是万华馆之所着力看重的。

然而，《腾越厅志》等收录《万华馆记》，首段“万华馆主人，武桥邓公也，武桥乃建斯馆之主人也，馆则客所主矣，客以馆为主，馆以客为主也”念起来十分别扭，重点毛病是两次重复“主人”，两次重复“武桥”，导致语意不明、语法混乱。对照《万华馆记》残碑，从开篇可辨识文字“□□□□□□□□□邓公也，乃总戎公，则建斯馆之主人也，而馆则客所主矣。则客以馆为主，馆以客为主也”中方可解读此段碑文原文。残碑中“邓公也”几字之前残缺，后面几句又比《腾越厅志》版本文字少了“则”“而”两个虚词。若将“则”“而”两字补齐，则整段文字重复累赘、语句不通，成为“万华馆主人，武桥邓公也，则武桥乃建斯馆之主人也，而馆则客所主矣。则客以馆为主，馆以客为主也”。“则”“而”两个虚词，常用来表示上下句之间存在转折关系，如果首句为“万华馆主人”，在“则”字后再次出现“建斯馆之主人也”就显得重复累赘，多此一举，同时，“而”字后面“馆则客所主矣，则客以馆为主，馆以客为主也”等主客关系也就无由生发。由于《万华馆记》通篇以主客关系生发议论，故而“则”字以前残缺的几字应是与“建斯馆之主人也”相反的“万华馆客人”。同时,永昌抚夷同知漆文昌与州牧余懋学为邓子龙修建一座馆舍,在漆文昌即将赴任广南知府之际,也应自谦为客人,以便引出万华馆的真正主人。综合《民国腾冲县志稿》“碑高六尺二寸,宽一尺八,共十二行,每行二十七字”等记载可知,首段所残缺部分应有八字,即“余乃万华之客,武桥……”。只有如此,首段的“则”字,在水到渠成之时,自然成为转折之笔,以使“则”字后面“建斯馆之主人”有了落脚点,也使“而”字后面的“馆则客所主矣,则客以馆为主,馆以客为主也”的主客议论不至于成为空中楼阁。

综上所述,《万华馆记》开篇一段应为:“[余乃万华之客,武桥]邓公也,乃总戎公,则建斯馆之主人也,而馆则客所主矣。则客以馆为主,馆以客为主也。”

在碑文第二段后,《腾越厅志》等诸多传抄、引用的《万华馆记》版本,与原碑比较,还存在许多错漏之处。比如:引文中“所谓别虽一事,绪乃万端,斯万华之寓言也”,在碑文中实为“所谓别虽一绪,事乃万族,斯万华之寓言也”,本应为“绪”却误录为“事”,本应为“族”却误录为“端”。“余转官广南,而武桥偕余、大夫中宇,衔杯聚别于斯馆”一句,碑文实为“余转官广南而成斯馆,于一窗偕余大夫中宇,涌觞仳别于斯馆”,其“中宇”乃腾越州州牧余懋学的号。另外,“愿客斯馆者,收万华于一实,以为斯馆重可也”一句,碑文实为“愿客斯馆者,收万华于一实,以为斯馆重”。

经过仔细考究辨识原碑,《万华馆记》原文应该整理如下:

万华馆记

知广南府事新昌对溪漆文昌　撰

余乃万华之客，武桥邓公也，乃总戎公，则建斯馆之主人也，而馆则客所主矣。则客以馆为主，馆以客为主也。

馆有亭，有池，有圃，有石，有竹、木、花卉、禽、鱼，有奇峰、藻野、秀田，皆不足以当万华，乃寄慨于馆之所客。

客有锦辔翠旌，长缨丽服而过斯者，斯馆之春华也；客有瘠马敝裘，危冠空履而过斯者，斯馆之秋华也；客有轻别而击缶，慷慨抚剑，激烈酣歌，怀古而过斯者，斯馆之春华也；客有重别而越乡兴思，怨离赠恨，伤世含毫而过斯者，斯馆之秋华也。

春华散绮，秋华播芬，以往俯今，以今俟后，以新乘旧，以旧闻新，以歌成泣，以泣复歌，所谓别虽一绪，事乃万族，斯万华之寓言也。

客不知万华之不在斯馆，而在吾辚辚萧萧车马之过客也。如以其名而已，则是馆成于万历二十年中秋日。余转官广南，而成斯馆，于一窗偕余大夫中宇，涌觞仳别于斯馆。

览斯池，莲盖田田，敷华的的，是万华馆所取名欤？愿客斯馆者，收万华于一，实以为斯馆重。

万历二十一年季春之吉　经历邓嵩　镌

（二）万华馆遗址碑

宣统辛亥年（1911），李根源、李森林、王朝坤、张鉴安等人在邓子龙的万华馆遗址上树立万华馆遗址碑，碑文正中以楷书题刻“万华馆遗址”几个大字，旁有附言为：“明腾冲参将邓子龙将军别墅也。邑人尹艺云：独枕雕戈愤未消，万华风月莽萧萧。千金散尽犹别墅，百战归来一解袍。铁盾墨干齐傅永，玉门人老汉班超。于今父老谈轶事，闲坐关门诵武桥。宣统辛亥邑人李根源、李森林、王朝坤、张鉴安立石。”

（三）邓子龙腾冲遗墨

邓子龙在腾冲有一幅“剑扫风烟”题刻，一直被学界认为是邓子龙驻守腾冲时间亲题于叠水河崖壁上。而从碑刻落款“万历十年夏”这一时间入手分析，即可断定这一题刻并非邓子龙亲自在腾冲题写，而是一幅集字题刻。史料表明“万历十年夏”，邓子龙正在湖广、贵州一带担任五靖参将。至万历十一年（1583）五月到达永昌就任永昌参将，在今姚关、湾甸、耿马一带三战三捷后，万历十六年（1588）秋天才从姚关清平洞移驻腾冲，兼统腾营。因此，“剑扫风烟”题刻应从万历十年（1582）夏天这一时间入手考证。

万历十年（1582）夏天，刚刚平定“五开兵变”，招抚天柱衡千户所“生苗”的五靖参将邓子龙兴致勃勃登临湖广靖州（今湖南省怀化市靖州苗族侗族自治县）飞山，并赋诗《登飞山》题刻于飞山寺崖壁之上。诗云：

南来倚剑上岧峣，满眼烽烟坐里销。
神器自知无鬼蜮，嫖姚何处有天骄。
岩飞瀑气披深洞，风送钟声下远苗。
西望六百八十穴，我欲一扫归天朝。
万历十年季夏日邓子龙题

由于邓子龙这首题诗通篇充满平蛮之志，书法遒劲有力，一时受到时人推崇。寺僧顺水推舟，大量制作拓片销售，致使一张张拓片顿时洛阳纸贵，纷纷流传至四面八方。随着大量拓片流传，集《登飞山》书法真迹而成“剑扫风烟”题刻便有了很大可能性。这一事实可从丰城《邓氏族谱》“石刻今存靖州飞山寺，求字者纷纷，寺僧于今获利”，《靖州乡土志》“邓子龙，丰城人，万历时官黎靖参将。尝登飞山，慨然赋诗，有平蛮之志，勒石山顶，字迹遒劲，人争宝之”等记载中得到印证。

同时，仔细比照《登飞山》碑刻拓片及“剑扫风烟”题刻（见图片 2 页及 7 页），即可发现两幅题刻如出一辙，“剑扫风烟”几个大字及落款都可以在《登飞山》碑刻拓片中找到原迹。其中，“剑”字出自“南来倚剑上岧峣”，“扫”字出自“我欲一扫归天朝”，“风”字出自“风送钟声下远苗”，“烟”字出自“满眼烽烟坐里销”。“剑扫风烟”的落款“万历十年夏，邓子龙题”也是从《登飞山》落款“万历十年季夏日，邓子龙题”中简化而得。“剑扫风烟”题刻被镌刻在叠水河崖壁之后，20 世纪 80 年代，又被复制到来凤寺大门外石阶旁，略微不同的是，其落款在“万历十年夏邓子龙题”基础上又少了一个“题”字。

查阅史书，“剑扫风烟”题刻在《腾越州志》《腾越厅志》里皆无载，只有成书于民国三十一年（1942）的《民国腾冲县志稿·金石篇》记载：“‘剑扫风烟’四个大字，邓子龙草书，今在县西小西练明氏。见拓本。”由此可知，腾冲叠水河上的“剑扫风烟”集字题刻，在清朝年间乃至民国三十一年（1942）都尚未被复制到叠水河崖壁上，而一直是小西练明氏的一件藏品。直至腾冲抗战胜利后，云贵监察使李根源于 1945 年初回滇西善后，才将散落腾冲的历代名人碑刻搜集钩摹上石，分嵌腾冲图书馆石壁等处，题名《叠园集刻》，“剑扫风烟”题就是这一时期被钩摹上石的。刘楚湘为李根源撰写的《叠园集刻序》中有“民国三十四年腾城克服后，老友李叠翁以云贵监察使持节回里，督办善后，既而感深世变，情厌轩冕，浩然归老，游艺诗书，生平雅好金石，表彰先贤，乃搜集腾贤胡二峰诸公书四十七件，宦游及备边来腾名贤邓武桥诸公书五十二件，滇贤钱南园诸公书二十四件，海内名贤陈白沙诸公五十件，皆钩摹上石，题曰叠园集刻”等语。同时，叠水河石壁“剑扫风烟”集字题刻旁边镌刻着李根源、刘楚湘等人题写的几通碑刻。

总而言之，“剑扫风烟”集字题刻是滇西抗战胜利后，由李根源等人钩摹，复刻在叠水河崖壁之上的。时值抗战胜利之际，将“剑扫风烟”钩摹上石，不但可在描摹叠水河磅礴气势之余，追忆邓子龙在滇西边关立下的不朽战功，也可借以展示表达滇西军民挥剑扫尽风烟的豪迈气势，表达赢得抗战巨大胜利的喜悦心情。

邓子龙在腾冲题写的“嵌雪留云”，为绮罗李氏保存。题刻旨在描摹腾冲名胜笔峰霁雪、晴岚玉带、巃嵸朝云等雪云图景。民国二十九年(1940)，毕业于云南陆军讲武堂的林荫(字越庭)复刻上石。在“嵌雪留云，武桥邓子龙”这一正文之后附言云：“戊寅兴工，奉父示，尚朴化，继台舒足喜，冷暖炎凉之异世。且飞凤当前，与笔峰霁雪、晴岚玉带、巃嵸朝云、球眸晚照诸名胜环毓腾达。更四面壮阔，游骋怀酣，充实大自然之烟景文章也。特刊此四字壮之，岂惟台馨，室之辉耳。大中华庚辰季秋林荫并书。”

邓子龙在腾冲题写的对联“月斜诗梦瘦，风散墨花香”，先后以木刻、石刻、拓片等形式被复制在腾冲来凤寺、腾冲上绮罗段家巷道大门口等处。

邓子龙为腾冲和顺鸿胪寺序班寸玉题写的“白发朝仪”，

至今留有石刻、木匾等多个版本。

邓子龙曾为腾冲毗卢寺题写“清净山河”匾额，今已无存。现存毗卢寺“清净山河”石刻，为李超杰补书，“清净山河”木匾，为余知非补书。

(四)腾冲药王宫与邓子龙的渊源关系

明朝天启六年六月初六日，即公元1626年6月29日，腾冲城建成药王宫。而药王宫的创始人医官李仲春是跟随邓子龙征战滇西并落籍于此的众多军人之一。腾冲药王宫《清微宫碑记》记载：“弟子幼习其业，五桥邓公相携至腾，寄以三军命，凡府道上公，靡不伏待，非重余也，予独无报本之意哉！盖欲效中原，置地、筑基、创路、塑庙，永为庙祀耳。”文中的“五桥邓公”即指邓子龙，“弟子”，指的是以军医身份跟随邓子龙到达腾冲的李仲春。李仲春落籍腾冲后，其医术备受推崇，便产生效法中原修建药王宫的设想，遂与腾冲庠生员张其翼等发出倡议，得到腾越州知州戴金桂、腾冲卫指挥使陈梦熊等人赞同，众人齐心协力，于天启六年六月初六日，即公元1626年6月29日建成药王宫。

(五)邓子龙在腾冲的传说

由于邓子龙在云南的巨大影响，有一首妇孺皆知的民谣“好个腾越州，十山九无头。财主无三代，清官不到头”，被有人认为是邓子龙罢职归籍时愤然而作。仔细推敲，发现此诗与邓子龙诗风大相径庭，而应该是一首地地道道的民谣。

邓子龙早年曾经学习过堪舆，从军后也不忘老本行，并喜欢谈论风水，曾有《风水说》，他在腾冲留下许多堪舆破地的神奇传说。

相传，邓子龙得知腾冲来凤山地脉很旺，只要凤凰飞来，就会出现反王，便命令士兵准备构皮，做成绳索，以待凤凰飞来之时破地。而采购构皮的士兵在运输途中不小心将构皮弄丢了一捆，遂以棉纸充数。凤凰飞来之时，邓子龙焚香祷告，将绳索等法器投掷空中，捆住凤凰，时值大雨倾盆，绳索湿透断裂，凤凰一下子跌落在腾冲城北三四里处，形成飞凤山。

又据传说，邓子龙途经缅箐（今腾冲市中和镇）时，看见朦胧雾海中有巨蟒追赶乌龟，便挥动马鞭阻止。霎时间，巨蟒与乌龟裹足不前，分别化作蛇山、龟山，邓子龙的马鞭也化作缅箐河，形成龟山、蛇山鼎足于缅箐河畔的奇特景观。

腾冲市界头镇桥头街东南部狮子山，至今流传着邓子龙肢解石狮的传说。狮子山上有石狮子，会讲话，只要狮子一动，周边的磨盘石跟着响动，打碓山的石碓也跟随舂碓，阴灯寨的阴灯随即发亮。邓子龙带着士兵到达狮子山，准备挖掉石狮，而挖掉大半后，第二天竟神奇长平，以后数日，周而复始。直到一天晚上，邓子龙收工走到半道发现鞋子忘穿一只，折回去取时，忽听狮子说："千挖万挖我不怕，我只怕铜铲铁叉。"邓子龙听罢大喜，第二天即准备好铜铲铁叉，终于将巨型石狮肢解。